Scrittori italiani e stranieri

Simonetta Agnello Hornby

Era un bravo ragazzo

ROMANZO

MONDADORI

Della stessa autrice in edizione Mondadori
Siamo Palermo (con Mimmo Cuticchio)
La cuntintizza. Piccole ragioni della bellezza del vivere (con Costanza Gravina)

Questo romanzo è un'opera di fantasia. I luoghi, gli eventi di cronaca e i personaggi realmente esistenti o esistiti sono trasfigurati dallo sguardo dell'autrice. Per il resto, ogni riferimento a persone e a fatti reali è da ritenersi puramente casuale.

La citazione a pag. 152 è tratta da Max Weber, *Economia e società*, a cura di W.J. Mommsen, M. Meyer, M. Palma, Donzelli Editore 2005.

mondadori.it

Era un bravo ragazzo
di Simonetta Agnello Hornby
Collezione Scrittori italiani e stranieri

ISBN 978-88-04-77776-2

© 2023 Mondadori Libri S.p.A., Milano
I edizione ottobre 2023

Era un bravo ragazzo

Il mondo è grande ed è bello, ma è molto offeso. Tutti soffrono ognuno per se stesso, ma non soffrono per il mondo che è offeso e così il mondo continua ad essere offeso.

ELIO VITTORINI, *Conversazione in Sicilia*

Non sono un pazzo [...]. Non mi piace pagare. Perché la rinunzia è una rinunzia alla mia dignità di imprenditore.

LIBERO GRASSI, in "Samarcanda" dell'11 aprile 1991

1
Alla ventura

Scivolarono come cani randagi giù per la montagna fino al primo pianoro, di balza in balza, aprendosi la via fra cespugli e ramaglie, e incespicando tra le pietre, rovinando a terra, lasciandosi graffiare dalle piante spinose e dalle alte erbe ostili sopravvissute alla calura di agosto. Gridavano come andassero all'assalto da un'immaginaria trincea, che poi era quella cedevole, sabbiosa, dei loro anni. Allungarono passi incerti sul pianoro e si lasciarono cadere ansanti sulle zolle di terra appena trattorata.

Il campo si apriva in lieve pendenza intorno a una macchia di carrubi. La luce penetrava tagliente fra i rami e sbarbagliava sopra i loro corpi arresi. Sergio teneva stretto contro il petto il pallone di cuoio che gli era stato regalato a Natale dal padre, devoto ammiratore del gallese John Charles, il gigantesco capocannoniere della Juventus, primo calciatore britannico "importato" in Italia. I centodieci milioni di lire del suo astronomico ingaggio erano stati ben spesi: nei cinque anni della sua permanenza in Italia, John Charles aveva segnato oltre cento goal in maglia bianconera.

I ragazzi ridevano, prendevano fiato e ridevano.

A un tratto, Luigi si alzò da terra e si gettò su Giovanni ingaggiando una lotta senza violenza ma abbastanza rabbiosa da scatenare la risposta dell'amico: rotolarono nella terra e finirono davanti a Sergio, che li guardava impassibile – sapeva che la lotta sarebbe finita com'era cominciata, dal niente al nulla.

E così fu: i due smisero, ma solo per buttarsi su Sergio, rubargli il pallone e gettarlo lontano con un colpo di testa. Nel giro di pochi istanti si trovarono a inseguirlo verso una porta immaginaria, Giovanni e Luigi difensori, Sergio attaccante, tutta una sequenza di finte, di scarti, di lanci spiazzanti verso i carrubi, di corse e rincorse. Le zolle di terra trattorata impedivano scatti, rallentavano e spezzettavano le azioni. Il gioco a singhiozzo e le scarpe piene di pietruzze e terriccio li consumavano, dunque si misero alla prova scatenandosi nella costruzione di passaggi di testa sempre più arditi, nel palleggio e infine in una sequenza infinita di calci di rigore, la porta compresa fra due carrubi, a turno uno dei tre lì in mezzo.

«Non sono capace» ripeteva ogni volta Sergio, cresciuto a stare dall'altra parte, a sfondare la porta e mai a difenderla.

Erano sudati fradici. Il sole calava lento e aveva trasformato il cielo sopra i carrubi in una colata d'arancione e di blu cobalto.

I tre parevano soldati reduci da una battaglia: Sergio con il pallone sotto il braccio, Luigi con la testa ciondoloni, Giovanni dentro la corona di ricci neri, entrarono nell'ombra umida dei carrubi. Giovanni indicò un albero più alto e uno dopo l'altro ci salirono sopra, ciascuno su un ramo diverso ma tutti e tre abbastanza vicini per parlarsi e farlo a voce bassa, come se avessero segreti da dirsi e non volessero farsi sentire nemmeno dalla contadina che passava poco più in là – attenta a non scuotere il cestino di vimini appeso al braccio, la donna frugava a testa bassa tra i rovi cresciuti ai lati della trazzera e sui muretti che dividevano i poderi in cerca di lumache, aggrappate alle spine più grosse sulle quali si mimetizzavano alla perfezione.

A undici anni si hanno solo grandi pensieri in mente, e

domande grandissime, che quasi scappano dalla testa tanto sono ingombranti.

«Che faremo?» disse Giovanni, e non suonò nemmeno come un interrogativo, semmai come il titolo di un programma.

«Faremo» rispose Sergio, come se non fosse decisivo il "cosa" si sarebbe fatto ma la volontà di agire. Lo chiamavano il Bolognese perché suo padre era uno del Nord, di Casalecchio, a due passi da Bologna: militare a Palermo, era venuto a Pertuso Piccione con un commilitone originario di lì e si era invaghito, appassionatamente ricambiato, della sorella. Una volta carabiniere si era fatto trasferire in Sicilia, aveva sposato la bella pertusina e adesso era a capo della locale caserma. Sergio, uno spilungone con i capelli rossi a spaghetti, aveva imparato dal padre che un atteggiamento fermo era un segno manifesto di autorità e quindi gli piaceva uscirsene con dichiarazioni come quella. «Faremo» ripeté, tutto serio.

«La minchia, faremo!» rintuzzò Luigi dondolandosi sul suo ramo, per niente impressionato.

«Resteremo per sempre a Pertuso Piccione?» domandò Giovanni, e sulla sua faccia rotonda gli amici lessero un desiderio di lontananze favolose.

Sergio sollevò il pallone tenendolo nel cavo della mano e, come fosse una sfera di cristallo, vi cercò dentro il destino: «Vedo... vedo...».

«Ma che vedi?» lo prese in giro Luigi, benché fosse suo malgrado incuriosito da quello sprazzo di magia.

«L'America vedo, tutta l'America, come c'è nel libro di geografia, con i grattacieli e il mare, ma anche le praterie con i bisonti...»

«Quelle» disse Giovanni «le hai viste al cinematografo l'anno scorso, a Sciacca, quando davano *I magnifici sette*...»

«Ma perché, in America ci sono carrubi?» domandò Luigi distrattamente.

«Noi niente sappiamo del mondo» disse Giovanni con solenne sofferenza.

«E allora?» si fece avanti Sergio. «Mio padre venne a Pertuso Piccione da lontano...»

«Per arrivare qui da Bologna ci vogliono un giorno e una notte in treno, che sarà mai! Possiamo fare di meglio.» Luigi cercò ispirazione tra le foglie del carrubo. «Il motore! Quando avremo il motore, tutte le strade saranno nostre. Un motore bello, potente, che dai gas e ti sembra di volare.» Si volse verso Sergio, che teneva ancora la sua sfera di cristallo nel cavo della mano. «Ci vedi lì dentro che facciamo mangiare la polvere a tutti? Ci vedi arrivare sotto gli archi di trionfo di Roma? E magari ci viene incontro una fimmina, una di quelle che...» Luigi si inceppò, non sapeva continuare.

«Che minchia ne sai tu delle fimmine?» lo rimbeccò pronto Sergio, maggiore di sei mesi. «Solo al cinema le hai viste, dove io ho visto le praterie...»

«Marilìn Monrò» sospirò Giovanni fissando il pallone di Sergio. Al ricordo delle forme prorompenti di Marilyn fasciate in un abito bianco si era tutto scombussolato.

«Ma che Marilìn e Marilìn! Quella è una santa, ormai. E tu una donna non sai neanche com'è fatta!» sbraitò Luigi, ma la voce gli era uscita acuta, tanto acuta che se ne vergognò.

Giovanni non volle dargli conto; erano mezzi parenti da parte dei catananni, ma nessuno sapeva più di quale grado, esattamente. Fatto sta che spesso uno diceva dell'altro "mio cugino", e cugini erano pure per il Bolognese, che volle dimostrare subito la sua parte di sapienza: «Le fimmine, sotto, hanno il pelo nero!».

«Scimunito, tu i peli come ce li hai, rossi o neri? Le donne il pelo ce l'hanno nero se hanno i capelli neri, il colore di sopra è uguale a quello di sotto» spiegò Giovanni paziente. «E Marilìn era bionda bionda...»

«L'America è bionda» continuò Sergio, «diventeremo qualcosa e quel qualcosa sarà biondo come Marilìn.» Avrebbe voluto ridere forte, invece fu strozzato da un'improvvisa malinconia. «Ma voi l'avete vista bene Pertuso Piccione? È piccione di nome e di fatto, impiccicata sulla collina come gli uccelli nel vischio delle trappole. Chi ce la sa a volarsene via da qui?»

«Mio nonno» intervenne Giovanni «è orgoglioso di stare in paese.»

Appesi com'erano al carrubo, non si rendevano conto delle prime ombre che si affollavano sotto di loro, il pomeriggio ormai era quasi sera e la luce arancione si spegneva in una ruggine luminosa che li infarinava tutti.

Silenzio. Poi, da lontano, sentirono abbaiare un cane che si avvicinava.

«Questo è Minorto» disse Sergio, «il cane dei Rizzo. Meglio che ce ne torniamo a casa.»

«Io non ho paura!» esclamò Giovanni. «Possiamo restare qui anche tutta la notte, se ci piace.» Squadrò gli amici come per misurare la loro fedeltà, e ne trovò assai, come se quello che aveva appena proposto non fosse una spacconata ma uno dei molti modi per dare sostanza alla loro amicizia, alla loro alleanza, al loro futuro. Nessuno aveva voglia di passare la notte sotto un carrubo in campagna, ma la sola idea di poter rimanere là li faceva sentire ancora di più tre eroi in procinto di partire per un'impresa gloriosa.

«Come saremo, noi, da grandi?» continuò Giovanni.

«Che significa "come saremo"?» Sergio aveva carezzato il pallone e se l'era infilato tra le cosce perché non cadesse. «Saremo masculi, e basta. Ho sentito dire che presto l'uomo andrà sulla Luna. Ecco che tipo di masculi saremo noialtri! Masculi della Luna!» E i loro sguardi sembrarono convergere all'unisono sul disco bianco che occupava sempre più netto uno spazio nel blu. «Noi tre siamo una società segreta, e non ci tradiremo mai.»

Nessuno di loro aveva raggiunto la pubertà, ma già si erano silenziosamente spiati a vicenda mentre facevano i loro bisogni terre terre come gli animali. E si confidavano segreti che non dicevano a nessun altro. Per quanto giocassero ancora ai cowboy e Yul Brynner – "tignuso ma coraggiosissimo" – fosse il loro eroe, quando giravano per le strade di Pertuso Piccione e guardavano le ragazzine che ancheggiavano, il sangue gli andava tutto in basso, provavano emozioni sino ad allora ignote e avvertivano imbarazzati un fremito e uno sfrigolio nuovissimi che li mettevano a disagio. Preferivano fantasticare sulle attrici del cinema: era più semplice pensare a donne che erano solo immagini lontane e non alle carni delle ragazzine con cui erano cresciuti, con i loro odori, il volto colorito, i capelli stretti in grosse trecce infiocchettate o nelle moderne code di cavallo sfoggiate da quelle più 'sperte. Non sempre riuscivano a controllarsi e si ritrovavano come senza fiato, umidi e mosci.

«Ce ne andremo lontano» riprese Giovanni, «alla ventura. Addio, Pertuso Piccione!»

«Sì, alla ventura!» gli fece eco Luigi, ma, com'era sua abitudine, subito aggiunse: «Con la benedizione di padre Cangemi!».

Padre Cangemi, il parroco da cui erano andati a catechismo e che poi li aveva comunicati tutti, aveva consigliato loro di tenersi lontani dalla lussuria; ma di lussuria i tre non smettevano mai di parlare, come fosse stata persona in carne e ossa, anzi più carne che ossa. Solo a pronunciarla, la parola "lussuria", diventavano rossi e si sentivano ribollire. E se l'avessero incontrata davvero, la lussuria, cosa avrebbero fatto? Forse, andando lontano sarebbe stato tutto più facile, anche avere a che fare con la lussuria. Del resto, padre Cangemi che ne sapeva? Parrino era, e parrino restava. Eppure gli davano retta, perché oltre ad aprire il campo dell'oratorio per memorabili partite sotto il sole delle tre, padre Cangemi spiegava loro com'era la società, li metteva in guardia dai comunisti come dalla lussuria, e in entrambi i casi, piuttosto che proibire, si limitava a raccomandare; anche se, sui comunisti, si riprometteva di intervenire più avanti. «I cattivi pensieri, quando vengono e vogliono restare, dovete prenderli per stanchezza. Fatevi una corsa giù per la Via Grande, poi risalite e poi scendete di nuovo, una, due, anche tre volte, e i cattivi pensieri se ne vanno.» Lasciava una pausa e poi, sottovoce: «Quasi sempre...».

Padre Cangemi teneva molto a metterli in guardia contro i cattivi pensieri, sempre pronti a saltare addosso a chi era stanco o incerto, così pensava Giovanni, che aveva con lui un rapporto speciale, come ce l'aveva con il nonno Calogero. Sua madre viveva a Sciacca con la figlia maggiore e l'anno seguente lui le avrebbe raggiunte; preferiva non pensarci, lo tormentava troppo l'idea di lasciare il nonno, Pertuso Piccione, Sergio e Luigi, e anche padre Cangemi, come pure quella di dover fare nuove amicizie altrove.

E così, parlando e pensando, si fece quasi buio sui rami del carrubo, e i tre amici si guardarono con un misto di stupore e spavento, uniti da un'idea di futuro tanto luminosa quanto incerta, pronti a scavalcare tutti i muri pur di sentirsi vicini al disco della luna piena che respirava dolcissima nel cielo, forti della loro fragilità di cuccioli prima del compimento della metamorfosi in giovani uomini.

Scesero passando di ramo in ramo. Minorto era lì ai piedi dell'albero con le sue zampe storte, ansante e festoso.

«Che ci fai qui, Minorto? Andiamo a casa!»

E cominciarono a correre su per le balze fino all'uliveto dei Rizzo, seguiti dal cane zoppicante, e poi veloci in direzione del paese, le finestre già illuminate, le voci fioche della gente e il gracchiare delle radio e dei primi televisori. In alto si ergeva il cucuzzolo di roccia che dominava Pertuso Piccione e la vallata come un Cristo senza croce, o come un monaco a testa china.

Giovanni si voltò verso il viottolo che avevano appena percorso, fermò gli amici, li fissò, e prima che ciascuno prendesse la propria strada ripeté: «Alla ventura».

2
Triste risveglio

Domenica mattina, Giovanni si svegliò presto. Da fuori, dopo il concerto delle campane della basilica dell'Assunta, del monastero di San Pellegrino, della chiesa delle Anime Purganti e di quella di San Sebastiano, arrivarono anche i piccoli rintocchi della chiesa di Santa Libera e i primi rumori del paese: un'auto che tossicchiava in salita, la saracinesca del tabaccaio, i passi lesti di chi scendeva alla fermata della corriera, la radio accesa di un dirimpettaio. Tutti i segni della nuova giornata.

Giovanni ascoltava. Aveva imparato a riconoscere la fonte di ogni rumore; avevano tutti una faccia, e quanto più erano vicini, tanto più erano familiari. Le campane, no: delle più lontane non aveva conoscenza, eppure ne misurava la distanza, come se con quei suoni distinguesse strade, svolte, balaustrate, insomma tutto il perimetro di Pertuso Piccione – un paese grande, antico e, come gli ricordava orgoglioso il nonno, il paese dove era stata fatta la storia della Sicilia, la loro amatissima terra. Anche Giovanni, rispettoso degli insegnamenti del nonno, se ne gloriava, e sognava con gli occhi aperti, le braccia incrociate sotto la nuca, attento a non far scricchiolare il letto.

Una grande macchia d'umido confondeva, in un angolo del soffitto, il ritmo della decorazione a pampini e grappoli d'uva che girava tutt'intorno alla stanza. In quella macchia s'addensavano i sogni che lui aveva appena tratto in salvo dalla notte. Volti, parole, paesaggi gli fluttuavano davanti come in un film. Da dove vengono tutte queste immagini?, si chiedeva, e le lasciava fluttuare finché non si consumavano da sole.

La casa dove abitavano era un edificio a due piani del secondo Ottocento, risparmiato dai bombardamenti, con tutti i mobili rimasti intatti, anche se un po' malandati. A differenza di quanto accaduto nella falegnameria del nonno, dove erano state installate seghe elettriche e c'erano i marchingegni più moderni, dopo la guerra di cose nuove in quella casa non ne erano entrate, tranne una caffettiera moka e la radio a transistor, regalo del figlio Tano. Di recente, però, era arrivato il televisore.

Nonno Calò si muoveva di sotto; Giovanni lo sentì scendere in strada, scambiare qualche parola con qualcuno, e rientrare. Poco più tardi il nonno bussò alla sua porta, la aprì e comparve sull'uscio, alto, magro, la camicia di flanella appesa alle spalle larghe anche d'estate, i pantaloni di velluto stretti in vita dalla cinta di cuoio. Gli zigomi forti e sporgenti dominavano il volto scavato, con occhiaie scure sotto gli occhi verdissimi e fitte rughe intorno alla bocca.

Giovanni era fiero del nonno, che si avvicinava alla sessantina ma era rimasto saldo e muscoloso.

Era stato falegname di bottega come suo padre, ma da una ventina d'anni aveva aperto un negozio di mobili e infissi; nel retro del magazzino e nel cortile coperto aveva anche materiale per costruzioni, che vendeva a privati o a mastri costruttori. Acuto osservatore, si era reso conto che i tempi stavano cambiando, ma era altrettanto convinto che la sapienza artigiana su cui si fondava la sua impresa sarebbe durata oltre il contributo industriale. Le poche volte che si trovava a Palermo e nelle altre città dell'isola esplorava con lo sguardo gli edifici più nuovi e faticava a riconoscere – di dettaglio in dettaglio – il rigore del lavoro al quale era stato educato. A Pertuso Piccione il suo commercio era ancora florido e chi cercava merce di qualità veniva alla sua bottega anche da Palermo e da tutta la Sicilia occidentale.

Si era accordato con la nuora Cettina Lo Giudice, madre di Giovanni, per badare all'educazione di quel bambino rimasto presto senza padre, che si era trasferito in casa sua all'età quattro anni.

Non era inusuale accogliere in casa parenti di ogni età, orfani, disabili, vedovi o amici stretti non sposati, e prendersene cura fino a quando i giovani erano in grado di mantenersi da soli e lasciare casa e gli anziani morivano.

A Giovanni piaceva vivere con i nonni, godeva delle attenzioni costanti nei suoi riguardi ed era sempre certo di una parola affettuosa e di una carezza. Gli piaceva stare con la nonna Teresa, che cuciva in casa ed era considerata una sarta espertissima. Giovanni la vedeva sempre china sulla sua Singer, oppure intenta a dare dei punti a mano, seduta su un divanetto ingombro di scampoli e rocchetti di filo, un bracciolo trafitto di spilli e aghi già pronti per essere usati, ciascuno infilato con un colore diverso. Dal divano, la mattina presto faceva segno a Giovanni di andare in cucina, dove avrebbe trovato una tazza di latte, del pane e l'uovo sbattuto.

Nonno Calò aveva una voce profonda, ma quando parlava con Giovanni era come se le mettesse la sordina e le frasi gli uscivano velate, morbide, tornite. Grande raccontatore, aveva nutrito il nipote di storie del suo paese, a metà tra fatti realmente accaduti e voli di fantasia. Spesso, dopo il lavoro se lo portava sulla terrazza che era stata sistemata appena dopo la guerra: da lì la vista arrivava fino al mare e allora, soprattutto nelle giornate più limpide, metteva Giovanni davanti sé e gli appoggiava le mani sulle spalle. Restavano così in silenzio, lasciavano che il vento, se c'era, li accarezzasse, e poi piano piano il nonno prendeva a raccontare. «Devi volerle bene, a questa terra» diceva, e poi, con voce più forte, «la *tua* terra. Ti appartiene come tu appartieni a lei! Tu appartieni alle montagne, a questi campi, alle nostre colline, ai boschi... alla bellezza di tutta la nostra isola. Appartieni anche al mare. Forse, chissà, qualche nostro antenato è arrivato da lì, e allora capisci che c'è tanto spazio dentro di noi, che c'è tanto azzurro, che ci viene voglia di abbracciarla questa meraviglia che vedi. Sono arrivati Africani, Sicani, Greci, Romani, Arabi, Normanni, Spagnoli, Francesi, e magari Tedeschi e Inglesi, qui a Pertuso Piccione... Poi, quel disgraziato di Garibaldi ci rovinò! Tutti loro, qui, hanno trovato ricchezza, perché la vera ricchezza della nostra terra è l'acqua, e qui ce n'è sempre stata.»

Il nonno avrebbe voluto che Giovanni rimanesse a Pertuso Piccione. «Diventerai grande, ma questa è la tua terra» amava ripetergli. «Le appartieni come le appartiene un ulivo. Hai mai visto le radici? Hai mai visto come si torcono, e poi si impertusano nella terra, andando in fondo in fondo?» Poi, con un risolino, aggiungeva: «È per questo che il nostro amatissimo paese si chiama Pertuso Piccione, le nostre radici affondano in profondità. Così siamo noi, così è questa tua famiglia che ha sempre vissuto qui».

La famiglia, il nonno un po' se la inventava, perché di fatto erano rimasti ben pochi parenti diretti; ma non era importante, a Giovanni piaceva credere anche a quella favola. Anche se il concetto così come era celebrato dal nonno non coincideva con le rare passeggiate insieme alla nonna da certe zie zitelle che avevano aperto una pasticceria sul corso ed erano note per la gentilezza dei modi e soprattutto per la bontà delle iris alla ricotta e delle brioche col gelato alla nocciola. La nonna cuciva per loro e quando, di tanto in tanto, andavano a trovarle Giovanni riceveva immancabilmente qualche savoiardo appena sfornato da mangiare nel retro della pasticceria, dove si respirava sempre un penetrante profumo di vaniglia e cannella.

La nonna cuciva gli abiti delle zie e quando li indossavano per la prima prova nella stanza calava un silenzio quasi monacale, dal quale emergevano ogni tanto parole esotiche come "plissé", "carré", "godet" e risolini di soddisfazione. Lui, accucciato per terra, delle zie vedeva solo i piedi scalzi e le gambe, fino al ginocchio. Non provava a guardare oltre perché non era consentito, ma soprattutto perché quelle prove erano avvolte da un'aura di mistero che era bello conservare.

Pasticceria e sartoria facevano rima, e in quel caso pareva intonatissimo che ci fossero due vestiti da cucire all'unisono, dato che le zie avevano la consuetudine di ordinare gli abiti insieme, ma a partire da stoffe e modelli diversi. La nonna era felice di lavorare per loro: le stoffe, scelte su campionari rinnovati ogni anno, venivano da Palermo, qualche volta dal continente, e prima del taglio lei soleva passare la mano sul tessuto disteso sul tavolo, valutarne la resistenza, studiarne, quando non era tinta unita, il gioco del disegno, quale sarebbe stata la resa. Non erano belle le zie, ma erano proporzionate, ed era evidente che le loro misure davano soddisfazione alla nonna perché poi, salutandole, diceva sempre: «Cade bene, cade bene». Lo diceva due volte, come se si riferisse all'opera doppia a cui stava lavorando, o forse semplicemente per rafforzare l'impressione positiva avuta durante la prova.

Le zie poi uscivano dal negozio ad accompagnare nonna e nipote, e restavano sul marciapiede a osservarli finché non sparivano dietro la prima curva. Stavano là immobili nei loro camici bianchi, il sorriso della gratitudine diffuso sulle facce piene.

Su quel "cadere" Giovanni avrebbe voluto indagare, intendere meglio il senso di quell'espressione, ma preferiva non insistere, dato che nonna Teresa si chiudeva nuovamente nel suo silenzio e procedeva veloce per le stradette di Pertuso Piccione preoccupandosi solo che lui le fosse accanto.

«Siamo agli sgoccioli» disse il nonno, rattristato ma fermo, «a ottobre tornerai a Sciacca, da tua madre, è finito il nostro tempo.» Giovanni lo sapeva, ma la dichiarazione ufficiale non mancò di lasciarlo senza parole. Trovò comunque confortante quel "nostro" che il nonno si era lasciato scappare: "il nostro tempo". Come se avessero accumulato qualcosa di prezioso, come se loro due, nonno e nipote, avessero diviso da pari l'avventura di un viaggio, come se il nonno gli concedesse il privilegio di un percorso in comune senza che quel percorso dipendesse necessariamente dall'autorità che incarnava.

Giovanni aveva perso il padre da piccolo, tutto il senso di paternità si era rovesciato dentro la vigorosa figura del nonno. Del padre si era sempre parlato poco, in famiglia; anche la mamma, dalla quale trascorreva parte delle vacanze, non ne parlava spesso. Ma gli sguardi di amore e dolore cadevano sempre sulla fotografia del padre militare, in mostra sul comodino accanto al letto che in quelle occasioni divideva con il figlio. L'assenza del padre passava sotto il titolo di "tragedia". Quando vi si faceva cenno si diventava subito tristi e si calava lo sguardo, ma senza aggiungere altro. Ci avevano pensato i pertusini a far intendere a Giovanni che il padre era "mancato" per sua "espressa volontà". "Mancare" ed "espressa volontà" si mescolavano nella sua mente in una visione dove tutto restava fuori fuoco.

Quando al cinema, per un difetto della pellicola arrivata troppo consumata, le immagini tremavano e si confondevano sullo schermo, Giovanni pensava al destino di suo padre. Avrebbe voluto che il nonno gliene parlasse, soprattutto per fargli capire in che modo si può "mancare" per propria "espressa volontà". Se "mancare" era facile da tradurre in morire, se "volontà" poteva ben essere ricondotta a un'intenzione, "espressa" non trovava soluzione. Anche la madre svicolava, cambiava discorso: si limitava a mostrare la fotografia del comodino. «Tuo padre era un bell'uomo» diceva, e strofinava un panno sulla foto incorniciata. «Non aveva fibra» aggiungeva sempre, e anche in questo caso si apriva per Giovanni il pozzo delle interpretazioni. Che cos'era questa "fibra"? Da dove veniva? E chi la dava, la fibra? Era qualcosa che si poteva perdere?

Nei sette anni passati a Pertuso Piccione aveva imparato tanto, aveva ascoltato tanto, ma non aveva sciolto il mistero che accompagnava la "mancanza" del padre. A volte, piuttosto che pensare alla morte, preferiva pensare che suo padre fosse andato in America. Quanta gente, del resto – glielo avevano raccontato –, aveva attraversato l'oceano per trovare un lavoro? Magari anche quel "bell'uomo" di suo padre. C'erano film in cui gli pareva di averlo davanti, e a un certo punto aveva preso le sembianze di Gregory Peck come l'aveva visto in *Il buio oltre la siepe* o in *La conquista del West*.

Ora, con la tazza di latte bollente che portava alle labbra con cautela, Giovanni si chiedeva quanti giorni gli rimanessero, quante volte avrebbe potuto rivedere Sergio e Luigi, e con quanto rammarico avrebbe dovuto lasciare padre Cangemi, parroco e guida spirituale. Già, padre Cangemi. Se il nonno aveva aperto le porte della leggenda, padre Cangemi, il parrino senza peli sulla lingua, aveva aperto quelle della realtà. Sì, naturalmente, aveva comunicato lui e i suoi amici pertusini, ma in certi pomeriggi, nelle sale della parrocchia dell'Assunta, aveva spiegato che cosa li aspettava là fuori, "dove cane mangia cane", come ripeteva sempre. Cristo lo sapeva bene che il suo mondo era degli scribi e dei farisei, dei saccenti e degli ipocriti; non diversamente, loro, che avevano ancora la bocca sporca di latte, nel mondo avrebbero dovuto starci, per mordere o essere morsi.

«Padre, com'è che siete così poco misericordioso?» chiese una volta Sergio Busi, che non aveva paura dell'autorità, lasciandolo per un attimo senza parole.

«E bravo Sergino, che tira su il mento e mi sfida...» cominciò padre Cangemi. «Servo del Signore sono, ma degli uomini no, vedo il male e lo combatto con le armi che ho, e che non sono solo le preghiere. Vent'anni fa, in mezzo al bombardamento di Palermo, ho visto quanto basta per sapere che, se le case crollano e la gente muore nella polvere, la misericordia la devi poter amministrare. Dobbiamo imparare a perdonare, questo sì, ma quando possiamo, perdonando, dobbiamo anche impedire che al male segua altro male.»

Giovanni non era sicuro di aver capito.

Padre Cangemi si aggirava per le strade di Pertuso Piccione con la sua veste nera semislacciata che pareva un folle. Andava a confortare malati e sofferenti, e spesso metteva le sue braccia robuste al servizio di contadini con poca terra e troppo lavoro.

Con i comunisti discuteva forte, e a loro piaceva parlare con lui. Non solo. Lo amavano perché aveva certe debolezze e sapevano che più di una fimmina avrebbe potuto raccontare di certe notti nei pagliai, in campagna.

Il nonno squadrava il parrino con sospetto, ma era sicuro di poterlo comprendere nel suo speciale mondo dei giusti; e lo stesso rispetto padre Cangemi portava a Calogero Canetti, falegname come Giuseppe, bravissimo artigiano.

«Calogero» gli aveva detto una volta, «fammi una croce grande per la chiesa, una croce nuda, la croce che aspetta il Cristo o dalla quale Lui è appena sceso... La croce del dolore.»

Per Giovanni, padre Cangemi apparteneva al mondo degli adulti: aveva appena superato i quarant'anni, folti capelli neri sotto lo zuccotto – quando lo portava –, lo sguardo cauto, a volte torvo; ma era anche capace di distendere le labbra piene nella dolcezza di sorrisi lunghi che gli illuminavano gli occhi. Stava spesso a braccia conserte come se stesse aspettando qualcosa, e in effetti era proprio così:

aspettava. Aspettava di riconoscere nella gente la fame di giustizia che lo divorava.

«Quello» diceva qualcuno, alimentando le chiacchiere del paese, «quello prima o poi lo sospendono *a divinis*.» Così dicevano, e anche se i più non sapevano neppure cosa volesse dire, *a divinis*, a loro bastava che avesse a che fare con una punizione. Padre Cangemi era l'unico uomo pubblico che entrava nei pensieri e nella fantasia delle fimmine: quando saliva sul pulpito e si afferrava alla balaustra, il silenzio fra i banchi non era, per dirla come meriterebbe di essere detta, di solo devoto ascolto.

Ai ragazzi che frequentavano l'oratorio, padre Cangemi raccomandava di crescere come gente pulita, capace di fare il giusto e di non rimestare nel torbido per imbrogliare, ingannare, rubare. Così Giovanni ricevette le sue prime lezioni di severa umanità che, come acque di torrente, andavano a mescolarsi alla corrente delle gesta raccontate da nonno Calogero.

Avrebbe dovuto lasciare tutto questo. Era durato così poco. Spiò la nonna intenta a guidare l'ago della macchina per cucire lungo le tracce di gesso bianco lasciate sul tessuto.

«Giovannino, cosa vuoi per pranzo?» chiese senza distrarsi, e Giovanni uscì di casa con un magone che gli strozzava la gola.

3
Una cosa e una soltanto

Era passato da poco mezzogiorno. L'automobile arrivò a Pertuso Piccione senza fatica. Ne scese un uomo stempiato, sulla cinquantina, piuttosto in carne e con occhi lunghi, curiosi, che solo dopo attento esame riconobbe la casa e la bottega di Calogero. In maniche di camicia, prima di scendere raccolse la giacca di lino abbandonata sul sedile posteriore, se la infilò, si stirò le maniche lungo le braccia e suonò alla porta. Aprì Teresa, che dapprima si ritrasse come spaventata, poi lo invitò a entrare e disse che sarebbe andata subito a chiamare il nipote.

Lontana dalla sua Singer, Teresa si sentiva insicura, era una donna minuta e fragile. Aveva in mano una stoffa azzurra e la carezzava. Per Giovanni provava un sentimento profondo, che tuttavia lasciava si esprimesse attraverso gli entusiasmi del marito. «Ci dispiace» disse a quell'uomo, sconosciuto ma evidentemente fidato, «ci dispiace tanto, lo abbiamo cresciuto da quando era nico nico.»

Fino ad allora, Giovanni era stato condotto a Sciacca dalla madre quattro volte l'anno. Ormai si era abituato a quel periodico trasferimento: lo chiamava "la macca", parola che fondeva la madre, la macchina e Sciacca. La macca era una trepidante discesa verso il mare, verso le festose quinte della città, verso l'aria appiccicosa di scirocco, verso i maliziosi sguardi divertiti della gente nel dedalo dei vicoli e delle stradine che si arrampicavano tra le case affacciate sulla marina. Lì in mezzo c'era quella della madre. Cettina aspettava Giovanni senza particolare emozione, ma non tralasciava nulla di quella che chiunque avrebbe chiamato "buona accoglienza". Quand'era piccolo lo portava il nonno, che non guidava ma aveva trovato un autista a noleggio con il quale si accordava per il viaggio da Pertuso Piccione a Sciacca. L'auto arrivava, il nonno scaricava l'esiguo bagaglio, un cesto di arance o di fave, e attendeva che la nuora comparisse sulla porta, cosa che avveniva sempre con tempi lunghi, come se il bambino dovesse imparare, ogni volta, una forma di convivenza più severa e senza dubbio avara di smancerie.

Cettina attraversava il giardino, si avvicinava a Giovanni, gli prendeva la testa fra le mani e si abbassava fino a trovarsi occhi negli occhi con lui. «Sei cresciuto» esordiva, e poi un abbraccio impacciato senza baci. Per anni quella frase era calata con puntualità, tanto che Giovanni la aspettava con ansia e con altrettanta ansia si domandava se un giorno non sarebbe più stata pronunciata, e con quali conseguenze. Arrivare dalla madre continuava a coincidere con quella crescita in altezza che sarebbe finita solo una volta entrato nel mondo degli adulti, che lui si immaginava fermo, come le immagini al cinema quando la pellicola si spezza.

Questa volta la mamma lo aveva mandato a prendere da una persona di sua fiducia, che si presentò ai nonni, dopo che anche Calogero li ebbe raggiunti in casa, come barone Augusto Sallicano, "buon conoscente della signora Canetti". Cettina aveva chiamato il suocero due giorni prima per informarlo del piacere chiesto a Sallicano e Calogero era stato appena sfiorato dall'idea che quel tale potesse avere con la nuora una relazione più stretta di una semplice conoscenza. Una figura paterna per il nipote non più bambino lo disturbava e lo infastidiva; forse, in un futuro si sarebbe rassegnato anche a questo, per la verità si era già disposto, seppure lontanamente, a contemplare l'eventualità che Cettina si rifacesse una vita. Chissà, forse la decisione di riprendersi in casa Giovanni aveva a che fare con un'idea di quel genere. Lui e sua moglie sapevano quanto alla nuora fosse cara la sua indipendenza, non a caso aveva affidato Giovanni a loro, pur sapendo che non avrebbero lasciato Pertuso Piccione. Si faceva fatica a immaginare questo altolocato barone Sallicano accanto alla vedova Canetti, ma non era affatto da escludere che la missione assegnatagli rientrasse in questa prospettiva.

Per quanto Sallicano si fosse presentato con il titolo – cosa che gli sembrò eccessiva, dopotutto si viveva in una repubblica –, Calogero si accorse di guardarlo alla luce di quel pensiero e si limitò a pensare che era uomo compito, beneducato ma freddo.

«Cettina si è raccomandata di non tornare troppo tardi» disse Sallicano, e Calogero sentì in quella raccomandazione la pressione del carattere forte della nuora. Lo dominava di già, come aveva fatto con il marito. Gli montò nel petto una rabbia commossa: cos'era quel mettere fretta? Cos'era quella fredda consegna di ostaggi? Giovanni era stato sette anni a Pertuso Piccione, era stato con loro, i nonni paterni; lui e sua moglie avevano condiviso con lui i risvegli, le giornate di studio e di gioco, e soprattutto Calogero si era impegnato, come nonno, nel mettere confini di conoscenza intorno alla piccola personalità del nipote. E ora? Ora arrivava il barone e se lo portava via? Ma dove se lo voleva portare?

Certo, avevano discusso tanto di quella separazione, della sua necessità, ma ora che stava avvenendo, come si faceva a dare per scontato il lavoro degli affetti e delle emozioni?

Giovanni aveva sentito il motore dell'automobile e comparve con la sua valigia; riconobbe il suo accompagnatore e lo salutò con una sorta di contenuta confidenza, quasi a significare che esisteva una conoscenza ma non l'intimità di una frequentazione vera e propria. Era triste, ma pronto ad andare via da Pertuso Piccione; aveva sempre saputo che sarebbe avvenuto – lui voleva studiare e laurearsi, e poi lavorare. Lì a Pertuso Piccione, non c'era che la scuola elementare.

A vederlo seduto in automobile, il nonno ebbe un moto di commozione; stringeva ancora la maniglia della portiera, pronto a chiuderla, e invece la tirò indietro, rabbioso; lagrimoni rotolavano sul volto rugoso. Lo fece scendere, lo prese tra le braccia e lo strinse forte.

Fu Giovanni a trovare le parole giuste: «Me lo hai già detto, nonno. Per me comincia una nuova vita... nuova scuola soprattutto, nuovi compagni... Viviamo a un tiro di schioppo, così mi hai detto, e hai detto anche che se voglio mi metto in cammino al mattino e il pomeriggio sono qui». Il ragazzino si era inceppato su quelle ultime quattro parole e guardava il nonno. «A un tiro di schioppo...» ripeteva, la schiena ancora dritta, il volto teso, bagnato di sudore e lagrime, gli occhi bassi, le gambe tremanti. Era caduto in una specie di trance, e piangeva, ripetendo con voce sempre più fioca e ingarbugliata «a un tiro di schioppo... a un tiro di schioppo...».

Nessuno si mosse. Poi, all'improvviso, la nonna spinse di lato il marito, allungò le braccia e attirò a sé il nipote, stringendolo con forza inaspettata.

Giovanni adesso aveva abbandonato la testa riccia sul petto della nonna e le serrava le spalle minute singhiozzando. A poco a poco si calmò e prese a coprirle collo e guance di minuscoli baci umidi.

Il nonno si appoggiò al muretto, come se si sentisse vacillare, gli occhi lucidi andavano dalla moglie al nipote e dal nipote alla moglie, poi cadevano ostili sul barone Sallicano, rigido come un burattino con la faccia di cartapesta, impassibile.

Sallicano non si era aspettato la reazione del ragazzino. Toccava a lui, adesso, intervenire e calmare le acque, e anche precisare il proprio ruolo.

Tirò un profondo sospiro. «Coraggio, non stai andando via per sempre! Tornerai per le vacanze, o per venire a trovare i nonni, ma adesso dobbiamo andare... Tra pochi giorni comincerai la scuola media, lì non ci saranno maestri, ma professori! Devi prepararti, comprare una cartella grande, i quaderni, le penne... Conoscerai nuovi compagni, e i professori dovranno imparare a conoscere te.» E così dicendo gli porse il proprio fazzoletto di lino, con tanto di corona e cifre ricamate su un angolo.

Incoraggiato dal nonno, Giovanni si liberò dall'abbraccio e accettò il fazzoletto dalla mano di Sallicano, ma tenne stretta quella della nonna – il braccio di lei gli cingeva la spalla. «Andiamo... Verrai a Pertuso Piccione per le feste» aggiunse, un po' commosso, il barone.

Poi, l'ultimo bacio sulla mano della nonna, due schioccanti sulle guance del nonno, e Giovanni entrò nell'auto, seguito da Sallicano, rimasto in piedi fino all'ultimo come testimone di quel solenne addio.

Nel frattempo, spuntavano da un viottolo Luigi e Sergio, affannati; si fermarono a una certa distanza, in silenzio, quasi temessero di disturbare. Mentre Sallicano metteva in moto, si levò dai due un "ciao" sgraziato, un falsetto alto ripreso da un altro più basso, come due note da una tastiera scordata. Ma scordata era solo l'età. E il «Ci vedremo ai carrubi!» che seguì fu più aggraziato, quasi le voci avessero ritrovato la rotondità di un accordo.

Pertuso Piccione era tutta in piena luce, il pizzo che la dominava era un grigio tizzone alto nell'azzurro, la collina digradante un trionfo di sfumature di stanco verde autunnale, il traffico modesto. Il torrente del Vallone era quasi asciutto, come spesso accadeva a fine estate. I vigneti appesantiti dai grappoli di uva matura, la ruggine dei peri, lo splendore giallo e rosso dei meli... La campagna era una sequenza di frutti prossimi alla maturità o già pronti per la raccolta.

Calogero aveva preparato per la nuora, come d'abitudine, un cesto di frutta, che Giovanni – adesso più tranquillo, ma col volto ancora umido – teneva in mezzo alle gambe.

Per un lungo tratto di strada i due viaggiatori non si dissero una parola. Era come se volessero godersi il paesaggio, ma in realtà rimaneva pesante l'effetto del distacco.

I patti con Cettina erano stati chiarissimi: bisognava uscire dalla dimensione della tragedia, non lasciare polvere sulla ferita di un'assenza che non poteva non bruciare, viste le circostanze che l'avevano determinata. Per farne storia c'era davanti tutta una vita: l'infanzia e la prima giovinezza dovevano essere all'insegna della costruzione del carattere. Per qualche tempo Cettina aveva pensato di affidare Giovanni, una volta arrivato all'età scolare, a un collegio salesiano, ma poi il suocero si era fatto avanti: sarebbe stato felice di pensare all'educazione del piccolo e alla sua formazione. «Pertuso Piccione è la nostra terra» le aveva detto, «suo padre era nato qui, e tu anche... È bene che Giovanni senta il legame del sangue attraverso questi luoghi.» Così lei aveva detto di sì e aveva cominciato la sua nuova vita con Pinuccia, la figlia maggiore.

Una sorta di sospetto istituzionale circondava la condizione di vedova: chiunque si sarebbe sentito in diritto, quasi in dovere, di giudicare il suo operato, e da questa attenzione sarebbero discesi i consensi, i suggerimenti, le puntualizzazioni... Insomma, si sarebbe creata tutt'intorno una cortina che era al tempo stesso protezione e controllo. Cettina lo sapeva, aveva visto altre giovani vedove con figli nella stessa condizione, e quando prese la decisione di lasciare Giovanni al nonno si preoccupò di farlo sapere alle sue conoscenze, o addirittura di far condividere la decisione, come se non fosse stata presa dalla sola famiglia ma dalla comunità intera.

L'unico zio paterno di Cettina e sua moglie erano rimasti senza figli e lei aveva acquisito il titolo di loro figlioccia: avrebbe ereditato della buona terra nell'Agrigentino e anche la casa in cui si era trasferita prima della morte del marito. Gli zii vivevano appena fuori Menfi, dove avevano ampi vigneti che pure avrebbero fatto parte del lascito patrimoniale di Cettina. Anche loro avevano approvato l'elezione di nonno Calogero a padrino di Giovanni, e adesso che il ragazzino era tornato definitivamente a Sciacca con la madre si aspettavano di vederlo spesso.

Lo zio Pietro era altissimo e robusto, trovarselo davanti al cancello della proprietà di Menfi faceva una certa impressione: portava sempre un gilet scuro con un paio di sigari infilati nel taschino. Anche dopo aver smesso di fumare gli piaceva tenerne un paio da palpeggiare fra pollice e indice, finché non cominciavano a disfarsi. Nel 1921 aveva sposato Nadia Musca, di una famiglia ebrea di Caltagirone ben integrata nella comunità cristiana e con parenti a Pertuso Piccione ai quali faceva spesso visita. Pietro l'aveva conosciuta durante una processione, se n'era invaghito e, per quanto messo in guardia sulle sue origini, l'aveva sposata. Il matrimonio, del resto, era stato celebrato in chiesa, con la complicità del parroco, e dopo il trasferimento a Menfi il cognome di Nadia non aveva mai destato particolare curiosità.

Dopo il 1937 Pietro aveva fatto solenne promessa di proteggerla, comunque fossero andate le cose. Non c'era stato bisogno, in verità, di particolari accorgimenti, se non di qualche cautela. L'unico vero cruccio della coppia fu, dopo una serie di aborti spontanei, l'assenza di prole. Un'assenza compensata dalla nipote Cettina, che, come soleva dire Nadia, le aveva reso la gioia, se non il destino, di Sara, tardiva madre di Isacco.

La frequentazione del Vecchio Testamento e la costante rilettura degli episodi che avevano lasciato più traccia nella sua memoria erano l'unico tratto significativo della sua formazione religiosa, che era stata superficiale e senza veri sviluppi confessionali. Quella confidenza con il Vecchio Testamento le consentì di trasmettere a Cettina un patrimonio di storie che le sue coetanee, educate semmai alla lettura del Vangelo, conoscevano poco o addirittura ignoravano. Raccontava delle eroine che popolano la Bibbia – Rut, Rebecca, Noemi, Rachele, Ester, Jezabel, Giuditta, Miriam, Debora, unica donna fra i quattro giudici di Israele –, e lo faceva con un vivo senso della narrazione: di ogni personaggio sapeva i pochi dettagli riportati dal Vecchio Testamento, ma le piaceva dilatare la scena, enfatizzare i gesti: nell'immaginazione di Cettina, quel mondo crebbe a Olimpo della femminilità guerriera o, se non guerriera, battagliera. Di tanto in tanto incontrava donne che portavano uno di quei nomi, e allora si immobilizzava a contemplarle come se venissero da lontano, dal mondo di corone, armi e profezie al quale la zia l'aveva introdotta. «Vi chiamate davvero Rebecca?» chiedeva, e al sì incuriosito dell'interlocutrice lasciava cadere nomi maschili come Esaù o Giacobbe per vedere se ci fosse una reazione, se la Storia continuasse anche lì, in mezzo alla piazza di Menfi. No, niente.

Le eroine del Vecchio Testamento le tennero buona compagnia anche quando, lasciata Pertuso Piccione, si trasferì a Sciacca per maritarsi con Tano Canetti. Fu allora che Cettina meditò, e non solo perché aveva come esempi le intrepide donne di Israele, di costruire la propria indipendenza e la propria fortuna. Il ritorno del figlio avrebbe coinciso con un programma di educazione: non avrebbe mai consentito a Giovanni di rinunciare alle terre, ma desiderava per lui un avvenire nelle professioni liberali, e più precisamente un destino nell'avvocatura. Aveva dunque cominciato a studiare i professionisti di Sciacca, a metterne a fuoco le personalità, a spiare le mosse che ne trasformavano le fortune. Cettina chiedeva, interrogava, non esitava a stringere d'assedio mogli, madri, congiunti di avvocati che si erano guadagnati il rispetto della cittadinanza. Stava facendo di più: il suo campo di indagine si stava ampliando da Sciacca a Palermo e Agrigento. Avrebbe potuto, se ne avesse avuto voglia, disegnare una mappa dell'avvocatura di tutta la Sicilia occidentale.

Non si era data altrettanto da fare per la figlia femmina, la docile Pinuccia: riconosceva in lei un carattere mite ma non remissivo e vedendola giocare alla maestra con i bambini più piccoli aveva individuato in lei una naturale inclinazione all'insegnamento, una fisionomia di donna priva di interessi mondani. La scuola sarebbe stata la sua ovvia destinazione, senza particolari ambizioni di carriera universitaria: se fosse arrivata al liceo sarebbe stata felice, con o senza marito. Insomma, Pinuccia non le avrebbe dato problemi, né sarebbe stata di intralcio alle ambizioni che coltivava per Giovanni.

E Giovanni, adesso, eccolo lì. Quando la Renault 4 spuntò dal fondo della strada, Cettina era dietro la finestra del primo piano e continuò a chiacchierare con gli zii di Menfi, anche loro venuti a salutare, sistemando i capelli di Pinuccia sfuggiti ai fermagli. Vide Sallicano scendere dall'automobile, vide Giovanni, vide lo scarso bagaglio, il cesto con la frutta, e solo allora si dispose a scendere.

Anche il barone Sallicano era parte della sua strategia di apertura del mondo per il figlio: era ben introdotto a Sciacca, aveva molti amici a Palermo, e suo fratello ricopriva una carica importante alla Regione siciliana. Nei confronti di Cettina si comportava come quello che in tempi andati sarebbe stato chiamato "cavalier servente": sbrigava per lei piccole commissioni, la accompagnava in qualche occasione mondana, le riferiva notizie relative agli eventi di una certa rilevanza che avessero a che fare con la vita sociale e politica della città. Si era inoltre ritagliato una parte importante nella sua formazione culturale: le parlava di musica, la aggiornava su mostre d'arte, concerti, incontri; si era persino offerto di portarla all'opera al teatro Massimo di Palermo, e se la stagione estiva comprendeva qualche cena importante con gente di fuori (turisti eccellenti, soprattutto), faceva in modo che lei ricevesse un invito. La accompagnava anche per le strade di Sciacca durante i giorni del Carnevale, quando arrivavano forestieri incuriositi dalla fama di cui godeva nella Sicilia occidentale, e le aveva regalato un'elegante maschera dorata che le copriva il volto fino alla bocca, con un intrico di pampini sopra la testa; lui soleva portarne una da guerriero greco con una piuma blu ritta sull'elmo argenteo.

Ma adesso era tempo di ricevere Giovanni.

«Sei cresciuto» gli disse la madre. Erano uno davanti all'altra, in piedi, nell'ingresso di casa. Non un bacio, non una carezza. Si guardavano muti. «Ma crescerai ancora. E questa volta io ti vedrò crescere!» aggiunse. Soltanto allora lo abbracciò e lo lasciò abbracciare dagli zii di Menfi e da Pinuccia, dolce e obbediente. Poi, ritornata sulle sue, si girò verso Sallicano e disse ad alta voce: «Ringraziamo il barone che ti ha portato qui, e auguriamogli buona giornata».

Quello accennò una sorta di inchino e tornò al volante della Renault 4.

Durante la discesa a Sciacca, Sallicano aveva lasciato cadere qualche domanda generica: se Giovanni era contento di andare ad abitare con la madre, se aveva amici in paese, quali erano le sue materie scolastiche preferite, per quale squadra tifava, e poi se n'era uscito con un «Che cosa hai in mente per il tuo domani?» che a Giovanni era parso esagerato, sia per il tono profondo e severo sia per quell'uso fuori luogo della parola "domani" – come se già dal giorno dopo si dovesse vedere il frutto delle sue intenzioni. Insomma, restò zitto concentrandosi sul camioncino che la Renault 4 stava tentando di superare.

In verità, Giovanni non aveva in mente niente. O meglio, aveva in mente una cosa e una soltanto: rivedere l'amico Santino, conosciuto poco più di un anno prima durante i periodici soggiorni a casa della madre. Come Luigi e Sergio a Pertuso Piccione, Santino era a Sciacca il compagno di giochi, di imprese, di fughe, e soprattutto il suo maestro di nuoto. Nessuno nuotava come Santino. Il pescecane, lo chiamavano, tanto andava dritto, solcando le acque. Erano scesi spesso insieme alla spiaggia – l'avevano fatto anche quell'estate, fra luglio e la prima settimana di agosto – e ora Giovanni si augurava di godere ancora il caldo mare di settembre.

Cettina aveva fatto preparare la stanza di Giovanni con un'attenzione nuova, adesso che si trattava di una sistemazione permanente. Fratello e sorella, finalmente soli, chiacchieravano in libertà, lontani dagli adulti. Pinuccia lo aiutava a disfare il bagaglio e nel frattempo gli raccontava della mamma: gli disse che aveva grandi progetti per lui.

«Come fai a saperlo?» chiese Giovanni.

«Si capisce» rispose lei con un mezzo sorriso.

«Si capisce ma non te ne parla?»

«Proprio così.»

«E per te che progetti ha?»

«Poco e niente, è troppo occupata a pensare a te!» La sorella aveva parlato senza acrimonia.

Giovanni non diede peso a quella conversazione, invece chiese a Pinuccia se aveva visto Santino Niscemi, sapeva chi era, no? Era venuto tante volte...

«No, non l'ho visto» disse lei, «ma so che la sua famiglia non se la passa bene. Mamma dice che stanno vendendo la roba di famiglia, forse Santino non potrà continuare a studiare dopo la scuola.»

Giovanni contava sul fatto che sarebbero entrati in prima media insieme, nella stessa classe, e che insieme avrebbero continuato. Quell'accenno della sorella alle difficoltà economiche della famiglia Niscemi lo gelò. Doveva vedere Santino subito, e comunque non aveva importanza se suo padre aveva perso delle proprietà: insieme, loro due, avrebbero capovolto il destino. Avevano cominciato a leggere i romanzi di Jules Verne e si erano scambiati sogni di grandi rivolgimenti che li avrebbero visti protagonisti. Così sarebbe stato, altroché.

Pinuccia si accorse del turbamento di Giovanni e tacque anche lei. Lavoravano insieme, di lena; il silenzio era rotto dalle sue brevi richieste pratiche al fratello:

«I fazzoletti posso metterli insieme alle calze?»

«Le calze di lana vanno nel cassetto di sotto, insieme alle cose d'inverno?»

«Le camicie le lascio piegate o le appendo?»

E dalle piccole domande curiose:

«Bello questo fasciacollo... Chi te l'ha regalato?»

«Questa cintura con la fibbia dorata fa gran figura! La nonna te l'ha comprata a Pertuso Piccione?»

Le risposte di Giovanni erano altrettanto brevi e veloci: «Sì», «No», «Mettili di lato, vediamo poi in che cassetto andranno!».

Talvolta si spazientiva: «Va bene come dici tu, però sbrigati!», «Non perdere tempo a parlare, siamo in ritardo».

I ragazzi avevano appena finito quando la madre li chiamò dal piano di sotto per avvertirli che era quasi pronto a tavola. Subito dopo, passi veloci per le scale, e apparve sulla porta: gli occhi saettavano dalle valigie ai cassetti e all'armadio, tutti ancora aperti. Non fece commenti. «Gli zii sono venuti apposta per stare con Giovanni, fate presto...» si limitò a dire. E uscì.

Prima di seguirla di sotto, lui diede un'occhiata fuori dalla finestra: la palma al centro del cortile agitava flessuosa le sue lunghe foglie sotto la brezza che veniva dal mare, ma all'improvviso si alzarono raffiche di vento e quel movimento gentile si trasformò in una danza scomposta. Giovanni si fermò, affascinato da quel cielo che era diventato un caotico sovrapporsi di nubi bluastre – un campo di battaglia, un Armageddon; poi tutto fu offuscato da una pioggia violenta. Senza governo.

4
Tu ormai si' picciotto

Sciacca precipita sul mare, casa su casa, colore su colore, forma su forma, a costituire, vista da lì, una Gerusalemme disordinata ma fascinosa e solenne. I saccensi lo sanno: sanno di cosa è fatto il vedere da terra e di cosa è fatto l'essere visti dal mare. E al mare si offrono, quasi sentissero, in quell'essere parete alta di edifici di incerta geometria, la Storia che l'ha voluta esposta ma non violata, città araba virtualmente imprendibile e invece presa, anche lei come tutte le altre città siciliane contagiate da culture diverse.

A Santino piaceva raccontare che, quando suo padre diceva alla gente di fuori «Sono di Sciacca», quel nome suonava come uno schiaffo, come uno straccio che sbatte al vento, come un insulto beffardo. Lui e Giovanni non si vedevano da un mese, ma in quel mese di piena estate era successo di tutto. Suo padre era tornato da Palermo con delle carte scritte a macchina, tutte ciancicate, le aveva sbattute sul tavolo della cucina e aveva annunciato: «Sono rovinato». Poi aveva dato le spalle alla moglie e se n'era uscito.

Erano le carte del fallimento della sua rappresentanza di tessuti. Un disastro. I conti non tornavano da un pezzo, ma lui non ci aveva fatto caso; aveva affidato tutto a un commercialista che a sua volta lo aveva truffato. Non solo: aveva sperato che la spinta accentratrice delle industrie del continente allentasse la morsa per continuare a lasciare il posto ai distributori al dettaglio, come era lui, quelli a cui erano noti il territorio, i clienti, la loro ramificazione nella Sicilia occidentale. Invece, niente. I clienti non sentivano il bisogno di rivenditori capaci di spiegare, di mostrare, di negoziare: avevano fretta. Il fallimento aveva rotto gli argini: saldati gli ultimi debiti, Pippo Niscemi si era reso conto che qualsiasi passo avesse fatto da allora in poi lo avrebbe esposto a ulteriori abissi finanziari impossibili da colmare, anche vendendo le poche proprietà salvate dai creditori. Da allora si era chiuso in casa, avulso dalla vita quotidiana e disinteressato perfino al figlio; si limitava a guardare il mare seduto sul balcone, e quando usciva era per scendere al porto e andare a bere.

Pippo Niscemi non era più giovane. Si era sposato a quarant'anni passati. Assunta Cozzo, la moglie diciottenne, figlia di un cliente, aveva un che di selvaggio e portava abiti sgargianti contro i quali spiccavano i folti capelli neri, le labbra rosso fuoco, le lunghe ciglia cariche di mascara. Era stata lei a voler mettere su casa a Sciacca: lì era nata e lì voleva rimanere. Pippo avrebbe preferito Agrigento, ma – visto che viaggiava spesso per lavoro – alla fin fine non faceva tanta differenza e l'aveva accontentata. A Sciacca avevano trovato una bella casa, dove era nato il primogenito, Santino.

Due anni dopo, era nata una bambina, Maria, morta nemmeno un mese dopo per una malformazione cardiaca. Da allora, il rapporto tra marito e moglie si era raffreddato. Lui avrebbe desiderato un altro figlio, ma Assunta non ne voleva sapere, terrorizzata di perdere anche quello. Per rasserenarla, lui le comprava tutti i vestiti e i regali che desiderava; spesso andavano a Palermo, che sembrava una piccola Parigi, con un conservatorio rinomato, due meravigliosi teatri lirici, sale da concerto, due teatri di prosa e numerose gioiellerie, negozi eleganti, pasticcerie svizzere e sale da tè. In tutte le stagioni la città era affollata di turisti, alloggiati in grandi alberghi ricavati in edifici un tempo appartenuti a famiglie di imprenditori, commercianti o aristocratici decaduti.

Ma per quanto i tessuti rendessero bene, a poco a poco quel tenore di vita aveva costretto Pippo a vendere dapprima dei terreni di famiglia nell'Agrigentino – affidati a un campiere che si era rivelato mafioso e che non riusciva più a gestire in autonomia –, poi la poca argenteria e i quadri ricevuti dai genitori.

Era stato allora che aveva rivisto il maresciallo Amedeo Grillo, un vecchio amico di Cefalù, ex commilitone, che aveva fatto carriera a Sciacca e che si era offerto di aiutarlo nella sua attività: aveva contatti importanti ed era anche socio della Lega Navale. Dopo il primo invito a pranzo, il maresciallo gli disse candidamente che avrebbe gradito essere ospite in casa sua più spesso, perché Assunta cucinava come un angelo – perfino la salsa di pomodoro aveva un sapore, fra il dolce e il piccante, che la rendeva unica. «Unica» ripeteva il maresciallo Grillo con una sorta di esibita voluttà. E così la famiglia si era "allargata": il maresciallo pranzava immancabilmente dai Niscemi, ogni giorno – anche se Pippo era assente per lavoro. Adesso poteva allontanarsi più agevolmente, certo che Amedeo si sarebbe dedicato alle piccole incombenze domestiche di cui si occupavano i maschi. Forse gli dava fastidio che il maresciallo desse consigli anche sull'educazione di Santino, mentre Assunta dimostrava di tenere in gran conto il suo parere.

Quando era a Sciacca, Pippo non andava mai a letto dopo pranzo, non ci era abituato. Preferiva rimanere in soggiorno a leggere i giornali, o godersi il panorama da solo, dal balcone; Assunta e Santino invece facevano la siesta, ciascuno nella sua stanza. Anche il maresciallo riposava in casa: su suggerimento di Assunta, gli era stata offerta la camera degli ospiti, quasi sempre vuota perché era raro che venissero parenti e amici.

A Pippo Niscemi piaceva sentire sul volto la carezza del

venticello che saliva dal mare, e gli piaceva guardare tutto quell'azzurro: era solcato in basso da qualche nave all'orizzonte e in alto dagli uccelli che attraversavano il cielo in formazione compatta, piegavano all'unisono librandosi in quota, infine scendevano in picchiata sul mare – quasi a lambirne le onde spumose – per risalire solenni e stupendi contro il cielo luminoso, ancora e ancora. Bastava che afferrassero col becco anche un solo pesciolino intrappolato sulle onde schiumose per sentirsi vittoriosi.

Talora Pippo Niscemi scendeva, solo, al porto. Solo davanti al mare silenzioso e vuoto. I pescherecci non erano ancora rientrati, i mercantili erano in viaggio. Le barche da diporto, alla fonda in attesa dei turisti del pomeriggio, ondeggiavano dolcemente all'apparenza dimentiche delle preoccupazioni quotidiane dei loro proprietari: se il bel tempo durerà; se ci saranno turisti desiderosi di imbarcarsi; se si faranno gite a ovest, all'isola di Mozia, o semplicemente a Selinunte, lungo la costa; se si inizierà un vero e proprio viaggio fino a Porto Empedocle, o perfino a Gela, dove erano state scoperte le mura arcaiche della *polis* greca, rimaste sepolte sotto la sabbia per duemila e cinquecento anni.

La contemplazione non placava la sua ansia: il reddito che gli veniva dagli ultimi terreni che aveva salvato dal tracollo non era sufficiente per mantenere la famiglia come lui avrebbe desiderato e come Assunta esigeva. Aveva chiesto danari in prestito alla banca, e di recente anche a individui poco raccomandabili; in particolare, a uno che credeva fosse un amico, suo compagno di banco al ginnasio: si era invece rivelato uno strozzino e gli rendeva la vita difficile. Pippo non aveva rivelato alla moglie, e nemmeno ad Amedeo, che era ricorso ad altri strozzini per ripagare il debito.

Per un po' era sembrato che la vita riprendesse a scorrere serena, anche se in casa c'era meno larghezza. Ma poi erano ricominciati i dispiaceri, i malesseri, le seccature, le ansie; e i capricci di Assunta. Ai propri doveri di moglie e di madre lei ottemperava a modo suo e quando ne aveva voglia, eppure era molto amata; Pippo e Santino accettavano il suo temperamento capriccioso, e anzi lo assecondavano.

Nell'unico palazzetto della zona abitavano il cavalier Rigona e sua moglie. Nel 1963, l'arrivo della televisione in Sicilia aveva creato un flusso costante di comunicazione. I Rigona erano stati i primi ad acquistare un televisore: in certi pomeriggi il loro soggiorno si trasformava in un piccolo cinematografo, con poltrone e sedie, dove erano ospiti graditi tutti i bambini del quartiere, per vedere il mago Zurlì o altri programmi della tv dei ragazzi.

Di sera i Rigona preferivano guardare la televisione da soli, ma non sempre. Per anni Pippo e Assunta erano stati invitati a vedere "Lascia o raddoppia?" o il Festival di Sanremo. Si conoscevano da anni, e l'avvocato e sua moglie notavano nella giovane coppia un'inquietudine che li turbava.

Pippo, che tutti consideravano un uomo tranquillo, un incassatore, a un tratto sembrava diverso, nervoso, quasi irascibile. Talvolta Assunta arrivava in uno stato semplicemente sconcertante: scapigliata ma profumata, in disordine ma benvestita, il volto senza trucco e pallido, le unghie perfettamente laccate di rosso.

In casa Rigona si stava bene, c'era una profonda tranquillità che a Pippo e Assunta sembrava naturale, e il cavaliere e sua moglie, donna Isabella, avevano sempre un occhio di riguardo per il piccolo Santino. A volte arrivava da Palermo la nipote Margherita, uno scricciolo sorridente che sedeva composta nella sua poltrona e rideva sonora alle battute dei comici della tv.

Era stato dopo quegli anni di scambi e simpatia, di pomeriggi e serate davanti alla tv, che era arrivato il maresciallo Grillo. «È un commilitone» aveva detto Pippo ai Rigona, «resta con noi.»

Di Pippo Niscemi si sapeva che aveva debiti – non perché avesse qualche vizio costoso, ma per incapacità imprenditoriale, complicata dai capricci di Assunta –, mentre, al di là della presentazione che Pippo aveva fatto di lui, di Amedeo Grillo non si sapeva altro che era originario di Palermo, maresciallo e scapolo.

Talvolta Pippo era attraversato dal sospetto: dopo pranzo sembrava che Assunta e Amedeo si ritirassero ciascuno nella propria stanza, ma vedeva gli sguardi che si scambiavano quando lui andava al balcone. Aveva sempre un senso di rabbia verso se stesso, e sempre più spesso restava a dormire fuori casa: non se la prendeva mai con l'amico, che era il loro protettore e padrone; anzi, gli era grato.

Non fu mai geloso, né si sentiva davvero ferito nell'onore, anche se alla fine era arrivato alla certezza che tra lui e la moglie ci fosse un'intesa sessuale; con l'età si era distaccato da quel tipo di godimento: si sentiva vecchio e stanco, preferiva lo stordimento di un buon vino. Si preoccupava però per Santino, che chiamava il maresciallo "zio" ed era convinto che fosse un lontano parente.

A Santino piaceva studiare e voleva diventare ingegnere navale. Una volta aveva visto un peschereccio colare misteriosamente a picco appena fuori dal porto: continuava a fare domande, quell'affondamento si era trasformato in un'ossessione. E allora, tra una conversazione e l'altra, tra un marinaio lesto di lingua e certe occhiate d'intesa, aveva cominciato a girare la voce che l'affondamento era stato un castigo. Castigo? Di chi? Per cosa? L'unica risposta a cui Santino pensava di poter dare credito era una sola parola, piccola e piena di mistero: mafia. Il maresciallo non aveva fatto commenti, era chiaro che sapeva.

Una sera, rincasando quasi ubriachi dal Carnevale, Assunta e il maresciallo si erano dichiarati amanti. Era stato Amedeo a parlarne a Pippo: «Io a tua moglie ci tengo e tu devi accettarlo. Il ragazzo non deve sapere più di quello che già sa: io baderò a lui, aiutandolo come posso, finché potrò restare. Ed è mia intenzione restare a lungo».

Assunta non diceva niente, ma il suo comportamento parlava, e parlava contro il marito: voleva fargli capire la sua posizione. Guardandolo negli occhi, aveva allungato la mano per stringere quella del maresciallo. «Abbiamo un figlio da crescere, Pippo» disse freddamente al marito. «Con le tue stoffe, prima o poi si arriva allo sfacelo.»

Lo sfacelo sarebbe effettivamente arrivato. E finì che il maresciallo si dileguò, ma solo per lasciare il posto al capitano di lungo corso Paolo Barra.

Santino e Giovanni tornavano insieme a casa da scuola, come di consueto.

Erano silenziosi.

Santino aveva grandi occhi che spiccavano nerissimi dentro il volto affilato, e quegli occhi si lasciarono scrutare e penetrare da quelli dell'amico. Anche l'amicizia passa per gli occhi, quando si è bambini: lo sguardo schietto si affievolisce con l'età.

«Mio padre sta male» disse Santino di punto in bianco.

«Di cosa?» domandò Giovanni.

«Di danari, credo.»

«Si può stare male di danari?»

«A quanto pare, sì.»

Giovanni si mise a raccontare che a Pertuso Piccione aveva raccolto le offerte per la festa di San Calogero, il santo del nonno, che poi dovevano essere devolute al Boccone del povero. Come tesoriere era stato abile e attento, e forte del suo gruzzolo si era rivolto al maestro per chiedergli se era vero che i danari sono come le piante, che se si lasciano in banca crescono come semi nella terra. Lo aveva sentito da gente che parlava con i nonni. "Investimenti" li chiamavano, e con questi investimenti capitava di fare più danari che con il sudore della fronte. Il maestro aveva confermato: più o meno, era così.

«Bisogna che tuo padre lo sappia, così si toglie il male. Si vola come Gagarin, ormai. Possibile che non si guarisca dal male dei danari?»

«Gagarin!» E Santino aprì le braccia cominciando a ruotare intorno all'amico.

«Scimunito, Gagarin se ne sale nella stra-to-sfe-ra volando dritto dritto, non è un uccello!»

E giù a ridere.

«Io voglio andare in America» continuò Giovanni.

«E io a Milano...»

Altre risate.

«Che ne sai di Milano?»

«E tu l'America dove l'hai vista?»

«Al cinema.»

«Ah, allora...»

«Piuttosto, hai finito l'album delle figurine dei calciatori?» Era il momento in cui si contavano le doppie e si registravano i vuoti – ah, il Giacomo Bulgarelli!

Quel "mi manca" che si diceva per intendere, per l'appunto, il vuoto che l'assenza lasciava sull'album, in verità sembrava evocare un'altra "mancanza", che Santino neppure sapeva mettere a fuoco. Era lo stesso mancare che Giovanni collegava all'assenza di suo padre, di cui si diceva – ma solo talvolta – che si era "tolto la vita", senza aggiungere altro, e soprattutto senza mai parlare di suicidio. Non aveva mai menzionato la vicenda, e quando veniva interrogato da Santino diceva di non ricordare, diceva che neppure sapeva com'era andata davvero, che cosa era effettivamente successo.

Cettina gli aveva sempre parlato di una "malattia", una malattia diversa dalle altre, di una "debolezza" che consumava l'anima. Lui si era accontentato della spiegazione, gli pareva credibile e meno straziante di quanto sospettava. Il guaio era difendersi dalle occhiate della gente, che nei primi tempi lo guardava con facce appese, penose, tutte uguali. Mischino, gli dicevano senza dirglielo.

Giovanni era troppo piccolo per dare a quelle facce un peso più forte del fastidio, ma Santino a undici anni era abbastanza grande per notare cosa stava succedendo in casa sua, quel fare torvo e pensoso del padre, l'ostilità della madre nei confronti del marito, e anche le visite di Paolo Barra, capitano di lungo corso che si presentava la mattina con il pane fresco e una teglia di sfincione comprati dal panettiere e i dolcini della pasticceria dirimpetto, e poi un bendidio di carne, pesce e verdure. Il capitano scambiava due parole con la madre e ricompariva nel tardo pomeriggio, quando Pippo scendeva a bere alla marina e ricompariva soltanto per l'ora di cena. Allora, seduto a tavola, interrogava il figlio sulla scuola, sugli insegnanti, sui compagni, ma perlopiù distratto, sotto le occhiate minacciose della moglie.

Giovanni e Santino si fecero qualche confidenza – che in realtà erano frasi spezzettate, intervallate da battute, versi, spallate, pugni – e scesero correndo al mare. C'erano pochi bagnanti, ma fra quei pochi qualcuno li squadrò con commiserazione – sguardi di cui entrambi, per ragioni diverse, sembravano non riuscire a liberarsi. Restarono a mollo a lungo: Santino aveva una confidenza straordinaria con il mare, nuotava senza stile ma con bracciate poderose, quasi dovesse ararla l'acqua, consumarla, divorarla. Giovanni aveva imparato dall'amico a considerarla un secondo elemento vitale, come l'aria, e gli stava appresso senza fatica ma anche senza competizione. Talora sparivano sotto la superficie e riemergevano all'unisono scuotendo il capo per liberare i capelli dall'acqua che schizzava a schiaffi tutt'intorno.

Restarono in mare finché la pelle grinzosa dei polpastrelli non li fece a tornare a riva, e all'asciutto, dove aspettarono il mezzogiorno. Fecero di corsa le tante scalinate che portavano a casa di Santino e nell'ultimo strappo, da sotto in su, videro – quasi aquila a riposo – Assunta che fumava, i gomiti sulla ringhiera di ferro battuto, i capelli lunghi e neri spettinati, le ginocchia che spuntavano dal vestito scuro, come fosse a lutto, i piedi nudi con le unghie laccate di un rosso acceso. Anni prima, gli amici del figlio l'avevano ribattezzata "la Magnani", tanto ricordava l'attrice romana, per il fuoco che aveva dentro, per gli sguardi sfrontati, per la camminata decisa, incurante del mondo, e soprattutto del piccolo mondo sciacchitano.

«Vieni subito a salutare tuo padre» disse a Santino scostandosi una ciocca dalla fronte. «E tu?» si rivolse poi a Giovanni. «Che fai? La fai a Sciacca la scuola, quest'anno?»

Ricevuta risposta affermativa, continuò: «E speriamo che rigate dritto, tutti e due. Diventerete grandi, finalmente» aggiunse, come se esprimesse non un augurio ma una minaccia.

Santino riapparve alle spalle della madre e a vederli così, uno vicino all'altra, sembravano copie di uno stesso stampo, lui lungo lungo, trasparente, lei misteriosa, levigata come marmo.

«Salutami tua madre, non te lo scordare!» continuò Assunta puntando il dito indice su Giovanni.

Giovanni fece di sì con la testa, e prima di voltarsi salutò Santino che rientrò nel buio, quel buio così caratteristico delle case mediterranee quando il sole picchia senza pietà e cancella tutti gli interni.

«Metti a tavola il vino del capitano, va'» sentì che gli diceva la madre.

In effetti Cettina e Assunta si incontrarono più volte negli anni che seguirono. Assunta si occupò del magazzino del marito – un investimento degli anni migliori, sulla strada per Castelvetrano – cercando di disfarsi delle stoffe che, non avendo più mercato, erano rimaste a fare tarme. Aveva imparato a guidare e ci andava con la vecchia Fiat 600, a volte facendosi accompagnare da Santino e Giovanni.

Per i due ragazzini era occasione di gioco: si arrampicavano sugli scaffali e si lasciavano cadere dove i rotoli di tessuto, ammassati, consentivano un atterraggio morbido; oppure si drappeggiavano con le pezze avanzate come antichi Romani e riempivano di grida gli spazi vuoti.

Dall'alto degli scaffali avevano assistito a certi incontri di Assunta con mediatori che per pochi soldi li avrebbero sbarazzati dei tessuti. Un giorno si accorsero che uno di quegli uomini non si limitava a negoziare acquisto e rivendita, ma a voce più bassa si rivolgeva a donna Assunta, piantata in mezzo al magazzino con la luce che le cadeva addosso da un finestrone alto; lei, scivolando fra un insulto e una risata chioccia, lo rimetteva a posto, faceva segno che c'era il figlio, che tacesse, ma era evidente che non lo stava liquidando come invece avrebbe dovuto.

Una volta liberato, il magazzino poteva finalmente essere venduto e anche per questa trattativa Assunta combinò diversi incontri. «Con il ricavato ti mando al liceo e poi ti pago l'università» disse a Santino quando le sembrò di aver trovato l'acquirente giusto.

Il figlio la ascoltava compunto e sbirciò in direzione del padre che quella volta era venuto, lui pure, per incontrare l'interlocutore e firmare le carte. Si era infilato una giacca di gabardine, vecchia ma ancora in buono stato, e se ne stava in disparte, lasciando alla moglie il compito di chiudere il contratto.

Assunta aveva conservato un bel taglio di stoffa scozzese blu e verde per farne dono alla madre di Giovanni. Andò a trovarla a casa sua e glielo consegnò avvolto in carta velina, come usavano le sarte. Le due donne restarono davanti all'ingresso, Cettina non si sentiva a suo agio a riceverla in casa e Assunta non voleva essere ricevuta. Avevano entrambe – per quanto potesse sembrare paradossale – una reputazione da difendere: l'una di vedova sospettata e l'altra di maritata infedele.

«Non dovevi, Assunta» disse Cettina meccanicamente, ma quando aprì il pacco restò senza parole.

«Quel che resta del nostro magazzino» disse l'altra, sarcastica.

«Ma che bello...» Cettina carezzava la lana leggerissima, perfetta per gli inverni miti di Sciacca.

«Mio figlio lo voglio ricco, voglio che vada a testa alta nel mondo» si lasciò andare Assunta.

Cettina annuì forte. «Dai loro padri hanno poco da imparare» disse, ma poi si pentì di tanta confidenza e rettificò: «Ai loro padri, che ci siano o che non ci siano, devono rispetto, ma devono anche andare avanti... Non avessi avuto mio suocero a Pertuso Piccione e quei santi degli zii di Menfi, sarei in mezzo alla strada».

«La disgrazia ci fu, ma sei stata fortunata. Per me la bella vita, ahimè, è durata poco» disse Assunta scuotendo la testa. «Adesso ho solo creditori alle calcagna.»

«Questi figli nostri studiano e devono continuare a studiare, e quando si saranno presi la laurea dovremo aprire per loro strade nuove, strade che neanche si immaginano. Non ci dobbiamo accontentare.»

Cettina, avvampata dalla visione del futuro, trascinò Assunta in casa, le indicò il divano nel salotto, le si sedette davanti, il taglio di tessuto scozzese sulle ginocchia, e attaccò a parlare: «C'è un mondo che si muove là fuori. Come dice Giovanni, Gagarin va nello spazio. E noi? A noi dello spazio non ci importa, a noi basta la terra, ma non quella della campagna, che pure ne abbiamo un po' e ce la teniamo... Noi alla terra dei danari dobbiamo mirare, e al potere che danno i danari».

Le mancava il fiato, e Assunta si aggrappò a quelle parole e ne fece bandiera: «Da parte mia, farò tutto quello che si può, e anche quello che non si può. Sulla Luna li mandiamo, Santino e Giovanni.»

Nel vano di una porta comparve proprio allora Pinuccia, che era appena rientrata e si era fatta avanti per salutare. Contemplava le due donne con una dolente, cauta curiosità, ma fece in modo che né l'una né l'altra le rivolgessero la parola. Si limitò a sparire, in silenzio.

Né a Cettina né ad Assunta era chiaro che cosa si stessero veramente dicendo. Non era né un'alleanza né un progetto. Non stavano firmando un patto. Ognuna cercava di attingere, ciascuna da sola dentro se stessa, la forza necessaria per una vita solitaria che avrebbe fatto vivere bene i loro figli. Entrambe si sarebbero date da fare senza cercare nell'altra appoggio o consenso. Una cosa, invece, era chiarissima: si trovavano dalla stessa parte della barricata, ed erano donne destinate a muoversi in una società di uomini per far trionfare gli unici uomini dei quali ora importava loro qualcosa: i figli. E attraverso i figli si sarebbero trovate, ognuna a suo modo, un posto accanto a loro.

La conversazione continuò a lungo, ma non scivolò mai nell'intimità della confidenza o nel vuoto della chiacchiera. Cettina vedeva in Assunta la donna che non era e non sarebbe mai stata: passionale, violenta, sensuale. Assunta vedeva in Cettina una lucida dominatrice, capace di programmare e di governare. Non erano, né volevano considerarsi, amiche: nei codici della piccola società sciacchitana la loro non poteva essere un'amicizia. Ma se ce ne fosse stata la possibilità avrebbero passato la serata insieme, avrebbero anche ceduto alle confidenze. Un allarme che era anche giudizio, cautela, rigore le teneva lontane da quella eventualità. Si limitarono così a fare tesoro delle dichiarazioni che si erano depositate nel salotto di casa Canetti come della carta di un'operazione militare, per il bene dei rispettivi figli.

Assunta aveva salutato Cettina ed era tornata a casa. Chiusa la porta, uscì sul balcone affacciato sul mare e fu tutta nella luce: si sentiva liberata, ma non sapeva bene da cosa – forse, dalla solitudine. Tornava al passato, alla sua famiglia d'origine. Non aveva mai assistito ad affettuosità tra padre e madre, ma neppure a dei patenti bisticci. Era in effetti una famiglia di estranei, senza litigi o risate, in cui i silenzi erano lunghi e vuoti. I figli erano accuditi e amati, anche se con una certa freddezza: il matrimonio dei suoi genitori era fragile come un castello di carte, eppure non era crollato. Lei, la figlia maggiore, tentava di dare affetto al fratello e alla sorella minore e cercava le carezze del padre, un uomo mite dagli occhi buoni – cattivi soltanto se litigava con la moglie.

Quando ebbe dodici anni, si sentì dire che era diventata una "signorina" – lo era diventata in anticipo, e la madre se ne lamentava. Era stato un trauma per Assunta, non era preparata. La madre, per rassicurarla, le disse: "Adesso puoi avere figli e maritarti". Non fu per niente un sollievo: Assunta non riusciva a smettere di pensare a quelle parole, divisa tra fierezza e paura. Poteva avere figli: e dunque? Avrebbe dovuto sposarsi? Avrebbe dovuto sacrificarsi per allevare la figliolanza? Lei non voleva ripetere la vita dei genitori, voleva essere libera, lavorare e mantenersi da sola. Cominciò a pensare che le sarebbe piaciuto avere successo in un lavoro, ma non aveva idea i lavori che cosa fossero, e tuttavia un'occupazione, anche un'occupazione qualsiasi, malpagata, le sembrava meravigliosa. Questo perché avrebbe guadagnato danari, col suo sudore, danari che sarebbero appartenuti soltanto a lei. Sentiva che così avrebbe potuto raggiungere l'emancipazione. Era solo una ragazzina, aveva ancora due anni di scuola obbligatoria, doveva prendere un diploma, ma nel frattempo continuava a sognare.

A sedici anni era una bella ragazza, fiorente. Aveva imparato a muoversi con grazia, a sorridere a chi voleva piacere e a salutare gli altri con rispetto e distacco. A quel tempo si sforzava di nascondere il suo lato passionale, e ci riusciva bene. I suoi genitori rimasero sorpresi e meravigliati quando Pippo Niscemi, rinomato rappresentante di tessuti, tramite certi conoscenti ordì un incontro per sondare la possibilità di un matrimonio con Assunta.

Sarebbe stato un salto sociale, ma anche un matrimonio

tra due famiglie che non si conoscevano, cosicché la proposta destò qualche perplessità. In quel periodo il padre di Assunta, all'apparenza robusto, aveva avuto dei problemi al cuore: cosa sarebbe successo se avesse dovuto lavorare meno? Non se ne parlava mai apertamente, ma lei capiva dalle mezze parole, dagli sguardi, dai sospiri, che quella proposta di fidanzamento forse avrebbe risolto le ansie dei genitori: una figlia maritata sarebbe stata una bocca in meno da sfamare. E aveva detto sì.

Non era stato un matrimonio riuscito, ma aveva funzionato, almeno nei primi tempi. Almeno finché non era morta Maria. Assunta aveva appena compiuto vent'anni, aveva sperato che, crescendo, la bambina sarebbe stata la sua compagnia, quasi un'amica. E invece. Ricordava ancora l'espressione del medico, quando aveva fatto la diagnosi: lei cercava i suoi occhi e non ne traeva che sguardi diretti, umidi, certi. Poche settimane dopo, la bambina era morta.

Venne sepolta in una cappella dove una parete vicino all'altare era destinata alle piccole tombe di infanti: erano tutte femmine, morte prime di raggiungere un mese di vita, come sua figlia Maria. Lei guardò torva il marito: «Ma allora» gridò «siete una famiglia che produce figlie malate, figlie che muoiono neonate! Avresti dovuto dirmelo, non ti avrei sposato».

Pippo era impallidito. «Queste non c'entrano.» Le toccò una spalla. «Poi ti spiego...» Assunta s'era scrollata di dosso la mano di lui e si era accostata al loculo più vicino: «Maria Concetta Niscemi salita in cielo dopo tre giorni di vita» lesse ad alta voce. Le altre donne di famiglia l'avevano circondata, ansiose. Una zia del marito la abbracciò e le disse: «Andiamo, Assunta, andiamo via».

A braccetto, lungo il viale, rallentarono e fecero passare gli altri davanti a loro. La zia le bisbigliò: «Quelle bambine sono andate dritte in paradiso. Tante sono state "incoraggiate" ad andarci, c'erano troppe femmine e troppi pochi danari in casa per allevarle e dargli una dote quando sarebbero state in età di sposarsi. Era meglio così. Ma è tristissimo. Oggi il mondo è diverso. Le donne lavorano, hanno il diritto di voto e anche quello di godersi la vita. Tu hai già un figlio: pensa a te stessa e alla tua felicità. E ricordati che io ti voglio bene». La zia continuò, sempre sottovoce: «Se posso aiutarti sono a tua disposizione, adesso e sempre».

Assunta ricordava quelle parole e lo sgomento che le avevano causato, anziché esserle di conforto. Aveva deciso che sarebbe stata una brava madre e una moglie ligia ai suoi doveri, pronta – se richiesto – a sostenere il marito nei suoi rapporti di lavoro e nelle relazioni sociali; ma avrebbe anche anteposto la propria serenità – e chissà, la felicità e l'amore – a tutto, perfino a suo figlio. E così avvenne che Assunta visse appieno la propria vita, divisa in vari cassetti – tutti parte dello stesso armadio, ma separati. Moglie attenta e devota al marito in società, a casa invece era la padrona, benché fosse lei a dedicarsi alle faccende domestiche per mantenere il loro appartamento pulito, dignitoso e gradevole. Faceva parte di un'associazione femminile cattolica e dava quel poco di danari che riusciva a risparmiare sulle spese di casa per le orfanelle. Si sentiva libera e per lungo tempo si era comportata con discrezione, senza mai mancare di rispetto al marito: in ragione di ciò venivano considerati una coppia unita e perbene. Ma poi, quando gli affari avevano cominciato ad andare male e lui non era stato capace di impedire che andassero peggio, Assunta aveva perso la stima e la fiducia nei suoi confronti: Pippo non era in grado di provvedere alle necessità della sua famiglia, e così al risentimento per la morte di Maria si era aggiunto il disprezzo. Si era resa conto di dover risolvere la situazione da sola e, dopo aver sacrificato al ruolo di moglie e di madre i suoi sogni di emancipazione, aveva dovuto constatare con amarezza che aveva un unico modo per riuscirci.

Assunta guardava il mare e si chiedeva: "A che mi è servito tutto questo? Che cosa ho ottenuto? E che farò in futuro?'". Era soprattutto quest'ultima domanda ad angosciarla. Proprio in quel momento, un gran rumore di ali: i piccioni erano volati dal tetto tutti insieme tubando, messi in fuga da un nugolo di gabbiani candidi. Dopo un po' i gabbiani ritornarono a mare, ma dei piccioni non c'era più traccia.

Assunta continuava a guardare il cielo e i tetti di Sciacca e si sentì invasa da una sensazione di quiete. Aveva lottato per procurarsi la sua contentezza, e avrebbe continuato a fare l'impossibile perché Santino avesse una vita felice. Santino per lei era tutto.

Era un caldo pomeriggio autunnale; come spesso usava fare, il barone Sallicano accompagnava madre e figlio a fare spese e a passeggio al porto. Li aveva fatti salire sulla sua Renault 4 e si sforzava di essere amichevole con Giovanni. Cercò di attingere al suo scarso patrimonio di battute ma non ottenne neanche un mezzo sorriso, allora chiese se era stato al cinema, che cosa aveva visto, ma lui al cinema ci andava di rado, non conosceva i nomi degli attori, e la conversazione languiva. Ci pensò Cettina a mettere fine alla pantomima, proponendo di fermarsi a una bancarella di pesce, non lontano dal porto. Aveva voglia di cucinare una ruota di pesce spada, ma se non ne avesse trovato di freschissimo avrebbe acquistato del polpo – a lei bastava uno sguardo per capire se era di buona qualità e se avrebbe retto la bollitura senza perdere gusto e morbidezza. Trovò l'uno e l'altro, era felice. Il pescivendolo incartò il polpo sgocciolante e il pesce spada, poi li infilò in un sacchetto di plastica leggera. Sallicano, da buon cavalier servente, non contento di aver pagato pregò Cettina di lasciargli il compito di portare il sacchetto. Lei glielo passò con fare nervoso, come se non si fidasse. Giovanni li ignorava, camminava con passo svelto e saltellante, ogni tanto rimaneva indietro.

Sallicano si permise di richiamarlo e Cettina lo fulminò,

che non osasse. Poco più in là, non lontano da dove avevano posteggiato l'auto, Sallicano, nel girarsi per l'ennesima volta a vedere che fine aveva fatto Giovanni, strusciò il sacchetto contro il muro ruvido di una casa: la plastica si lacerò, gli involti caddero a terra, si aprirono, e pesce spada e polpo scivolarono inermi sull'asfalto. Cettina si piantò in mezzo alla strada, e davanti a suo figlio allibito gridò: «Guarda che hai combinato! Raccogli!». E dato che Sallicano non si decideva ad agire, pensando che, anche se si fosse chinato a raccogliere il pesce, poi non avrebbe saputo dove metterlo, «Raccoglilo!» ripeté. «Raccoglilo subito! Forza, che cosa stai aspettando?!»

Giovanni rimase inchiodato dov'era: tanta umiliazione, e inflitta con tanta violenza, lo aveva ammutolito, si vergognava di sua madre. Sallicano si mise in ginocchio per raccogliere il pesce. Cettina ordinò a Giovanni di seguirla e lasciò il barone dov'era. Sarebbero tornati a casa a piedi.

Fino ai primi anni del liceo, Santino e Giovanni rimasero gli adolescenti che avevano imparato a essere: pieni di sogni e guardati a vista dalle rispettive madri. Santino teneva d'occhio il padre, e lo vedeva precipitare in uno sconforto sempre più dolente e sempre più alcolico, di cui la madre all'inizio aveva cercato di non occuparsi. Con il passare del tempo, però, aveva dovuto accompagnarlo al pronto soccorso – in qualche occasione insieme a Santino –, e più di una volta gli aveva parlato come avrebbe fatto una moglie sollecita: «Non c'è bisogno che tu ti riduca uno straccio» gli diceva, e gli consigliava di prendere in considerazione offerte di lavoro nell'ambito del turismo – in fondo, c'era stato un tempo in cui con la gente ci sapeva fare. Così lui aveva fatto, le aveva dato retta, ma erano sempre periodi di occupazione brevi, ai quali finiva per sottrarsi o dai quali veniva congedato. I rari momenti in cui a Santino pareva un uomo avvicinabile erano quando lo trovava sul balcone a contemplare il mare. Allora gli si avvicinava, «Come stai, papà?». Bastava quella domanda perché gli occhi azzurri di Pippo si illuminassero, ma poi si rincantucciava nel silenzio, in quel contemplare, in quell'abbandono. Aveva tutta Sciacca sotto di sé, sentiva salire fino al suo balcone i suoni più vicini delle case – l'acciottolio delle stoviglie, le voci, lo sbattere dei panni, il profumo del bucato gonfiato dal vento, gli odori di cucina –, e da più lontano quelli del mare. Non era follia, la sua, era come se guardando il mare si fermassero il mulinare di pensieri, la giostra delle colpe, lo spavento davanti al futuro. «Sto bene» rispondeva, e riconosceva nel quindicenne che aveva davanti un piccolo uomo: negli ultimi anni lo aveva visto crescere, ma aveva visto crescere anche la sua rabbia, la sorda ostilità nei confronti della madre. «Non devi prendertela con lei» gli diceva. «Vuole solo il tuo bene, devi rispettarla. È una brava madre.» E poi, dopo una pausa: «Io ho sbagliato troppo».

Allora lei compariva e sembrava occupare tutto lo spazio: bella, imperiosa, dominatrice. «Lascia riposare tuo padre» ordinava a Santino sottovoce, «fagli sentire che stai facendo il tuo dovere, e anche lui sarà più tranquillo.»

Il capitano Barra appariva e spariva. Ma non dimenticava mai di portare qualcosa di utile per fare contenta Assunta; cercava anche, senza riuscirci, di ingraziarsi il ragazzo. A volte invitava madre e figlio e offriva gli squisiti spongati della migliore gelateria, quella davanti alla Matrice. Santino tollerava, ascoltava, parlava solo se interrogato, e l'unica volta in cui sorrise fu quando Barra gli offrì una granita di caffè dicendo: «Tu ormai si' picciotto». Si era accorto che il capitano, aitante e vanitoso, si tingeva i capelli, ma non andava dal barbiere con regolarità e dunque tra la fronte abbronzata e la riccia chioma corvina c'era sempre la ricrescita bianca. Assunta stava maturando un atteggiamento di sufficienza nei confronti di Barra: con il tempo si era rivelato meno generoso e i regali che portava erano tutti di seconda scelta; come di seconda scelta erano le attenzioni che le riservava, essendo ancora legatissimo alla vecchia madre che viveva a Trapani, dove andava molto più spesso che nel suo appartamento di Sciacca.

Nel giro di un anno, del capitano non ci fu più traccia. Assunta per certi aspetti si sentiva liberata: non doveva attendere le sue visite, essere grata, e gratificare la sua appannata virilità. Quando Santino prese a frequentare il liceo, lei cominciò a pensare che avrebbe dovuto puntare più in alto di un capitano di lungo corso, dunque si presentò come segretaria all'avvocato Scicli: come disse la cameriera di quest'ultimo, il sorriso di Assunta «illuminò come il sole» lo studio troppo buio e polveroso dove Scicli esercitava.

Giovanni partecipava alla vita di casa, telefonava spesso ai nonni, si faceva ospitare dagli zii e passava molto tempo a studiare nella sua stanza al primo piano, che dava su un cortile interno sul quale si affacciavano altre case e dove si muoveva una vita vivace fatta di pettegolezzi, bisticci, risate. Lui ascoltava, cresceva e imparava.

Un'estate invitò Santino a Pertuso Piccione. Il mondo si muoveva intorno a loro e a Giovanni sembrava di saperla più lunga di tutti.

«Si fa un gran parlare di giustizia» disse Santino.

«Giustizia?»

«C'è chi vuole essere più giusto.»

«Giusti? Più giusti?» chiese Luigi. «Anche padre Cangemi dice che bisogna avere più giustizia.»

Sergio, palleggiando, gridò: «Che facciamo? Vi siete rammolliti?». E tirò un pallone che Luigi restituì di testa.

«Non c'è posto più bello di questo» esclamò Giovanni rincorrendo la palla. «No, non ce n'è di posti come questo, forse neanche in America.» E scartò Luigi, che gli si era fatto sotto.

Santino, rimasto ai margini a guardarli giocare, sentì una stretta al cuore, come se Giovanni avesse detto una verità troppo grande e troppo bella. Giusti e felici, pensò, dobbiamo essere giusti e felici. E si buttò all'inseguimento del terzetto.

Cettina portava i figli al cimitero di Pertuso Piccione tutti gli anni, due volte all'anno: il 12 luglio e il 2 novembre.

Giovanni aveva un ricordo terribile di quel cimitero perché, per quanto alla morte del padre avesse soltanto quattro anni, era stato costretto non solo a partecipare alla cerimonia funebre ma anche ad assistere alla sepoltura. Lo avevano tenuto per mano la mamma e il nonno materno, che sarebbe morto anche lui di lì a poco. Non aveva mai cancellato il ricordo del procedere del corteo, il sacerdote e il resto della famiglia davanti e gli altri dietro, a passi lenti, quasi strascicati. L'aveva colpito quel singhiozzare dell'andatura, e per medicare il dolore, o forse piuttosto l'angoscia, si era concentrato su quei passetti lenti, da balletto. Dalla cappella uscivano, veloci, carriole impolverate cariche di panni disfatti, suole di scarpe, e oggetti misteriosi; nessuno era riuscito a spiegargli che stavano facendo spazio alla salma di suo padre togliendone altre, ma troppo tardivamente.

La nonna Teresa gli aveva preso la mano e gliel'aveva fatta appoggiare sulla bara: «Ricordatelo, tuo padre. È stato un buon marito, e dovrai esserlo anche tu» disse accarezzandogliela dolcemente. Giovanni si ricordava il caldo. E infine quel premere dei presenti intorno alla cappella.

Come ogni 12 luglio, Cettina si coprì con il suo velo di pizzo e attese Giovanni davanti all'ingresso del cimitero; Pinuccia, indisposta, era rimasta a casa. Di solito Cettina telefonava ai suoceri per incontrarsi, ma non questa volta: aveva altro per la mente. Si era fatta accompagnare in macchina da Sallicano, al quale poi aveva ordinato di aspettare in un caffè non lontano dal camposanto: «La famiglia vuole famiglia» aveva detto, e gli aveva dato le spalle. Lui, tutto sudato, non aveva neppure provato a replicare, si era tolto la giacca e si era seduto a un tavolino sulla strada, all'ombra di un vecchio ombrellone semiaperto.

Il cimitero era piccolo, un quadrato chiuso da una sequenza di cappelle. In mezzo, le tombe e i vialetti di ghiaia. Madre e figlio sostarono compresi davanti alla tomba del marito e padre, gli dedicarono una preghiera recitata a fior di labbra. Il professor Simone Bonansea era in piedi davanti alla cappella di famiglia. Il sole riverberava sul marmo delle tombe e la figura del professore si stagliava monumentale, con la sua ombra altrettanto monumentale allungata sulla ghiaia. Cettina gli aveva dato appuntamento lì, voleva che Giovanni lo incontrasse e, per quanto paradossale, aveva pensato che il luogo più adatto fosse quel piccolo cimitero, perlopiù deserto. Sia Bonansea sia il fratello occupavano posti di rilievo alle università di Catania e di Palermo, e com'era risaputo erano entrambi collusi con una famiglia mafiosa.

Cettina fece un cenno di saluto al professore e aspettò che si avvicinasse. Scambiarono qualche convenevole, e lui, che con tutta evidenza le era molto più vicino di quanto entrambi facessero mostra, si informò sulla famiglia, se don Calogero era in buona salute – così disse, don Calogero, e Giovanni ne fu sorpreso. Infine, il professore lo guardò e gli chiese se tifava per qualche squadra. Senza lasciargli il tempo di rispondere, passò alla domanda successiva: «Sai già cosa farai da grande?».

E anche a questa Giovanni non riuscì a rispondere, perché Cettina intervenne con decisione: «Giovanni farà l'avvocato».

5
Il sogno di Giovanni

Da quando era arrivato a Sciacca per rimanervi stabilmente, Giovanni aveva cominciato a guardare il mondo con occhi nuovi: c'era sua madre a cui dare conto, c'era sua sorella Pinuccia sempre così remissiva e guardinga, e poi c'era Santino, con il quale si era iscritto al primo anno delle scuole medie. Si era inserito a poco a poco nel balzano teatro della vita di Sciacca; gli piaceva stare in quella città, anche se rimpiangeva il senso di sicurezza e l'atmosfera protetta di Pertuso Piccione a cui i nonni lo avevano abituato. A Sciacca gli sembrava di vivere un perenne Carnevale, in un clima stimolante e vivace ma anche incerto, mutevole – a lungo andare, stancante.

Ogni giorno Giovanni e Santino si davano appuntamento la mattina a un certo angolo e poi proseguivano insieme diretti a scuola, gravati dalle cartelle di cuoio. Giovanni contava su Santino per le ultime imbeccate di matematica, Santino su Giovanni per gli esercizi di grammatica e sintassi. Insieme ripetevano il latino, che era per entrambi una malcelata sofferenza.

Nelle mattine di tarda primavera sognavano il mare, e nel pomeriggio scendevano per fare il bagno e andare a caccia di stelle marine. In agosto, Giovanni tornava dai nonni a Pertuso Piccione e loro erano contenti di ospitare anche Santino.

Giovanni era un sognatore, anche sui banchi di scuola. Al primo sciorinare di verbi latini della professoressa Scutieri, «*Credo, credis, credidi, creditum, credere*», inciampava nei paradigmi, «*Careo, cares, carui, cariturum, carere*» ripeteva macchinalmente, "*Careo*" riprendeva tra sé, "sono privo, *carui*, ero privo" continuava, e la sua mente vagava altrove e si lasciava visitare dai racconti del nonno – quelli leggendari su Pertuso Piccione, e quelli, molto più attuali, sull'Italia uscita dalla guerra –, infine si attardava sulla loro Sicilia, sempre così fiera e tanto sofferente. A Giovanni piaceva immaginarsi alla guida di un popolo gentile e festoso, ma dato che non riusciva a mettere a fuoco le facce di quel popolo – perché doveva essere gentile? Ma soprattutto: di cosa dovevano essere festosi i siciliani? –, scivolava velocemente verso altre immaginazioni, in cui si mescolavano gli eroi dei fumetti e il presidente della Repubblica. La nonna gli aveva raccontato che avrebbe voluto essere lei la sarta che aveva rivoltato il cappotto del presidente De Nicola, grande avvocato napoletano e politico integerrimo che, dopo aver tirato fuori il Paese dai disastri della Seconda guerra mondiale, aveva rifiutato la retribuzione dello Stato per la carica di presidente della Repubblica e detto di non aver bisogno, per l'appunto, di un cappotto nuovo.

E dopo De Nicola, Giovanni risaliva a Gronchi e a Einaudi. Sapeva che erano personaggi autorevoli, colti, preparati, lo facevano sentire orgoglioso di essere cittadino italiano. Quanto al presidente attuale, il sardo Giuseppe Efisio Giovanni Saragat, dal cognome arabeggiante, scardinava la convinzione di Giovanni e di tanti altri siciliani secondo cui gli isolani erano considerati inferiori dai continentali, e dunque avevano scarse possibilità di ottenere incarichi politici nazionali di rilievo. Chissà, forse un giorno avrebbero parlato di lui come del "presidente Canetti" e avrebbe vissuto e lavorato a Roma, al Quirinale. E a quel punto era stordito di fantasie, dato che non era mai stato fuori dalla Sicilia e i luoghi istituzionali doveva inventarseli di sana pianta: il Quirinale lo collocava a metà strada fra il castello dei Luna, a Sciacca, e le rovine di Selinunte. Sì, sarebbe stato un grande presidente, avrebbe stretto le mani di capi di Stato stranieri, distribuito onorificenze a quanti si erano distinti nel lavoro e sarebbe stato umile come De Nicola e gagliardo come Salvatore Giuliano (qui sobbalzava, perché sapeva che il nome del bandito Giuliano non avrebbe potuto farlo, soprattutto se assimilato alla carica presidenziale, ma lui nonostante tutto rispettava Giuliano perché anche se era un bandito aveva un cuore e si batteva per i deboli).

Giovanni si riscuoteva con gli occhi della professoressa Scutieri che lo fissavano: «E allora Canetti, *defendo*...». E lo incoraggiava: «*Defendo, defendis*...».

Prima di uscire da scuola, scribacchiava su un foglio strappato dal quaderno a quadretti un messaggio per Santino:

Ex nihilo, nihil fit, dunque inventiamo qualcosa. Il pomeriggio ci aspetta. Ci vediamo al porto.

Lo avrebbe lasciato sul banco dell'amico, l'amico l'avrebbe letto a casa e ne avrebbe scritto un altro da passare a Giovanni quando si sarebbero salutati, dopo il porto.

Per Giovanni, tornare a casa non era penoso come lo era per Santino. Faceva di corsa il dedalo di strade e di vicoli, entrava dalla porta di servizio, posava la cartella e si infilava in cucina sperando di non incontrare nessuno. Cettina pranzava appena dopo mezzogiorno con Pinuccia e a lui veniva lasciato un piatto di pasta coperto da un altro piatto capovolto per mantenerla calda. Si godeva il pasto in solitudine.

Qualche volta, Cettina si affacciava in cucina per accertarsi che stesse mangiando e ricordargli di fare i compiti subito dopo pranzo. Stava per uscire, per certe sue commissioni – ma dove andava così presto, quando i negozi erano ancora chiusi? –, e lui la vedeva stagliarsi nel vano della porta con tutta la dignità della madre, anzi del capofamiglia. Era bella, la mamma: i capelli in piega, un velo di rossetto sulle labbra, le unghie con lo smalto madreperlato, la giacca sulla camicetta bianca, la borsetta già infilata sul braccio. Era davvero bella.

Quando lei compariva, Giovanni non poteva fare a meno di pensare a suo padre. Magari anche lui trasaliva al vederla, e proprio perché se lo immaginava trasalire Giovanni lo sentiva vicino, lo riconosceva. In fondo, suo padre aveva vissuto a lungo in quella casa, aveva toccato le stesse superfici, usato le stesse stoviglie, si era asciugato negli stessi asciugamani. Dal nonno, Giovanni aveva imparato che bisogna andarci piano con i fantasmi, ma che non fa male saperli al nostro fianco. Del resto, c'era qualcosa che era rimasto non detto e che, come il nonno, anche la mamma era restia a condividere: Giovanni non sapeva esattamente come fosse morto suo padre, il nonno e la mamma non lo avevano detto. Calogero perché un padre fatica a trovare ragioni di fronte alla morte di un figlio, e ancor più a darne spiegazione a un nipote; Cettina perché del marito non parlava mai, forse temendo che, qualsiasi cosa avesse detto, avrebbe potuto trasformarsi in un indizio sulla sua condotta di moglie. Ma stava attenta e osservava Giovanni: misurava il futuro del figlio e, con quello del figlio, il suo. C'era stato un tempo in cui aveva sperato in una vita felice, che sarebbe stata ricevuta nei palazzi importanti di Sciacca, che sarebbe andata spesso a Palermo, o anche ad Agrigento.

Giovanni conservava in una scatola da scarpe tutti i pizzini scambiati con Santino; li rileggeva spesso, e ogni volta riscopriva le tante cose che avevano in comune. In quell'età incerta in cui esiste solo il mito dell'"essere al mondo", in cui l'infanzia è finita ma l'adolescenza non è ancora cominciata, in quell'età era giusto dare fuoco ai pensieri. E i messaggi dei due ragazzini guardavano al futuro e li sganciavano dal presente.

Saremo i migliori.

Hai visto quella picciotta come sta seduta a gambe larghe! Nica è, ma già conosce il diavolo di persona!

Voglio un'automobile potente. Rossa. Decappottabile.

Ci incontreremo a Parigi, tu e io. Te l'immagini, tu che arrivi e mi chiami "Monsieur Niscemì"?

A quel "Monsieur Niscemì", Giovanni rideva come un matto e non sapeva neppure perché. Rideva perché a dodici anni si ride senza motivo e senza motivo ti batte il cuore.

E poi c'erano i pizzini dell'anno prima, quando una troupe era venuta a girare un film in città.

Sono andato a vedere in piazza Niceto. Ci tenevano tutti da una parte, che sennò entravamo nel film.

Era vestita tutta di nero, ma era bona assai.

"Azione!" gridavano, e all'improvviso tutti si mettevano in movimento sotto il sole.

Dicono che si parla d'onore. Di "matrimonio riparatore". Di Sicilia si parla, ma il regista non è siciliano, e neanche la bonazza è siciliana.

Chissà, forse vogliono far ridere di noi. Ci credi? Famosi diventiamo, ma a caro prezzo. Vale la pena?

Gli anni delle medie volarono. L'arrivo degli anni futuri sembrava imminente, bisognava fare tutto di fretta, c'erano decisioni da prendere, decisioni importanti. Questi sentimenti erano normali nei ragazzi, ma soprattutto in Giovanni, perché sempre più spesso sentiva la madre e Sallicano fare progetti per il suo futuro. L'anno seguente sarebbe passato alle superiori.

Cettina pareva ancora più bella quando, seduta al bar con il barone, parlava del figlio credendo che lui, nella piazza davanti alla Matrice con gli amici, non se ne accorgesse. E quando telefonava Bonansea, Giovanni sentiva venire dal salotto frammenti di conversazione che lo riguardavano: "il ragazzo è pronto", "un collegio? Sicuro?", "un convitto, se ce ne sono", "i salesiani sono troppo buoni, vero è?", "sì, certo, i gesuiti severissimi sono...". Dunque non fu sorpreso quando sua madre e il barone Sallicano decisero di mandarlo al collegio Pennisi di Acireale.

Giovanni veniva allontanato da casa per la seconda volta, ma era – gli fu spiegato – per il suo bene: dai gesuiti avrebbe ricevuto una preparazione che nemmeno la migliore scuola, statale o privata, avrebbe potuto dargli. Cettina e il barone Sallicano non riuscirono a celare un certo entusiasmo alla prospettiva della sua partenza – la docile Pinuccia, al contrario di suo fratello, non faceva domande e diceva sempre di sì, dove la mettevano stava.

Glielo dissero una domenica a pranzo, Sallicano li aveva portati in un ristorante con una terrazza sul mare. Giovanni non pensava che l'invito avesse una ragione particolare; dopo che gli fu data la notizia rimase tutto il tempo in silenzio, ascoltava il loro chiacchiericcio e avvolgeva pigramente gli spaghetti sulla forchetta, cercando di prendere più vongole che poteva ma senza riuscire veramente a mangiare. Intanto si chiedeva che cosa avesse fatto di male. Pensò al nonno e chiese alla madre – fu l'unica domanda – se ne era stato informato. Rispose per lei Sallicano, «Certo!», e la madre aggiunse: «Tuo nonno è d'accordo, una buona formazione è una fortuna per te e per tutti noi». Chissà, si disse lui, sforzandosi di trovare il lato positivo di quella situazione, forse in collegio bisognava andarci per forza per diventare presidente della Repubblica! Ma anche quel sogno, nel giro di tre anni, si era, come dire?, impolverato. Ora sentiva una spinta più forte, più fisica, addirittura carnale, che lo sollecitava avanti, non avrebbe saputo dire verso dove. Dalla terrazza vedeva gli scogli, e sugli scogli ragazze in costume che gli rammentavano l'attrice dell'anno prima, in piazza, fra il sole e i grandi riflettori accesi. Giovanni si distraeva. Cosa avrebbe scritto a Santino quando sarebbe tornato a casa? E Santino cosa avrebbe detto del fatto che lo mandavano ad Acireale?

Non sapeva neppure dove fosse esattamente, Acireale, avrebbe potuto essere sul continente, tanto era lontano da tutto quello che voleva. La mamma e Sallicano non si sfioravano nemmeno quand'erano in pubblico – e per quanto ne sapeva Giovanni neanche in privato –, eppure lì, in quel ristorante, confabulavano come marito e moglie e di tanto in tanto gli riservavano un'occhiata, ora severa ora intenerita. Nonostante tutto, Sallicano temeva le sfuriate di Cettina e di tanto in tanto la guardava di sottecchi per misurare la temperatura dei suoi stati d'animo.

«C'è chi si sta occupando del tuo avvenire» disse Cettina a Giovanni. «Dobbiamo essergli riconoscenti. Un collegio di gesuiti non è una scuola per tutti: sei fortunato a essere stato ammesso.»

Arrivava dal juke-box una musica allegra e movimentata. Le ragazze degli scogli stavano guardando verso l'alto, alcune addirittura applaudirono, e si agitarono in una sorta di danza immobile. Giovanni le osservava.

Cettina sorrise a denti stretti. Guardò Sallicano, guardò suo figlio, non degnò di un'occhiata Pinuccia – che non aveva proferito parola e aveva mangiato assorta, lentamente, come se non volesse sentire quella conversazione –, infine allungò il braccio verso Giovanni. Qualche coppia si muoveva a tempo di musica in un angolo della terrazza e Cettina disse al figlio: «Avanti, fammi ballare, non essere timido».

Giovanni arrossì ma non si sottrasse, anche perché la madre tenne la mano sospesa nel vuoto troppo a lungo: gliela prese e piano piano, in silenzio, la condusse verso quella pista improvvisata.

«Sono troppo vecchia per te?» gli sussurrò Cettina all'orecchio.

No, rispose lui con la testa.

Le poggiò la mano sul fianco e accennò dei passi che non avevano nulla a che fare con quella musica. Lei rise forte e alle poche coppie intorno a loro segnalò: «È mio figlio, è il mio bambino, sa poco di questa musica moderna, e l'anno prossimo andrà al collegio Pennisi, ad Acireale!».

Un'altra musica suonava in casa Niscemi. Durante gli anni delle medie, Santino tornava a casa e trovava il padre seduto a capotavola, immobile, il capo leggermente chino, che si sollevava solo per guardare lui appena entrato e per fargli un sorriso amaro di benvenuto. «Il pranzo è in tavola» diceva, e pareva uno di quegli attori a cui nelle commedie a teatro toccava solo una battuta, che suonava per l'appunto "Il pranzo è servito".

Dato che il padre non gli chiedeva nulla, Santino gli raccontava sinteticamente com'era andata la mattinata a scuola, e dell'insistere dell'insegnante di matematica che teneva delle lezioni di geometria bellissime, facendoli appassionare ai perimetri, alle aree. Il professor Scandurra – un giovane messinese all'ennesimo trasferimento – aveva un dono che lasciava la classe a bocca aperta: teneva saldamente il gessetto fra pollice e indice, si piegava un po' in avanti per puntarlo sulla lavagna e con un colpo lento e implacabile che accelerava solo in chiusura disegnava, perfetto, senza una sbavatura, il cerchio. "Giotto" lo avevano ribattezzato gli altri insegnanti. Chissà se ci era arrivato dopo tanto esercizio o se aveva appreso un trucco da qualche maestro. Non lo diceva, allargava le braccia, poi tornava a lavorare dentro quella forma miracolosa, come se gli fosse familiare. E c'era un certo scontento tra gli allievi quando, passando ad altro, la cancellava. «Bravo Scandurra» diceva Pippo, che quella storia del cerchio perfetto se la faceva ripetere sempre.

Poi arrivava Assunta, arrivava come un vento che fa sbattere porte e apre finestre: la casa diventava di punto in bianco tutta piena di lei, anche se non diceva una parola, anche se si limitava a canticchiare un motivetto che le era rimasto in testa.

Tante volte Santino aveva pensato, come tutti, che sua madre era bellissima, lo aveva pensato ma, diversamente da quei tutti, avvertiva una fitta dolorosa, come se quella bellezza lo ferisse, lo indebolisse, lo lasciasse senza parole. Forse aveva paura che ne fosse troppo fiera, che non avesse vergogna di portare in sé il turbine segreto che svegliava i sensi dei maschi. Chissà, poi, se era davvero bella o se invece la sua bellezza fosse non nei tratti ma nell'esuberanza del suo essere viva. Chissà. Santino aveva paura dei commenti che gli capitava di sentire in giro. Avrebbe voluto difendere lei, difendere suo padre, difendere il destino dei Niscemi – quella parola, "destino", l'aveva sentita più di una volta al cinema e non l'aveva mai dimenticata.

Quando in città era arrivato il cinema, con la troupe, gli attori, i tecnici, il regista, si era subito chiesto: "E qui che cosa si racconterà?". Era la storia di una ragazza messa incinta dal fidanzato della sorella, e c'era urgente la necessità di un matrimonio riparatore. Lei era bella e sensuale, e Santino era anche riuscito a sapere che si chiamava Stefania. Lui e Giovanni per qualche tempo non avevano avuto altra immagine in mente che non fosse lei. La gente diceva che era fidanzata con il cantante Gino Paoli, ma altri dicevano che pure il regista Germi aveva per lei un debole.

Del film si parlava anche a casa e sua madre diceva che, avesse voluto, pure lei avrebbe fatto il cinema. Del resto, non la chiamavano forse "la Magnani"? Erano stati, Assunta e Pippo, a vedere *La rosa tatuata*, e che impressione aveva fatto quella donna inchiodata alla sua vedovanza che cuciva la camicia per Burt Lancaster.

Santino adorava perdersi dentro il buio del cinema o dell'arena estiva, con quelle storie che si agitavano sullo schermo. Sapeva che pure Giovanni era un fanatico, che andava pazzo per i western e aveva il pallino di Marilyn, e quando andava a Pertuso Piccione c'erano Luigi e Sergio con cui costruire castelli in aria.

Santino non cercava eroi sullo schermo, gli pareva che accadessero vicende che prima o poi avrebbe vissuto: i film erano una specie di anticipo di quella che tutti chiamavano "l'età adulta". E allora un bacio rubato, un delinquente in fuga, un terremoto che abbatte case e chiese, dei soldati in marcia nella neve, anche quando erano vicende ambientate nel passato – come quel ballo del *Gattopardo* che non finiva più –, tutto gli fluiva davanti come una proiezione di quello che gli sarebbe accaduto. In questo fluire la madre si muoveva, bella, vitale, Magnani e Claudia Cardinale insieme, magicamente sospesa fra i racconti del cinema e i racconti di cui era testimone diretto.

Il maresciallo Grillo apparteneva alla realtà dei giorni da vivere o aveva un ruolo sullo schermo e dallo schermo si permetteva di entrare in casa sua per dettar legge come solo sanno fare i personaggi della fantasia?

Giovanni e Santino sapevano che quei giochi, quei loro "film", non sarebbero durati a lungo. A casa Canetti era stata presa una decisione senza ritorno: Giovanni sarebbe andato in collegio – Bonansea lo raccomandava, ma anche Sallicano concordava. L'educazione gesuita garantiva una formazione piena, ricca, e naturalmente rigida. Un liceo classico come quello lo avrebbe preparato meglio all'Università di Palermo, dove Giovanni avrebbe avuto protettori influenti.

Per Santino le cose erano più complesse: avrebbe senz'altro continuato a studiare, ma si sarebbe iscritto al liceo scientifico di Sciacca – la famiglia Rigona, che sempre più guardava a lui con benevolenza, approvava.

Assunta era grata, non era mai mancata alle serate davanti alla televisione, ai commenti sulla società locale e sulle trasformazioni che ormai toccavano la città e più in generale la Sicilia.

In fondo, Santino non doveva far altro che attraversare la strada per entrare in una casa dove non vedeva i segni ambigui o dolorosi che riconosceva nella sua. C'era più di un parente Rigona che aveva fatto fortuna nell'edilizia e proprio sul finire delle scuole medie era arrivata la proposta di guadagnare qualche soldo in un cantiere appena aperto verso San Michele. Santino aveva acconsentito volentieri e, appena dopo gli esami, aveva cominciato come manovale sotto l'occhio esperto di un mastro. Avrebbe rinunciato ai quindici giorni a Pertuso Piccione insieme a Giovanni, ma avrebbe portato a casa dei danari.

Il giorno in cui doveva partire per raggiungere i nonni, Giovanni si recò al cantiere dove sapeva che Santino stava lavorando.

Si avvicinò lento, come toccato da un'indecifrabile timidezza. Da lontano riconobbe l'amico di fianco alla betoniera e al muratore che la faceva funzionare: l'adulto diceva cosa fare e il ragazzo eseguiva, sudato, impolverato, attento. Giovanni non voleva disturbare o creare imbarazzo, quindi si accostò a un muro da dove gli pareva di non essere visto, e continuò a guardare, assorto, commosso, finché l'operaio spense la betoniera. Uscì allo scoperto e si fece riconoscere. Santino agitò il braccio contento e solo allora Giovanni lo raggiunse.

«Quando torni?» gli chiese Santino.

Giovanni fece il gesto di chi non sa.

«Scrivi» disse Santino.

«Scrivo» rispose Giovanni, e fu qualcosa di più di una promessa.

Non seppero dirsi altro.

6
Le famiglie nascono malate

Santino si iscrisse al liceo scientifico di Sciacca con la piena consapevolezza di dover studiare molto e di non avere tempo da perdere. Era un bravo studente, ma la licenza liceale sarebbe stata il suo ultimo diploma: sulle sue spalle pesava l'indigenza della famiglia e lui al più presto doveva trovare un posto di lavoro per mantenerla.

Studiava, ma non aveva smesso di frequentare i molti cantieri che stavano spuntando in quell'area di Sciacca. Santino aveva mantenuto ottimi rapporti con il suo primo mastro che, complici i Rigona, gli aveva aperto una strada: aveva notato lo sguardo curioso del ragazzo, come studiava tutto quello che accadeva in cantiere, i magazzini sempre pieni di materiali, gli incontri fra imprese diverse, il viavai di elettricisti, idraulici, produttori di infissi, l'attenzione alla sicurezza degli operai. Lui, come se avesse un sesto senso, era sempre là dove accadeva qualcosa di significativo. Sin dai primi anni di liceo, si presentava all'alba con la sua faccia giovane e serissima a salutare le maestranze e stava il più possibile appresso al capocantiere, per rubare con gli occhi la costanza dei suoi interventi e dei suoi controlli e per studiare il faldone di carte che quello gli mostrava, dove si poteva leggere l'edificio in divenire: i disegni, le misure, le note a margine.

Santino teneva d'occhio l'orologio e quand'era ora correva a scuola; usciva all'una e mezzo e tornava in cantiere. Non chiedeva nulla, se non il permesso di rimanere e di dare una mano, qualora gli fosse stata chiesta. Tornava a casa a sera, giusto in tempo per mangiare e mettersi a studiare.

Talvolta suo padre abbandonava il balcone per guardare lui, chino su libri e quaderni, ma soltanto se Assunta era altrove. A differenza di lei, Pippo aveva il coraggio del perdente: si accostava al figlio, gli allungava una carezza sulla nuca e reggeva lo sguardo con cui il ragazzo gli rispondeva.

«Sei un bravo picciotto» gli diceva, e poi, imbarazzato, se ne usciva di casa senza salutare. Se incontrava il cavalier Rigona chinava la testa grato, ma preferiva non scambiare parola per timore di confondersi.

Il cavalier Rigona e la moglie non avevano mai smesso di guardare Santino con benevolenza; ma questa benevolenza non era esente da un certo egoismo, nella speranza che un giorno la sua discrezione e la sua intelligenza tornassero utili. I pettegolezzi su Assunta, sulle visite del maresciallo Grillo prima e del capitano Barra dopo, sembravano lasciarli del tutto indifferenti. La consideravano una donna forte che si batteva per la famiglia, anche a costo di accettare gli equivoci aiuti di uomini attratti dalla sua bellezza. Se la ricordavano innamorata del marito, girare a braccetto con lui per le strade di Sciacca. Assunta non aveva paura di nessuno e faceva sempre patti chiari: perfino con Pippo era andata così, da quando, dopo la morte in culla della seconda figlia, si erano allontanati; e ancor più da quando l'attività commerciale del marito era crollata, intaccandone l'equilibrio e addirittura il carattere – Pippo si sentiva troppo vecchio per ricominciare, ma al tempo stesso era troppo giovane per non lasciarsi avvelenare dalla vergogna di essere un maschio ferito.

Una volta Santino l'aveva visto, nel ripostiglio, frugare dentro un cassone dove teneva alcuni campionari di tessuti, i più belli, quelli che aveva portato in giro per tanti anni nei negozi dei maggiori centri della Sicilia occidentale. Li tirava fuori uno alla volta e li sfogliava, passando il dorso della mano sul filato, come se rammentasse quelli che avevano avuto più successo, che gli avevano dato più riscontro e credibilità. Spesso aveva avuto anche rapporti diretti con le sartorie: lo chiamavano per avere anticipazioni, campionari che non erano ancora arrivati nei negozi. Gli piaceva – così aveva raccontato a Santino – sedere in quelle sacre officine e raccogliere confidenze sui clienti, su come stava cambiando il gusto, sul pericolo che avrebbero rappresentato, anche nella moda maschile, i vestiti confezionati dei grandi magazzini. Era stato più d'una volta anche da Teresa Canetti a Pertuso Piccione, quando Santino e Giovanni erano piccoli e ancora non si conoscevano. Gli era piaciuto come lavorava, quella donnina gentile, nel silenzio della sua stanza separata dal mondo.

Ora Pippo aveva ben poche occasioni per conversare con il figlio. Santino andava e veniva, aveva in mente di salvarli: lui, sua moglie, tutti. E lo avrebbe fatto. Santino si portava addosso un dispetto che, più cresceva, più creava una crosta di sicurezza, e aveva il sangue irruente della madre: nessuno lo avrebbe fermato. Pippo lo vedeva chino sui libri e si commuoveva all'idea che, come un ragazzo d'altri tempi, suo figlio sentisse l'impennarsi dei doveri nei confronti della famiglia. Avrebbe avuto diritto a divertirsi, e uguale diritto di cercare una strada dove l'impegno formativo potesse coincidere con un orizzonte culturale più vasto, con frequentazioni adeguate, come sarebbe accaduto a Giovanni Canetti.

Chiuso nel suo mondo, Pippo aveva ancora abbastanza occhi per vedere: aveva visto e accettato le tresche di Assunta, e ora vedeva con un'attenzione ben più drastica il presente e il futuro del figlio. Più di vedere non riusciva a fare, una consapevolezza che lo straziava, ma quella era ormai la sua condanna: essere confinato in un'immobilità malata che soltanto l'alcol sapeva confortare. Quando si aggirava per casa da solo, era come si muovesse nella gabbia che lui stesso si era costruito. Aspettava con ansia il ritorno di Santino, che liberatosi della polvere del cantiere subito impilava i libri per mettersi a studiare.

Anche Assunta, la mano sul fianco, i capelli che le cadevano sulla faccia, lo guardava incuriosita, forse allarmata. Aveva conservato il suo impiego presso l'avvocato Scicli, che di tanto in tanto la lusingava con un fazzoletto di seta o una boccetta di profumo: continuava a lavorare con diligenza, senza sbagliare una mossa, se ne usciva impettita col fazzoletto annodato sotto il mento e attraversava tutta Sciacca come aveva sempre fatto.

Se n'era accorto anche Pippo, che le cose erano cambiate.

Una domenica, tutti e tre erano seduti intorno al tavolo da pranzo, da fuori veniva musica di festa; un profumo di primavera saliva dal mare e si mescolava con quello dei gelsomini. Assunta portò in tavola una pasta al forno fumante. «Attenti che vi ustionate» gridò, anche se nessuno dei due aveva ancora alzato la posata per servirsi. «Ce l'ha mandata donna Isabella Rigona, gliene avanzò una teglia, io l'ho solo messa in forno.»

«Come va la scuola?» chiese Pippo a Santino.

«Come va la scuola?» gli fece eco Assunta. «Lo vedi bene come va, tutti voti bellissimi.»

Santino non sapeva che dire, ma si sentiva stranamente sereno, come non era da anni. Non rispose. E dato che le abitudini sono comunque sempre più forti, si ritrovarono tutti e tre con gli occhi fissi sulla pasta al forno, in silenzio. Santino era convinto che presto si sarebbero rinserrati nella corazza di silenzio che portavano quando erano in casa. Del resto, sedersi insieme intorno al tavolo era più spesso occasione di contrasti che di unità familiare.

Le famiglie nascono malate, pensò, ci vuole un sacrificio per guarirle.

Santino non era nuovo a questi pensieri. Non ne poteva più. Erano troppi anni che assisteva al degrado della sua famiglia, che neppure la domenica si ritrovava unita e tranquilla. Ricordava i pomeriggi con il maresciallo Grillo in casa e il padre sul balcone, e lui sdraiato sul divano letto in attesa che arrivasse Giovanni a chiamarlo. Ricordava i ritorni a casa del padre ubriaco. Lo vedeva vomitare sulle scale dell'ingresso e sentiva la madre che diceva di lasciarlo fare, se la sarebbe cavata benissimo: troppe volte aveva dovuto metterlo a letto, bisognava che imparasse ad arrangiarsi da solo. Ricordava certe telefonate alle quali rispondeva la madre per conto di suo padre, ingiunzioni a presentarsi in tribunale, e non per un fallimento solo ma per una serie di fallimenti. Quando non ci furono più soldi ci fu il silenzio, anche il telefono smise di suonare, e in quel silenzio la sua ansia aumentava. Sarebbero arrivati a prenderlo? Dove lo avrebbero portato? Santino aveva passato tante notti della sua prima adolescenza sognando il padre in galera, una galera buia, umida, cattiva.

Nel corso del tempo, invece, non c'erano stati arresti, la polizia non era mai venuta. La vita in casa Niscemi proseguiva in una lenta, inarrestabile desolazione, dove, allora, solo Assunta aveva il diritto di far luce, di essere luce.

E Santino ce l'aveva proprio con quella luce.

Per questo studiava, per questo lavorava.

Quella domenica di primavera, davanti ai piatti pieni, con l'aria fresca che entrava dalle finestre aperte, stavano provando a comportarsi come tutte le altre famiglie.

«Voglio venire a vederti nel cantiere nuovo» disse Pippo.

«Vieni, non è lontano» lo incoraggiò Santino.

«Che case costruiscono, a San Michele?» chiese Assunta.

«Alte, case alte, palazzoni.» E si mise a elencare quanto calcestruzzo era necessario, quante squadre di muratori avrebbero impegnato. «Molte famiglie hanno già avanzato richieste.»

«Scommetto che da lì non si vede il mare!» esclamò Pippo.

«Ma certo che non si vede» intervenne Assunta. «I contadini che stavano da quelle parti, del mare non hanno mai avuto bisogno.»

Arrivarono al caffè così, come una famiglia normale che parla di cose normali.

«Dobbiamo tenere duro ancora per tre anni» dichiarò poi Assunta, severa, immobilizzando marito e figlio ciascuno al proprio posto.

Santino non la contraddisse, non voleva ripetere quello che da tempo le andava dicendo – che lui ce l'avrebbe fatta, che sarebbero usciti da quegli anni bastardi e malsani.

Quella domenica lasciò un gusto dolceamaro che si ripresentò quando – era ancora domenica, ma qualche mese dopo – arrivò a casa il capocantiere di San Michele insieme al direttore dei lavori, Agostino Castiglia, parente stretto del committente, che disse: «Vorrei vedere il ragazzo».

Assunta li invitò a entrare, i due accettarono ma restarono tutti in piedi.

«Ci portiamo Santino a fare una passeggiata, con il vostro permesso.»

«Il permesso ce l'avete» rispose lei ravviandosi i capelli. «Gradite qualcosa?»

Castiglia fece segno di no e disse che avrebbero pranzato al ristorante, lui, Santino e il capocantiere.

Salirono su una berlina parcheggiata poco più in là; seduto davanti, li aspettava un quarto personaggio, che dopo un freddo saluto rimase in silenzio per tutto il tragitto. Santino non sapeva dov'erano diretti, sapeva solo che doveva rimanere muto come quando era salito. Si vedeva la costa, e, essendo estate, spiagge e scogli erano pieni di bagnanti. Era festa là sotto. Al contrario, nell'auto non c'era traccia di festa. Sudavano tutti. L'uomo corpulento seduto davanti, che gocciolava, alla fine se ne uscì con una domanda: «Mai stato ad Agrigento?».

Gli sguardi puntati su Santino non lasciavano spazio a dubbi, la domanda era rivolta a lui. Così, vincendo l'imbarazzo, rispose con una vocina fievole: «Sì, una volta ci andai».

«Solo una?» si stupì quell'altro. «Male, Girgenti è splendida.»

Il capocantiere, seduto accanto a Santino, gli diede una gomitata nel fianco che lui non capì. «E rispondi, cretino, al maestro!»

«Non fu domanda, la sua» bisbigliò il ragazzo.

«Rispondi, ti dissi» continuò l'altro, premendo il gomito ancora più a fondo.

«Agrigento...» provò dunque Santino, pallido e dolorante, «Agrigento è una città bellissima. E poi ha i templi greci!»

«Vero è» confermò l'uomo corpulento. «E tu, ora, tutta la devi vedere, insieme a noi.»

Presero a salire e si infilarono nei quartieri nuovi, dall'alto si vedevano i tre templi – nessuno intatto ma tutti maestosi: «Quattro anni fa» iniziò a dire l'uomo, «a Rabato e all'Addolorata, la città franò. Gli altri quartieri si salvarono. Guarda bene» continuò, «qui ci sono ancora macerie vive, ci campano bestie e magari cristiani, ma scatole vuote sono, e vuote devono rimanere».

Poi ordinò di fermare l'auto. «Fatelo uscire il picciotto, fatelo uscire.» Fermi sulla strada vuota, con rare MotoApe che arrancavano e donne incuriosite, i tre adulti e Santino stavano come in attesa di una rivelazione.

«Ti piacciono i cantieri?» Santino non fece in tempo a rispondere alla nuova domanda. «Mi dicono che hai occhio, che sei il migliore... E allora devi diventare *più* migliore ancora.» L'uomo corpulento si era fermato, il respiro corto. Non rinunciava, nonostante tutto, alla giacca e si passava il dito grasso tra collo e camicia. «Questa» continuò «è una città antica e ricchissima. I girgentani l'hanno nel sangue di arricchirsi, e sono bravi a costruire e ricostruire! Tu non hai idea di quanti quartieri nuovi, quanti palazzi da quattro, sei, perfino otto piani abbiamo costruito, e di quanta gente è venuta a comprare gli appartamenti. Sono dieci anni che costruiamo, e per altri dieci continueremo... se non ci fanno fessi.» Si avvicinò a Santino e gli premette entrambe le mani sulle spalle, come un gigante che volesse far sentire il peso, l'altezza. «Ma tu prima devi finire di studiare. Hai già capito come funziona un cantiere, e presto ne avrai uno tuo. Ora guarda, però. Terra ce n'è, terra che resiste, e terra che non ce la fa... Se la terra non ce la fa, noi non abbiamo che fare.»

Poi premette ancora più forte e chiese: «Tu che ci vedi?».

Per la seconda volta, Santino non seppe quale avrebbe potuto essere la risposta giusta, ma si fidò dell'istinto e disse semplicemente: «Case».

«Bravo!» rispose quello, e proseguì soddisfatto: «Case sono quelle che vedi, quelle rotte e quelle no. Adesso sai cosa devi fare, e se ti dicono di costruire, tu devi costruire, se ti arriva il progetto tu lo devi firmare, e una volta firmato devi mettere cemento. Cemento dappertutto, se te lo chiedono. E devi fare tutto a regola d'arte».

Rientrò in macchina e tenendo lo sportello aperto si rivolse soltanto a Santino, in un ringhio: «Ma l'arte non sei tu che la decidi, 'u capisti?». E sbatté lo sportello.

Risalirono tutti in auto e continuarono a girare per i quartieri nuovi.

«Bella, Agrigento» ripeteva di tanto in tanto l'ignoto maestro, «bella, Agrigento.»

Scesero a mare e ripresero la statale 115 che correva lungo la costa meridionale dell'isola, da Trapani a Siracusa. Nessuno parlava, ma gli sguardi guizzavano dall'immenso mare placido, blu cobalto, all'interno collinoso. Superata Siculiana, presero una traversa a sinistra che portava a Siculiana Marina e infine si fermarono davanti a un ristorante.

«Diamoci del tu» disse il maestro a Santino, «ormai amici addiventammo. Io mi chiamo Salvatore.» Poi fece cenno al padrone del ristorante, che accorse subito lasciando i due camerieri con cui stava confabulando. L'ignoto maestro gli raccomandò "un pranzo da re", e si congedò, salutando in fretta i due compari.

Santino lo seguì con lo sguardo mentre se ne andava e lo vide sparire dentro una Giulietta decappottabile che lo aspettava con il motore acceso.

7
Quei danari non mi piacciono

La mattina era faticosa per Pippo Niscemi. Non era stato sempre così. Ma adesso sì. Aspettava che Santino uscisse per andare a scuola. Aspettava che Assunta finisse le faccende di casa, la ascoltava cantare, muoversi per le stanze, la vedeva sbirciare in camera dove lui era raggomitolato nel letto, gli scuri ancora chiusi, e solo quando sentiva che usciva per andare dall'avvocato Scicli, solo allora Pippo si alzava, apriva la finestra, si lasciava abbagliare dalla luce. E così fu anche quel mattino di marzo. Entrò in bagno, si guardò nello specchio sopra il lavandino, si riconobbe ormai vecchio e si passò la mano sulle guance non rasate da due giorni. Un sentimento di rassegnazione aveva scavato occhiaie profonde, ed era come se lui, specchiandosi, vi riconoscesse ammucchiati l'uno sull'altro i molti episodi che avevano segnato quel progressivo abbandono. Quanto era durato l'amore di Assunta? E all'idea che davvero lo avesse amato gli veniva su un rigurgito amaro insieme a una vaga nostalgia.

Gli apparve ancora una volta l'immagine di lei che rideva contro una colonna nel sole di una domenica di maggio, quando erano andati ad Agrigento per cercare casa. Lui l'aveva portata nella Valle dei Templi e lei gli aveva chiesto: «Che cosa ce ne facciamo di tutta questa roba vecchia?», poi l'aveva stretto a sé e aveva ripetuto, con un guizzo nello sguardo: «Che cosa me ne faccio, io, di questo vecchio?».

Lui l'aveva abbracciata forte, avrebbe voluto baciarla, ma si era trattenuto, rispettoso dei pochi turisti, perlopiù stranieri. Avevano continuato la passeggiata dal tempio di Giunone al tempio della Concordia, fino a quello, poderoso, di Ercole, il più antico tra quelli rimasti per ventisei secoli sul costone dirimpetto alla piana di Girgenti, che pochi chilometri più in là finiva sulla spiaggia di San Leone. A braccetto, ma non abbracciati, avevano vagato tra le rovine per tutto il pomeriggio.

E ora eccolo lì, ora Pippo era vecchio davvero.

Mescolò nervosamente il sapone con il pennello, si nascose il volto dentro una nuvola bianca di schiuma e passò il rasoio con lentezza dall'alto verso il basso e da sinistra a destra, finché non rimasero che pochi grumetti sparsi che sciacquò via con una manata di acqua fredda. Adesso era decente – se mai un uomo di quasi sessant'anni poteva sentirsi "decente" in una casa dove era costretto a tollerare le infedeltà della moglie. Lei gli aveva spiegato che non c'entrava il piacere, non c'entrava più, era passato il tempo del maresciallo Grillo, che lui sì ci sapeva fare. Ora il piacere era lei che doveva darlo, per portare a casa qualcosa: con l'avvocato era maliziosamente generosa, e più lo era, più quell'uomo ancora vigoroso la riempiva di regali – una volta, persino, una coppia di pettinini di corallo –, gonfiando così l'assegno mensile.

Pippo si carezzò la gola, si ravviò i capelli grigiastri e si vestì. Uscendo non poté evitare di salutare la vicina che toglieva le foglie morte di geranio dal davanzale, piuttosto sorpresa di vederlo apparire in strada dopo tanto tempo.

«Come sta?» chiese lei.

«Bene, grazie... bene» rispose lui, e proseguì con le mani in tasca.

La strada si stringeva e guadagnava pendenza. Pippo fu

costretto a fermarsi, disorientato. Si appoggiò, spalle al muro, e rimase in attesa. Di cosa, non sapeva esattamente. Si ricordò di un tale con cui aveva lavorato: quando si era trasferito a Sciacca l'aveva cercato, ma quello niente, come se non si conoscessero; gli aveva fatto dire che era molto occupato. Adesso invece quel tale gli sembrava la persona giusta da incontrare, peccato che non si ricordasse neppure come si chiamava: Tore, forse, o Totò... Il cognome, però, proprio non gli veniva. Per un attimo contemplò l'ipotesi di tornare sui suoi passi, ma non ci riuscì. Si era fatto la barba, aveva un aspetto decente, la giacca che aveva indossato, se non elegante, era di sartoria e ancora in ottime condizioni, perché dai tempi del magazzino di tessuti sapeva scegliere, e quella giacca se l'era fatta confezionare dal sarto Mimì, che all'epoca aveva sessant'anni – quasi quanti ne aveva lui ora – e adesso forse era morto. Riprese a camminare, tirava una brezza gentile che si diramava per i vicoli e sapeva di mare. Da un balcone arrivò il suono leggero di un pianoforte. Gli piacque e si lasciò trasportare.

Dell'assenza di Pippo Niscemi il primo a preoccuparsi fu Santino, che tornando da scuola non lo aveva trovato a casa. La madre era assorta nel maniare velocemente i fuselli di legno sopra il disegno appuntato sul tombolo, e lui non volle distoglierla. Quando poi verso sera glielo disse, che del padre non c'era traccia, lei commentò gelida: «Si vede che aveva bisogno di prendere aria».

«Dobbiamo fare qualcosa» insistette Santino.

«È lui» disse Assunta «che avrebbe dovuto fare qualcosa per noi.» E si aggiustò addosso il golfino azzurro, attillato, annodato in vita. «C'è umido, eh» murmuriò.

Santino si aggirava per casa, nervoso. Parlare con sua madre, soprattutto di quanto accadeva in famiglia, non era semplice. Fino ad allora era rimasto a guardare, senza chiedere conto, ma ora si sentiva in diritto di prendere la parola.

«Da quanti anni papà non lavora? Da quanti anni non sa neppure chi è?»

«Statti zitto» disse lei distrattamente.

«Da quanto tempo non sappiamo di cosa campare?» «Tu» e Assunta lo guardò negli occhi, «tu devi pensare solo a studiare. Come il tuo amico Giovanni.»

«I Canetti i danari ce li hanno, noi no.»

«I danari che servono ce li abbiamo, li porto a casa io... per te e per tuo padre.»

Santino prese fiato, si preparava a dire qualcosa che gli pesava troppo ma che da troppo tempo premeva: «Mamma, quei danari non mi piacciono».

Assunta si ravviò i capelli, poggiò le mani sul tavolo, poi scostò una sedia con un gesto brusco e vi si sedette. Spaziò con gli occhi per tutta la stanza, aveva bisogno che ci fosse intorno a loro tanto silenzio, e quando valutò che ce n'era abbastanza batté il palmo della mano sul tavolo, facendo cenno a Santino di sedersi davanti a lei.

«Dunque, non ti piacciono.» Assunta parlava con la severità e la calma di un amministratore che, pur avendo chiarissimo in mente cosa fare, tarda a renderlo noto. «Adesso stammi a sentire.»

Altro silenzio, altra attesa. Santino era impaziente ma non osava mostrarlo alla madre.

«Lo so qual è il problema: ti vergogni. Dicono che sono una puttana. Loro dicono e tu senti. O magari non dicono niente, ma a te piace pensare che lo dicono, e allora dai retta a quello che ti piace pensare sia sulla bocca di tutti: tua madre è una puttana... Ti piace questa vergogna, è vero? Ti piace sentire che fa male.»

«E fa male!» disse lui a voce alta, guardandola con una sorta di adorazione ferita.

«Statti muto.» Assunta era imperiosa. «Te l'ho detto: tu devi pensare solo a studiare.» Lo fissò, poi riprese: «Abbiamo avuto i nostri guai, ma io non ho perso il rispetto della gente. Hanno paura quando mi vedono. Loro possono pensare quello che vogliono, per me non contano. Qui, l'unico che conta sei tu». E gli fece un sorriso dolce, il primo di quell'incontro.

«Però, qui c'è anche mio padre» disse Santino sottovoce. Assunta gli lanciò un'occhiata di fuoco e di ghiaccio: «Sì, c'è tuo padre. E allora? È come se non ci fosse. Ci sono tanti modi di tradire, e mettere le corna non è certo il peggiore...».

Santino fece per alzarsi, ma lei lo afferrò per il polso: «Dove vai?».

«Vado a cercare mio padre.»

«Ah, davvero? E dove?» disse lei, senza lasciare la presa.

Santino guardò quella mano su di sé, risalì con gli occhi lungo il braccio della madre, poi sul collo e sul volto. I loro sguardi si incrociarono, quello di Assunta splendeva.

«Devo andare a cercarlo» continuò lui, «ma è te che devo difendere, mamma, non lui.» Un'altra pausa, uno strattone per liberarsi, e poi ancora: «Così non si può continuare... Io ti salverò, te lo giuro». Forse non era esattamente quel che voleva dire, ma gli venne fuori così: *Io ti salverò*.

A quella promessa Assunta non seppe cosa dire: abbassò gli occhi, allentò la presa e lasciò che Santino sparisse nel buio.

Passarono tre giorni prima che Pippo Niscemi fosse ritrovato in un fosso sulla strada per Pertuso Piccione – mezzo morto di fame e di sete –, da un agente della polizia stradale. «Signor Niscemi, che è successo?» disse l'agente quando lo riconobbe.

Fu ricondotto in città, interrogato, restituito alla famiglia.

«Pippo» disse la moglie, soltanto "Pippo".

Santino aspettava fuori dalla stazione di polizia e si mangiava le unghie. Per tre notti non aveva dormito, era andato vagando per le strade di Sciacca, aveva esplorato il porto, aveva domandato a pescatori e marinai. Aveva chiesto aiuto a Giovanni e Giovanni l'aveva seguito la terza notte, forse perché entrambi si erano immaginati che, come un vero fantasma, Pippo Niscemi si sarebbe manifestato col buio. Dove poteva essere andato? Si era nascosto? Forse a Palermo, dove un tempo conosceva tanta gente... Ma chi lo avrebbe riconosciuto, in quello stato? Con tutti quegli anni mal portati? Invece ora sapevano che aveva preso la strada per Pertuso Piccione. Per arrivarci a piedi ci volevano tre ore, più o meno, ma non ce l'aveva fatta: era scivolato sul bordo della strada, e poi dentro il fosso.

Giovanni pensò che il padre di Santino avrebbe potuto incontrare suo nonno Calogero, e il nonno lo avrebbe senz'altro aiutato. Sua madre era rimasta in piedi ad aspettarlo, ansiosa. «Che ti metti a fare, ora?» gli aveva detto, preoccupata che si mischiasse negli affari di una famiglia che non era la sua.

Il medico convocato alla stazione di polizia consigliò degli esami e Pippo Niscemi venne ricoverato. Si lasciò condurre senza opporre resistenza, le occhiaie gli si erano fatte ancora più profonde, la barba era ricresciuta, la giacca del sarto Mimì si era strappata.

Assunta informò l'avvocato che suo marito era in ospedale ed ebbe due giorni di permesso che non aveva chiesto. Non smetteva di pensare a cosa le aveva detto Santino, con la convinzione appassionata dei giovani quando gli si ficca in testa un'idea, che magari non sanno ancora dove porta ma di cui sentono la forza, o addirittura la violenza.

L'avrebbe raccontato a Cettina, appena possibile. Per ora lasciava risuonare dentro di sé quella frase, *Io ti salverò*. Le veniva anche da ridere, perché mescolava lo sguardo giovane e infiammato del figlio con il progetto che stava accarezzando per lui. Ma una volta considerata l'enormità adolescenziale di quella promessa, ne avvertiva il pericolo, la minaccia.

Sì, ne avrebbe parlato con Cettina.

Forse avrebbe dovuto considerare con occhi diversi lo studio dell'avvocato Scicli, e l'avvocato stesso.

Pippo spirò alla fine della prima settimana di degenza. Aveva una polmonite bilaterale che era degenerata in pericardite, l'indebolimento complessivo aveva fatto il resto. Quando gli tolsero l'ossigeno cercò l'aria che non trovava più, mormorò «Balcone...» e poi più nulla.

8

E non c'è pietra che non racconti bellezza e dolore

Se Santino era uno studente determinato, con una meta da raggiungere, Giovanni si rivelò un discepolo diligentissimo. Il trasferimento ad Acireale – dove il collegio dei gesuiti, pur non offrendo alloggio, garantiva dei tutori che seguivano gli allievi anche fuori dalle aule dell'istituto – aveva finito per elettrizzarlo e si impegnava per dare il meglio. Bonansea gli aveva procurato una stanza in un pensionato maschile, diretto da due sorelle, sue lontane cugine. Quando lo aveva accompagnato in città insieme alla madre non aveva mancato di suggerirgli – in un momento in cui si erano ritrovati a tu per tu – di darsi da fare con le fimmine, perché le fimmine aspettano soltanto di essere inquietate, e non bisogna tener conto delle moine con cui si difendono, bisogna stare attenti solo se smettono di difendersi, perché allora diventano esigenti e aggressive. Giovanni reggeva la valigia da solo, non voleva essere aiutato, ma non perdeva di vista la madre, bella e impettita nel tailleur rosa cenere, e l'uomo che le camminava a fianco. Chi era per lei quell'uomo monumentale, contenuto a fatica in un fresco di lana blu troppo stretto? «Sei ingrassato» gli aveva detto mentre viaggiavano in auto, ma Bonansea aveva fatto finta di niente.

Solo più tardi, seduto al tavolino di un bar, sentenziò:

«Agli uomini maturi la pancetta si confà, è un segno di benessere... Lo diceva anche Djagilev».

«E chi era questo Djagilev?» chiese Cettina sorbendo il caffè.

«Il direttore dei Balletti russi» rispose lui, e si lasciò andare contro lo schienale della sedia.

A vederli l'uno accanto all'altra, Bonansea e Cettina erano una coppia stridente: lui mastodontico, lei minuta. Giovanni si chiedeva se, a chi non li conosceva, potessero sembrare i suoi genitori. La sola idea gli dava fastidio, ma doveva prenderla in considerazione, almeno in questa occasione in cui si sarebbero presentati insieme al preside del collegio.

«Pensa soltanto a studiare e a fare buona figura» si raccomandò Cettina prima di salutarlo. «Di te si occuperanno le sorelle Cantabrico.»

L'incontro con le cugine di Bonansea era andato bene: vivevano nei due piani alti di un palazzo barocco ai quali si accedeva per scale e scalette, sulla porta d'ingresso una targa di ottone lucido diceva PENSIONATO CANTABRICO. La maggiore delle due sorelle, sulla cinquantina, con una bella voce dolce, aveva spiegato loro che il personale avrebbe provveduto alle pulizie, al cambio della biancheria e ai pasti. Non era consentito cucinare in camera né portarvi amici. Sorrise a Giovanni e aggiunse: «Il mondo cambia, ma noi no».

Uscendo, Bonansea disse che due sorelle zitelle in una famiglia erano una grande risorsa. Con l'idea del pensionato, le sue cugine avevano salvato il palazzo e si erano costruite, dal dopoguerra in poi, un'attività di tutto rispetto. La più giovane avrebbe forse potuto farsi una famiglia, ma ci aveva rinunciato: gli studenti erano per lei come figli, e da figli li trattava, offrendo di tanto in tanto anche un aiuto nello studio.

Giovanni le sembrò subito il bravo ragazzo che era, e se ne prese a cuore il destino scolastico.

Ti ricordi? Ci eravamo ripromessi di scriverci. Iniziò così la sua prima lettera a Santino. *Io entro in istituto la mattina e ne esco nel tardo pomeriggio. La sera mangio nella grande sala da pranzo delle sorelle Cantabrico, dovresti vederle, due carabinieri vestiti da fimmine, ma una delle due mi vuole bene, mi fa domande, vuole sapere della famiglia, e naturalmente chiede di mio padre. Io non so che dire, racconto di te, di come siamo amici, e poi di mio nonno e di Pertuso Piccione. Dovresti andare a trovarlo, una volta, tu che sei lì.*

Ho fatto amicizia con un ragazzo che si chiama Antonio, lui è di Sperlinga, vicino a Nicosia, e quando mi racconta delle campagne di suo padre mi viene in mente Pertuso Piccione, le balze degli ulivi, la macchia di carrubi. Antonio dice che, finito il liceo, vuole andare a Milano. Chissà cosa ci sarà mai in questa Milano. Le Cantabrico mi raccomandano di diventare un bravo avvocato come il cugino Bonansea, che adesso è un pezzo grosso a Catania e a Palermo. Intanto, sono qui. E tu sei lontano. Ci vediamo quest'estate?

Giovanni! Qui si lavora, altro che studiare. Tu sai di latino e greco. Di latino pure io, per la verità, ma è quando vado in cantiere che imparo veramente; per esempio, so che ci sono tipi diversi di cemento: quello alla loppa, quello ai fumi di silice, quello alla pozzolana, quello alle ceneri volanti, quello allo scisto calcinato... Mi fermo qui, se no ti faccio venire il mal di testa. Quanto più velocemente imparo, tanto più rapidamente mi mettono a dare ordini. Sì, hai capito benissimo: dare ordini.

Mi piacerebbe andare da tuo nonno, che è bravo falegname e avrebbe anche lui qualcosa da insegnare, ma non ce la faccio. Quando torno a casa, è la casa che guarda me e mi impedisce di uscire. Mio padre mi sorride e non parla. Mia madre, sai com'è. Mi ha detto che ogni tanto esce con la tua. A me piace la signora Rigona. Le rare volte che salgo in casa sua c'è una pace, un silenzio... Ricama sempre, è gentilissima e mi dà buoni consigli. Lei e suo marito hanno già fatto tanto per me e conoscono persone po-

tenti che ricevono nell'ingresso ma non fanno entrare in casa. Ho capito che amministrano le loro terre, e hanno affari dappertutto. Che destino avremo, amico mio? Tanti miei compagni di classe se la godono, passano il tempo a inventarsi l'esistenza, escono con le ragazze. E noi? Tu dai preti, io in mezzo al cemento. Arriverà il momento in cui ci guarderemo indietro e saremo fieri di noi? Chi lo sa.

Gli anni del liceo passarono piuttosto velocemente per Giovanni. A Sciacca tornava due volte l'anno e ogni volta scopriva che la madre si era inserita ancora di più nella buona società sciacchitana. Frequentava salotti, partecipava – quando era possibile – a riunioni di circoli che ammettevano donne, dava appuntamenti nei bar di moda a signore che conosceva appena. Si portava appresso Pinuccia, che non aveva ancora trovato un fidanzato. Era timida, e se ne stava seduta composta, le belle mani appoggiate in grembo con grazia, gli occhi bassi. Cettina aveva scoperto di possedere un vero talento per le relazioni sociali: cercava di cambiare spesso d'abito, ricordava i nomi e le parentele di tutti, non dimenticava mai di portare piccoli omaggi alle signore di cui voleva coltivare la conoscenza senza arrivare all'amicizia – solo per studiare l'opportunità di un rapporto più profondo, più articolato, più fiducioso. E l'opportunità doveva affiorare da segni inequivocabili: dovevano essere ricche, di una ricchezza non aleatoria, i loro mariti dovevano avere una posizione importante – in politica, nell'amministrazione pubblica o nell'impresa privata; non disdegnava agganci nel mondo religioso né con personaggi equivoci, purché influenti. Giovanni si era accorto che la madre era ben preparata sulla politica locale e nazionale: leggeva il giornale tutte le mattine prima di uscire a fare commissioni e incontrare amiche e amici nelle pasticcerie di moda. Sembrava di larghe vedute, ma ce l'aveva con i comunisti, e tutto quello che sapeva e sentiva, anche per caso, lo riportava ai suoi uomini: Bonansea e padre Andrea Coppola, il suo confessore e padre spirituale.

Quando si parlava dei figli, con le altre madri Cettina esibiva solo buon senso: accettava i fuochi adolescenziali come febbri che prendono i corpi e le menti per poi dileguarsi. «L'importante è che i nostri figli procedano senza farsi intaccare, e noi siamo qui per quello.»

E sapeva convincere le amiche a stringere alleanze: «Quello che invece dobbiamo fare è rinsaldare la nostra rete, avere un piano comune, ma che dico?, una semplice intesa che ci faccia capire quanto possiamo contare una sull'altra, una famiglia sull'altra».

Cettina sapeva bene che in quel consesso la famiglia più debole era la sua, ma i suggerimenti che elargiva a piene mani la facevano sentire al centro di una società che proprio di quelle sue sicurezze andava in cerca.

Era dicembre e Cettina e il suo gruppo stavano organizzando una colazione in casa Santangelo, con i mariti e gli amici dei mariti.

Il dottor Santangelo occupava un posto di rilievo alla Regione, suo cugino era consigliere provinciale ai Lavori pubblici e il gruppo di donne era sicuro che sarebbe venuto apposta da Palermo: era ancora scapolo, sua madre desiderava una nuora e a Sciacca c'era la primogenita, nubile e bellissima, del rettore dell'Università di Palermo.

«Più gente c'è, meglio è» disse Cettina, «e poi lasciamo fare alle occasioni... Si stringono amicizie, si condividono predilezioni, si fanno chiacchiere», e qui rise: «Un po' di leggerezza è raccomandabile, è il sale che ci vuole in una società insipida come quella di questi anni».

Così faceva Cettina, e se ne usciva da questi convegni femminili con un pizzico di potere in più. Se ne rendeva conto dagli sguardi che sentiva su di sé mentre si accomiatava.

Desiderava portare Giovanni a una di quelle colazioni, quando sarebbe arrivato per le vacanze. Non aveva bisogno di Bonansea, che preferiva restare fuori da quei movimenti, meglio semmai Sallicano, che spuntava fuori – felice di spuntare – nell'esatto momento in cui Cettina riteneva che poteva esserle utile. Era peraltro entrato recentemente in possesso di una cospicua eredità – dei terreni dalle parti di Siracusa che, finita la fascia coltivata a ulivi, davano sul mare ma non erano stati dichiarati edificabili.

«Barone, voi ci farete felici» disse la signora Santangelo quando Cettina, dopo averglielo presentato in un incontro sul corso, le aveva raccomandato di invitarlo.

Giovanni era al quarto anno di liceo, gli sembrava di non fare altro che studiare. Era ancora solo un ragazzo, ma che la madre stesse giocando un gioco sempre più complesso lo aveva ben inteso. Tornato per Natale, assistette alle manovre di preparazione del ricevimento previsto per il 22 dicembre.

«Non confondiamolo con il Natale! Invitiamo le persone giuste, facciamo una cosa sobria, prima di prepararci a passare le feste in famiglia.» Cettina lo diceva con ferma determinazione. Le signore di Sciacca avevano promosso la sua saggezza, e così facendo le avevano conferito un ruolo. Maria Luisa Santangelo aveva una spiccata predilezione per lei e le mostrò stoviglie e tovaglie, l'argenteria e i cristalli; insieme pensarono a come preparare la tavola e i piccoli tavoli dei salotti. La cuoca fu chiamata a condividere il menu.

La sera del ricevimento Giovanni arrivò tutto allicchittato, con un blazer blu e una cravatta azzurro pallido. Fu presentato, introdotto, coinvolto nella conversazione. Gli chiedevano dei gesuiti, del metodo didattico, e naturalmente volevano sapere se davvero, come diceva sua madre, intendeva dedicare la sua vita di lavoro all'avvocatura. «Qui non ci sono altro che avvocati» gli sussurrò all'orecchio la padrona di casa, «la legge è ben rappresentata.» E sorrise. C'erano personaggi che venivano da Agrigento e da Palermo, c'era un grande proprietario terriero noto per gli investimenti con cui stava ridando vigore a vigneti che erano stati d'eccellenza sino ai primi del Novecento e poi erano caduti nell'abbandono. «Ci vuole pazienza» disse a Giovanni, «e ci vogliono anche tanti danari. Per fortuna lo Stato ci aiuta, se noi aiutiamo lo Stato.» Il concetto era volutamente poco trasparente ma fu lasciato cadere con il gusto di mettere in difficoltà, e anche in curiosità, il giovane interlocutore.

Di quel vino se ne bevve molto, quella sera, e più volte si brindò.

Poi passarono tutti nel salone. Via via che le conversazioni a due si consumavano, si ritrovarono disposti in cerchio per un brindisi, un cerchio che si era formato quasi per caso, come per un movimento tellurico, e Cettina – illuminata da un'idea senza premeditazione, da una sorta d'intuizione sociale – sospinse il figlio in mezzo a quel cerchio, lo sospinse senza parere, prendendolo per il braccio, senza smettere di rispondere alle sollecitazioni di altri ospiti, il bicchiere avvicinato alle labbra con cautela; finché, quando fu sicura che Giovanni fosse l'ignaro perno ideale di quella piccola moltitudine, se ne staccò, raggiunse il padrone di casa, l'avvocato Santangelo, gli indicò il figlio e gli domandò, con un sorriso, se non fosse il caso di fare un brindisi all'ospite più giovane. «Bella idea» approvò la signora Santangelo, e sollecitò il marito a farlo subito. E così fu. Santangelo propose un brindisi, tutti levarono alto il bicchiere, e solo allora lo motivò indicando Giovanni Canetti in mezzo alla sala, «La migliore gioventù siciliana» disse, «il nostro futuro». Gli ospiti colsero l'intenzione e si scostarono dal festeggiato – rimasto dove la madre lo aveva condotto, gli occhi sbarrati, solo, oggetto e insieme soggetto di un apprezzamento che non avrebbe saputo giustificare a se stesso – declamando un unanime "evviva". Alcuni chi fosse quel ragazzo se lo stavano chiedendo solo ora, chi fosse e che cosa facesse a un ricevimento di adulti, ma mentre se lo chiedevano lo fotografavano e se lo imprimevano nella memoria, e fu un trasferimento semplice, perché la faccia di Giovanni ispirava simpatia.

Cettina osservava compiaciuta il buon esito della sua operazione, e proprio perché era riuscita si affrettò subito dopo a ridimensionarla, onde limitarne – e, dando loro un limite, enfatizzandoli – gli effetti.

In verità, se avesse dovuto indicare chi di quegli ospiti avrebbe potuto davvero essere utile non avrebbe saputo dirlo: sarebbe stato interessante riflettere e studiare ogni singola faccia, ogni coppia, ogni presenza, persino quell'avvocato del cui studio e delle cui esuberanze si era occupata, e forse continuava a occuparsi, la madre di Santino, la bella Assunta.

Va da sé che tornando a casa Giovani pregustava, con ansia e gioia anticipata, gli incontri con Santino. Incontri che faceva puntualmente precedere da una lettera.

Sto arrivando, Santino, non ne posso più.

Così, anche questo Natale lo passeremo insieme, e mi auguro davvero che avremo una giornata per noi. Oggi qui fa un freddo da lasciarci la pelle. Va be', esagero, ma non era mai capitato di vedere un cielo così terso, il vulcano così imbiancato, e che tirasse un vento di tramontana così forte e asciutto. La sera mi barrico in stanza, e come sai le sorelle Cantabrico non hanno previsto alcuna forma di riscaldamento, perché, ripetono, in Sicilia non ce n'è bisogno: è come se pensassero di avere il gran vulcano in casa. Giù da loro, però, ci sono stufe e stufette, siamo solo noi pensionanti che non ne abbiamo diritto – a meno che non si sia malati, e allora sì, fanno salire il portiere con la stufa elettrica. È soprattutto la sorella più giovane a preoccuparsi. Mi ha fatto portare due coperte pesanti e io mi ci avvolgo dentro e mi muovo per la stanza come fossi un senatore dell'antica Roma. È una mania, lo sai. A novembre è venuto a trovarmi Bonansea. Ecco, lui è uno che non ha l'aria di soffrire il freddo, mai. Deve avere case ben riscaldate, perché per lui la vita dev'essere comoda. Così dice: «Cooomoda».

E io ammetto di non riuscire neppure a immaginare che cosa voglia dire, in concreto: mangiare bene? Essere servito di tutto punto? Alloggiare solo nei migliori alberghi?

Tu pensi mai che avrai una vita comoda? Magari tu sì, magari tu te la sogni, e allora comincia a immaginartela da subito anche per gli altri. Farai costruire case comode? Spero di sì.

Quando, da piccolo, stavo dai nonni a Pertuso Piccione, quella sì che mi pareva una vita buona, stavo bene, mi sentivo protetto. Ogni tanto il nonno e io ci scriviamo: ha una calligrafia incerta ormai, ma quello che dice non è mai incerto. Mi dice che se mia madre vuole che studi, e che studi con questi malefici gesuiti in tonaca, devo farlo; e senza lamentarmi. Lo sa che in verità non mi lamento, è che vorrebbe sapermi più sereno. Vorrebbe venire a trovarmi per conoscere queste famose sorelle Cantabrico di cui gli racconto sempre cosa dicono, cosa cucinano, come si agghindano, e gli dico che avrebbero bisogno dell'arte della nonna. Vorrebbe venire, ma la nonna, per l'appunto, non è più in salute come una volta, ha anche quasi smesso di cucire. Ci pensi? Una che è sempre stata dietro la sua Singer e che adesso se ne sta in poltrona. Guardano insieme la tv, certe volte ricevono la visita di padre Cangemi.

Insomma, caro Santino, sto arrivando. Mi porterai ancora in cantiere, quello nuovo, quello di cui mi hai scritto?

Ho un regalo per te.

Ti aspetto, Giovanni, ti devo raccontare un sacco di cose.

Mia madre mi ripete in continuazione che devo pensare al mio futuro. Tutti parlano di futuro, anche il cavalier Rigona e sua moglie, e io stesso non faccio che pensare a cosa farò, a come sarò, a quanto guadagnerò.

Studio e lavoro come un pazzo, certe volte la sera sono così stanco che fatico a addormentarmi. Sembra che il mio cervello non riesca a fermarsi. La mattina apro gli occhi alle sei e scatto giù dal letto come se fosse arroventato. Penso spesso a mio padre, a quando tornava a casa ubriaco e, prima di entrare, si fermava a vomitare per strada, e non era un vomito normale, era una cosa che lo faceva tremare tutto, che lo squassava. Batteva il pugno contro il muro o a volte si distendeva davanti alla porta. Mia madre diceva di lasciar perdere, "poi si riprende", ma io non ce la facevo e cercavo di aiutarlo a entrare. Povero papà mio... Perdonami questo sfogo, ma posso dirlo soltanto a te.

Ieri l'insegnante di lettere mi ha chiesto di fermarmi, vede che sto male e si preoccupa, mi ha chiesto se ci tengo così tanto a lavorare il pomeriggio dopo la scuola, se ce la faccio. Insomma, è una persona gentile e mi piace che ci siano persone gentili, ma io, caro Giovanni, sto imparando a farmi il cuore duro, perché col cuore tenero non si va avanti. Il professore mi parla come un fratello maggiore, mi dice che sono un bravo ragazzo e che ho diritto a una vita felice. Ci pensi? Vita felice? A me basta essere contento e lo sarò quando ti vedrò.

Quel Natale, quello stesso Natale del ricevimento in casa Santangelo, Giovanni e Santino andarono insieme a Pertuso Piccione per la fine dell'anno.

I nonni di Giovanni fecero trovare una bella tavola imbandita. Calogero aveva aiutato, perché Teresa cominciava a sentire – prima di lui – il peso degli anni. Stare lì, come Giovanni pensava, sapeva davvero di buono.

La nonna chiese notizie di Pinuccia. «Sembra che non sia mai nata» disse, ma si rese subito conto di aver esagerato e cercò gli occhi di Giovanni. «Assomiglia tanto a suo padre» riprese, e indicò una foto appesa alle sue spalle. Era come se, tutto a un tratto, avesse aperto la porta su tanto dolore che non era stato detto, che né lei né Calogero erano riusciti a manifestare, persino nella loro intimità di genitori.

Forse avrebbe continuato, ma non voleva turbare il clima di festa che si era creato.

«Noi le vogliamo bene» disse il nonno. E si versò da bere, quasi a significare che la parentesi era chiusa. In fondo, quella era stata la casa di Giovanni: a Pertuso Piccione aveva iniziato a vivere e il nonno era tuttora capace di suscitare pensieri luminosi. A tavola raccontò di com'era il paese prima della guerra, e da lì aveva preso a raccontare degli antichi abitanti del borgo. «Lo so, lo so che ormai voi due ne sapete più di me, che voi avete studiato, ma io qui dentro» e si toccava la fronte solcata da rughe gentili, «qui dentro ho una memoria che va oltre me stesso, che è quella di Pertuso Piccione ma anche quella di tutta la nostra isola, di tutti i suoi popoli meravigliosi, e non c'è pietra che non racconti bellezza e dolore.»

Santino era sedotto da quella storia e gli veniva in mente l'*Orlando furioso*, l'ossessione del suo insegnante di lettere. Come Ariosto riusciva a vedere tutto il mondo, tutti i mondi, fantastici e no, dalle Indie all'Olanda, dalle fredde pianure del Nord ai deserti, così quel grande vecchio affilato, dagli occhi fondi e chiari, evocava una Sicilia magnifica, terra di dèi e semidèi più che di eroi, e gliela cantava proprio come faceva Ariosto, con quella stessa meravigliosa coesistenza di popoli, Greci e Romani, Arabi, Normanni, tutti con un lascito di nomi, castelli, templi, simboli.

Sergio, il Bolognese, era tornato nella città del padre e Luigi era andato a studiare a Torino: Pertuso Piccione era diventata un po' più vuota. Le zie avevano chiuso la pasticceria e si erano ritirate insieme in una casa sul mare, portandosi via il profumo di cannella e vaniglia.

L'anno seguente passò ancora più veloce di quelli che l'avevano preceduto. Giovanni fu tra i migliori del corso e ricevette l'encomio del corpo insegnante.

Padre Lubrano, un gesuita originario di Napoli, che più degli altri aveva coltivato l'intelligenza di Giovanni, volle vederlo da solo e gli restituì un'immagine di sé tanto lusinghiera quanto ambigua: Lubrano vedeva in lui la pratica severa dello studio, l'applicazione quasi feroce, ma con quelle – e Giovanni restò a bocca aperta per l'acutezza del docente – una disposizione troppo passiva alle direttive che riceveva. «C'è qualcosa di remissivo in te, e non quaglia» gli disse. Giovanni era ben lontano dall'avere un'alta concezione di sé, ma quel "non quaglia" quasi lo offese, perché in realtà si era sentito messo a nudo.

Qualcosa del genere Lubrano comunicò anche a Cettina quando venne a prenderlo con Bonansea, ma lei, invece di sentire una diminuzione, riconobbe una qualità in quella "diligenza" sulla quale il docente aveva insistito a lungo, una dimensione del carattere del figlio sulla quale investire.

Le sorelle Cantabrico vollero tessere le lodi del ragazzo, che in realtà era stato come un figlio per loro. Anzi, la più giovane lo abbracciò e si allontanò in fretta per non farsi vedere in lagrime.

«Bisognerà occuparsi di questo palazzo» disse Bonansea scendendo lo scalone d'ingresso, «sta andando in pezzi.»

9

Una lettera d'addio

Il telefono era nell'atrio di casa, ai piedi della scala che saliva al piano superiore, a metà strada fra la stanza-sartoria di Teresa e la grande cucina dove si prendevano i pasti. Quella mattina l'apparecchio suonò a lungo prima che Calogero arrivasse a rispondere, perché l'accordo era quello: se Calogero era in casa, rispondeva lui.

Teresa come sempre tendeva l'orecchio, staccava il piede dal pedale della Singer e cercava di capire il più velocemente possibile chi c'era dall'altra parte del filo, nel caso si trattasse di una cliente. Malgrado gli anni e gli acciacchi, il suo lavoro continuava a essere molto considerato nell'intera provincia, e le commissioni non mancavano: le clienti le erano rimaste fedeli, e grazie a loro avrebbe potuto acquisirne di nuove, ma preferiva rimanere un passo indietro, lavorare meno per garantire che ogni cosa fosse eseguita come sempre a regola d'arte. Anche Calogero aveva cominciato a rallentare, e perfino a sottrarsi all'esercizio regolare della sua attività, che andava avanti ma era condotta da Ciccio La Monica: un tempo giovane apprendista, si era guadagnato la fiducia del "maestro", come diceva parlando di Calogero. Di tanto in tanto Calogero si guardava le mani che avevano un leggero tremore, quanto bastava per metterlo in allarme: il punteruolo e lo scalpello esigevano fermezza, ma la stessa piallatura era un'operazione che un bravo ebanista doveva saper controllare. Aveva ancora ordinazioni di un certo impegno, che insieme alla solidità e alla funzionalità della fattura comprendevano il vezzo di certe decorazioni ispirate alla tradizione: gambe di tavolo scanalate come colonne, testate di letti a intarsi con bordature di foglie di acanto o addirittura di uccellini con le ali appena dischiuse. Non soltanto Ciccio aveva imparato le tecniche della falegnameria, ma si era scoperto anche abile incisore, e Calogero lo incoraggiava. Aveva deciso di passargli la gestione della bottega, non senza il consenso della nuora e del nipote: gli sembrava, una volta che non avesse avuto più le energie per continuare, un'idea più salutare e produttiva che chiudere l'attività.

Padre Cangemi aveva commissionato a Calogero un nuovo pulpito – quello originale, ottocentesco, era inagibile da una decina d'anni –, un incarico che aveva inorgoglito il vecchio ebanista, quasi un coronamento della sua arte. Arte, sì. Avevano studiato un antico disegno conservato in canonica e a quello Calogero si era ispirato: ai lati del pulpito, due angeli dai lunghi capelli mossi e le ali raccolte tendevano le mani giunte nel vuoto. Aveva scelto un tronco ben stagionato di ulivo, un legno che oppone resistenza ma infine si lascia sagomare a dovere, ed era gratificato dal risultato: capitava che, anche lontano dalle feste comandate, andasse in chiesa per guardarsi e accarezzare il suo lavoro – balaustra e angeli – come fossero carni sue. Gli sarebbe piaciuto tramandare l'arte a Giovanni e tante volte, negli anni che il bambino aveva trascorso con loro, lo aveva invitato a restare in bottega anche per ore. Giovanni era affascinato, ma la sapienza del nonno non gli era entrata nel sangue.

E dunque Calogero rispose, chiese chi era, si fece ripetere il nome, non gli era familiare, poi però mise a fuoco, certo che lo conosceva: era il professor Bonansea. Aveva la sede principale del suo studio legale ad Agrigento e un altro, più piccolo, a Pertuso Piccione, nella bella casa di famiglia, ai margini del paese, a cui si accedeva attraversando un giardino rigoglioso a strapiombo sulla campagna; dietro la costruzione, un uliveto a balze scendeva lungo il fianco del monte, aperto come un teatro sulle colline sottostanti.

Il professore voleva incontrarlo al bar Centrale nel tardo pomeriggio. Calogero non si domandò come mai, in fondo era abituato a stare con tutti in paese, e soprattutto, il suo mestiere gli aveva aperto una rete di conoscenze che, anche quando non erano amicizie vere e proprie, potevano essere frequentazioni utili, a volte persino piacevoli, nella comunità pertusina. Il professor Bonansea non apparteneva a quest'ultima categoria, ma si trattava di una personalità alla quale era bene non sottrarsi.

«Chi era?» chiese Teresa lisciando un tessuto che ancora non aveva preso forma d'abito.

«Bonansea» rispose Calogero.

Teresa si limitò a scuotere lentamente e lungamente il capo. Non le piaceva, ma sapeva che era persona vicina alla nuora Cettina.

Qualche anno prima c'era stata una grande festa di tarda primavera a Villa Bonansea ed erano stati invitati anche Cettina e Giovanni. Giovanni aveva avvisato il nonno, il quale aveva fatto buon viso a cattivo gioco. Erano arrivati con un'auto mandata dal professore e, sempre nel racconto di Giovanni, era stata una festa affollata, con gente da Palermo e da Agrigento, tutti vestiti per l'occasione, tutti che rendevano omaggio a Bonansea, Cettina inclusa, ma – sottolineava il ragazzo – erano rimasti piuttosto in disparte, avevano parlato poco, mangiato poco, ballato poco, bevuto pochissimo.

E ora eccolo che si faceva avanti il professore, che chiedeva un appuntamento, per cosa non era chiaro. Teresa pareva perplessa: «Poteva venire qui a casa» osservò.

«Ma no, meglio così» si affrettò a rispondere il marito. «È una famiglia che non conosciamo, e loro non conoscono noi, che senso avrebbe?»

Calogero intanto era entrato nella stanza di Teresa e si era avvicinato al grande tavolo su cui erano distesi tessuti e modelli di carta. «Per chi stai cucendo?» chiese quasi sovrappensiero, e – non meno distante – lei rispose a voce bassa, un nome di donna che rimase sospeso nell'aria.

«Stiamo proprio diventando vecchi...» disse Calogero, e allungò una carezza alla moglie.

«Abbiamo fatto molto per quel ragazzo, ed è cresciuto bene» disse lei accennando un sorriso.

Giovanni aveva superato a pieni voti gli esami di maturità e i nonni avevano pensato a un regalo importante, una moto, così sarebbe potuto salire più spesso a Pertuso Piccione.

Ed era proprio quello il motivo dell'incontro al bar Centrale: il regalo per la licenza liceale del nipote. Bonansea aveva preso Giovanni a benvolere e voleva fargli sentire il suo orgoglio per la buona riuscita scolastica regalandogli per l'appunto una moto, la nuovissima Gilera 50 Enduro. Preso in contropiede, Calogero – che Bonansea insisteva nel chiamare "don Calogero" – riuscì solo a controbattere chiedendo «Perché?» e ottenne in risposta la ripetizione garbata, controllata, di quanto appena detto: «Gli voglio bene, è un bravo ragazzo». Aveva saputo da Cettina che i nonni si sarebbero mossi nella stessa direzione e si era preoccupato di dissuaderli, senza creare conflitti, per carità – e per rendere la cosa più accettabile si diffuse sulla conoscenza dei motori e sulle facilitazioni che avrebbe avuto con la Piaggio.

Calogero dovette ricevere una lezione di economia aziendale e apprendere che la storica casa Gilera era stata acquisita dalla più moderna Piaggio, che aveva garantito la continuità del marchio. Bonansea chiese poi un altro caffè e Calogero lo contemplò, in tutta la sua monumentalità, far danzare il cucchiaino dentro la tazza e lasciarlo in equilibrio sul piattino sospeso nel vuoto. Indossava un abito chiaramente di sartoria e c'era qualcosa di soddisfatto nella sua forma fisica, piena ma non debordante, nella gestualità controllata. Offrì un sigaro a Calogero che rifiutò e allora, visto che non poteva condividerlo, ripose anche il suo nel taschino del gilet. «Possiamo trovare un accordo, don Calogero?» chiese il professore, convinto che in realtà l'accordo era già scritto nelle cose e soprattutto – come aggiunse per spiegare meglio la sua motivazione – «nella felicità del ragazzo», davanti al quale si stava aprendo «una nuova stagione della vita».

Quando Calogero le raccontò l'incontro, Teresa rimase contrariata dal fatto che lui non fosse riuscito a imporsi, a rammentare a quel Bonansea che loro erano pur sempre i nonni, che quel ragazzo lo avevano allevato. Contrariata sì, ma capiva che non era una moto a decidere la contesa, non poteva essere un regalo a destare quella sorta di insofferenza che per un attimo avrebbe potuto essere scambiata per rabbia, un sentimento ignoto tra lei e il marito. Quello che davvero si manifestava come uno spiacevole incidente era l'intesa che il professore aveva cercato con l'unico che poteva incarnare il capofamiglia Canetti. Avrebbe potuto fare quel regalo senza interpellare nessuno, e invece aveva chiesto un colloquio, un accordo. Era stata Cettina a suggerirglielo? Certamente ne avevano parlato.

Erano anni che Giovanni raccontava ai nonni di questo professor Bonansea, al quale la madre l'aveva raccomandato come futuro praticante e giovane di studio. Giovanni, non meno dei nonni, aveva un carattere docile, condiscendente, e quando andava da loro a Pertuso Piccione non si lamentava mai della vita in famiglia; si guardava bene dal mettere in cattiva luce la madre, si dilungava sui successi scolastici della sorella, e anche nel raccontare di Santino non calcava sugli effettivi disastri della famiglia: aveva sempre detto che il padre era infelice e che la madre aveva un carattere forte, che si faceva valere. I nonni avevano notizie da altre fonti e non potevano far altro che apprezzare la prudenza e la discrezione del nipote nei confronti dell'amico. Quando era venuto ospite a Pertuso Piccione, Santino aveva goduto della simpatia e dell'affetto di Calogero e Teresa, che avendo notato in lui un dolore difficile da dissimulare gli avevano offerto, per quanto era possibile, aiuto.

Agli anziani Canetti, Sciacca pareva un mondo lontano con cui non avevano a che fare e che, soprattutto, era teatro di avvenimenti di cui faticavano a comprendere la meccanica e le conseguenze. Paradossalmente, avevano più familiarità con Palermo. Sciacca era lì, vicina: in mezz'ora di corriera avrebbero potuto rendersi conto con facilità di ogni cosa, e invece no. Calogero si sentiva una persona all'antica, era legato alle tradizioni del paese e alla piccola vita che vi si svolgeva. Il professor Bonansea era, in tal senso, l'opposto: un uomo di buona famiglia che era fiero di vivere nella bella casa dei suoi antenati ma che conosceva il mondo, con le sue sottigliezze e i suoi imbrogli.

Sulla natura di quegli "imbrogli" i Canetti non sapevano, né forse volevano, andare a fondo, ma ora, dovendo addirittura condividere il futuro del nipote, provavano finalmente a interrogarsi; e se anche non si davano risposte, si preoccupavano seriamente di quali potessero essere. Il primo pensiero fu, comunque, trovare un regalo ugualmente importante. Un viaggio?, si domandarono. Perché no? A Napoli, magari, dove c'era una lontana cugina che avrebbe potuto ospitarlo. Per un attimo temettero che Bonansea potesse intervenire anche in questa proposta, dato che, come aveva sentenziato, c'era in gioco "la felicità del ragazzo". Avrebbero dovuto comunque accordarsi con Cettina, non esacerbare una situazione potenzialmente conflittuale come quella che si stava creando dopo l'intervento del professore.

Calogero chiamò subito la nuora. Naturalmente lei era al corrente di tutto, sapeva già che c'era stato l'incontro al bar Centrale e che Bonansea avrebbe potuto procedere.

«È bene» gli disse «che una persona influente abbia sin d'ora a cuore il futuro di Giovanni.»

«Forse avremmo dovuto parlarne prima tu e io, non credi?» osservò lui.

«Ho lasciato fare» si precipitò a dire Cettina. «Sono cose da uomini.»

«Cosa?» domandò Calogero.

«Le moto» disse lei, per dirottare il senso della conversazione. «Sono sicura» continuò «che Giovanni sarà entusiasta.»

«Ne sono convinto» concordò Calogero, e aggiunse che a quel punto urgeva prendere una decisione sul regalo che Giovanni avrebbe ricevuto dai nonni – Teresa ci teneva, dovevano far sentire al ragazzo la presenza di tutta la famiglia. E quel "tutta" suonò deliberatamente alterato.

L'ipotesi del viaggio fu accolta con sorvegliata approvazione. Calogero avrebbe provveduto a un bonifico sul conto della nuora, ma avrebbe scritto una lettera a Giovanni in cui gli rendeva noto il dono, come avrebbe dovuto essere speso, aggiungendo che, se come si augurava era di suo gradimento, lo avrebbe messo in contatto con la cugina di Napoli per l'alloggio. Forse Giovanni se la ricordava: era venuta in visita a Pertuso Piccione una decina di anni prima, rotondetta, begli occhi azzurri e la risata forte. Napoli, sì. La cugina, sì. In nave da Palermo? Quanti giorni? Tutto solo? Forse avrebbe dovuto accompagnarlo? Cettina investigava, non era soddisfatta, voleva sapere di più su Napoli e sulla cugina, «Non posso lasciarlo andare da solo da una cugina semisconosciuta». La moto, le rammentò Calogero, era un premio alla sua maturità, al fatto che era quasi un uomo adulto, e il viaggio aveva lo stesso significato: era bene che Giovanni andasse solo, e comunque sarebbe stato ospite in casa di una parente.

La sera Teresa e Calogero consumarono la solita cena frugale: minestra di verdure, frittata di zucchine e formaggio locale. Cettina era ambiziosa, lo sapevano entrambi. Lo era anche quando aveva sposato Tano, che pur avendo uno studio di commercialista ben avviato non si era creato una rete di relazioni tale da garantirle, insieme a entrate significative, una vita sociale abbastanza ricca. Tano aveva un temperamento piuttosto introverso ed era incline alla malinconia, anche se sportivo – nuotava, giocava a pallone in una squadra di seconda divisione, si muoveva in bicicletta.

Arrivava a casa ansante e Cettina lo abbracciava tutto sudato com'era, la giacca buttata sulla spalla e i muscoli in rilievo sotto la camicia. C'era un'intesa fisica fra i due, molto forte, che tuttavia non bastava a fare più solida la vita di coppia. Tano pareva sempre distratto, come avesse gran pensieri in mente, e Cettina sembrava talvolta scontenta, anche se non ne parlava mai. Qualcosa di quella malinconia era passata a Pinuccia, ma lei era stata una bambina e poi una ragazza che coltivava i suoi sentimenti come una pianta di basilico: umile e vitale, docile e profumata. Nessuno le chiedeva niente. Tano le voleva bene e in qualche modo si specchiava in lei.

Tuttora, Calogero e Teresa si chiedevano da dove venisse quella cupezza del figlio: si sentivano colpevoli, come se ne fossero responsabili, come se avessero mancato in qualcosa. Ogni volta che ne parlavano si fermavano sgomenti, senza considerare invece le situazioni alle quali la professione di commercialista l'aveva esposto: complesse, difficili, in cui la competenza doveva essere affiancata e sostenuta da acume, diplomazia e cautela. Per un certo tempo dopo la sua morte, Tano era stato al centro delle conversazioni di gente curiosa che era anche salita a Pertuso Piccione per portare, insieme alle condoglianze, ipotesi, cenni o addirittura nomi.

Calogero e Teresa si erano tenuti lontani da quel chiacchiericcio, che comunque non avrebbe restituito loro il figlio. Ne avevano parlato con Cettina, che aveva detto poco e niente; lei voleva mettere a tacere i pettegolezzi e anzi, quando aveva deciso di lasciare Giovanni in custodia ai nonni, si era raccomandata di non affrontare il tema con lui, anche una volta cresciuto. Da parte sua, Giovanni non aveva mai chiesto, o se lo aveva fatto si era limitato a domandare dettagli su com'era il padre, com'era da bambino, quali erano i suoi sogni. Per Calogero era stato semplice – consuonava con il suo carattere – dirottare i discorsi dentro un clima di leggenda, facendo del giovane padre una figura vitale, nuotatore eccellente malgrado le origini di montagna, ciclista scalatore come gli eroi del Giro d'Italia; e persino Teresa volentieri si attardava sulla fame da lupo che suo figlio portava in casa, e con che occhi stava davanti al piatto di pasta pregustando il piacere e rallentando poi le forchettate per goderne di più. I nonni raccontavano a Giovanni come suo padre aveva incontrato Cettina e di quanto l'avesse corteggiata: passeggiavano lungo il corso e poi si fermavano dalle zie pasticciere, ed era proprio commovente come lui la guardava. Giovanni rideva: «Come il piatto di pasta?», e loro, senza malizia: «Come il piatto di pasta».

Giovanni aveva perso il padre quando era troppo piccolo per sentirne dolorosamente la mancanza, quindi gli era facile parlare di lui con un sorriso: questo aveva aiutato anche Calogero e Teresa a tenere vivo il ricordo del figlio senza altarini e lumini, ma con una vaga leggerezza – già il solo fatto di avere il nipote in casa li aveva costretti a reagire. Insomma, qualcosa c'era stato che aveva ulteriormente distratto quel figlio loro, e ora, dovendo fare i conti con l'invadente generosità di Bonansea, tornavano gli interrogativi e i tormenti dai quali avevano preso le distanze dopo la morte di Tano. Non sapevano sommare le sensazioni, dare loro uno sviluppo logico, che peraltro forse non esisteva affatto; eppure, avvertivano un'ambiguità che ora erano troppo anziani per affrontare con l'efficacia necessaria.

Calogero restò sveglio sino a tardi per scrivere a Giovanni, e più riempiva il foglio e lo strappava scontento, più ricominciava da capo, più si rendeva conto che quello non era semplicemente l'annuncio di un regalo che sperava gradito, ma piuttosto una lettera d'addio, una testimonianza che riassumeva gli anni di Giovanni trascorsi a Pertuso Piccione, le leggende e i racconti storici con cui il nonno aveva incantato il nipote sulla cacciata dei francesi dalla Sicilia che avevano scatenato la fantasia del bambino, e poi proseguiva fino al suo ritorno dalla madre a Sciacca, alla bella amicizia con Santino, alla macchia di carrubi dove sapeva che Giovanni continuava ad andare a giocare a pallone con Luigi e Sergio. Sì, gli aveva ricordato che i suoi antenati davano la caccia ai francesi, e che questi cercavano di confondersi con la popolazione locale, ma quando veniva loro offerto un piatto di ceci quelli dicevano "scìsciri" e non "cìciri" come avrebbero dovuto, e così li scovavano e li massacravano.

Non è necessario, Giovannino mio, scriveva il nonno, *che tu li massacri, basta che tu sappia chi sono, perché sempre ci saranno persone che vogliono il tuo male: basta che tu li metta al bando dalla tua esistenza, basta che tu sia un uomo giusto, e che ti sia sempre cara la verità.*

Calogero lesse e rilesse quanto aveva scritto, e alla fine quel che aveva scritto gli piacque, anche perché la lettera si chiudeva con gli auguri dei nonni, che lui fosse per sempre "un uomo felice".

10
I fichidindia

Santino non aveva ricevuto nessun regalo per aver superato con buoni voti l'esame di maturità, ma aveva fatto il suo ingresso ufficiale nel mondo dell'edilizia. Gli piaceva pensare a sé come a un costruttore, perché dentro quella parola riconosceva la forza della creazione, del tirare su dal niente, del dare forma a ciò che ancora non esiste. Questo pensava, ma lo teneva per sé. Forse avrebbe potuto confidarlo a Giovanni, ma anche lì con cautela, perché non lo prendesse per un esaltato.

Di quell'estate dopo la maturità ricordava una sua lettera da Napoli:

Non ti piacerebbe questa città, Santino mio, si sentono ancora la capitale di un regno che non esiste più. Stanno tutta la mattina al bar, risalgono le vie del centro, passano da una funicolare all'altra, sono cortesi e ospitali. E pettegoli. La zia vuole sapere, i cugini vogliono sapere, le cugine, quelle più di tutti vogliono sapere, e io non so che dire. Mi aprono salotti, prenotano i posti migliori a teatro, e a teatro si va una sera sì e una no. E quando è no, sono concerti. Sono stordito, Santino, voglio tornare, ho bisogno di concentrazione. Tu mi capisci. Qui sono sempre in festa anche quando discutono di politica. Io ho pensato a noi e a Casablanca. Altro che Napoli. Noi che ce ne andiamo in giro, il mondo in mano.

Nei cantieri in cui aveva lavorato, studiando e osservando ma senza mai tirarsi indietro quando si trattava di sporcarsi le mani, era apprezzato, stimato, protetto. Lo chiamavano Clinker, come la componente base del cemento Portland. Per quanto le maestranze fossero abili, nessuno conosceva bene come lui storia e componenti chimiche dei materiali. E se c'era da fare una valutazione tecnica e lui vi partecipava, tutti restavano sbalorditi dalla competenza che esibiva con i fornitori. Prima di finire il liceo, l'insegnante di chimica gli aveva chiesto una relazione sulle caratteristiche del calcestruzzo e lui si era prodotto in una lezione dettagliatissima, facendo la storia del conglomerato dalla macinazione della marna alle integrazioni chimiche, sino alla cottura.

La fama della sua competenza gli rese più semplice approfondirne subito altre, relative soprattutto alla produzione di impianti autonomi integrati alla costruzione, come quelli idraulici o di condizionamento termoidraulico, delle colonne di adduzione, della rete elettrica. Doveva mappare velocemente le aziende sul territorio, misurare l'impatto economico, assoldare personale preparato per la messa in opera, imparare a negoziare, riconoscere all'impronta la qualità dei materiali. Insomma, Santino si accingeva a ricoprire quanto più rapidamente possibile un ruolo direttivo.

Con quel Salvatore che due anni prima gli aveva fatto fare il giro della nuova Agrigento non aveva più avuto contatti, ma naturalmente il cognome gli era arrivato presto all'orecchio, ed era cognome da tenere per sé, a cui non fare troppa pubblicità – poteva contentarsi di saperlo e cucirselo nella memoria. Quando un capocantiere lo nominava, perché non poteva fare altrimenti, si metteva sull'attenti e riferiva, quasi bofonchiando, che sì, era arrivato un ordine preciso e che quello doveva essere, anche se si trattava di smontare un cantiere da un giorno all'altro o di aprirne uno davanti a un sito archeologico.

Anche questa era scienza, per un costruttore: sapere chi

comandava e come comandava. E il *come* lo vedeva stampato sulle facce dei suoi compagni, quelli che adesso erano datori di lavoro e magari di lì a poco si sarebbero trasformati in appaltatori.

Santino fu chiamato di nuovo ad Agrigento, ma questa volta quel Salvatore senza cognome non c'entrava direttamente: a volerlo incontrare era Peppe Giaele, che – si diceva – aveva fatto affari a una velocità sorprendente.

Santino arrivò in corriera e tornò in auto, una bella Fiat che gli era stata messa subito a disposizione. L'incontro avvenne in un ristorante non lontano dai templi, sulla strada che portava al mare. Si sedettero in una saletta riservata. Peppe Giaele era un trentenne con una gran chioma mossa in cui lui faceva entrare a pettine le dita di una mano e lì le teneva spesso a lungo, come fossero un fermaglio, per poi lasciar ricadere il ciuffo morbido davanti agli occhi.

«Faremo grandi cose insieme» si infiammò Giaele. «Tu sei quello che io non sono: caparbio e scienziato. Io ho naso per gli affari» e si toccò la narice, «li sento arrivare... Oppure, so trovare il posto e la situazione ideali dove aspettarli. Gli affari hanno facce e nomi, e io prendo nota, e dopo che prendo nota li studio e mi studio. Guarda» disse poi distendendo sul tavolo, che i camerieri si erano affrettati a sgombrare, la mappa di un quartiere. «Guarda un po' qua. Quanta gente ci vedi, dentro queste case di cinque piani tutte belle allineate come fossero un accampamento militare? Quanta?»

Santino azzardò un numero, e l'altro: «Di più! Ce ne stanno di più, e più ce ne stanno, più la società che sta a monte capitalizza, e più capitalizziamo noi. Sembra semplice, ma non lo è. Bisogna essere agili, e controllare tutto. Ogni dettaglio. Non importa se qualcuno non corrisponde al piano originario, l'importante è conoscerlo, archiviarlo come dettaglio a noi noto. Tutto deve finire sulle carte, e mi dicono che tu con le carte sei un drago». Ripiegò il foglio con attenzione, come fosse un documento prezioso da non ciancicare. «Tu hai l'occhio fino e io ho l'olfatto finissimo, e magari tutti e due abbiamo una minchia di tutto rispetto.» E rise. Santino riuscì appena a schiudere le labbra in un sorriso. Fuori, tirava un bel vento dal mare. L'autunno era magnifico e intorno a loro gli ulivi si agitavano già carichi di frutti. Peppe Giaele procedeva spedito oltre il parcheggio del ristorante, e portava con sé un pallone da calcio. Appena ci fu spazio cominciò a palleggiare e infine alzò la palla con un colpo di punta. Santino la restituì con un colpo di testa e da lì in avanti presero a duettare, finché Giaele trattenne il pallone fra le braccia e cominciò: «Ulivi, fichidindia, colonne, statue, carretti – tutta bella roba, ma la Sicilia nostra di fichidindia non ha bisogno. Ce li portiamo altrove, in qualche isola dell'Atlantico selvaggio, e là ci godremo gli anni, quando avremo voglia di goderceli».

Arrivò un suo uomo di fiducia al volante di una Fiat 1100, scese, salutò, indicò il documento sopra il tetto dell'auto. «Questo è un cortese acconto, torna a Sciacca come si deve» disse Giaele sorridendo. «Noi non abbiamo niente da insegnare, solo missioni da portare a termine... E dobbiamo arrivarci sempre più veloci.»

Santino cercò di rifiutare, ma Peppe Giaele gli prese la mano e vi chiuse dentro le chiavi dell'auto. «Tu guida, vai, procedi, non ti fermare e non essermi grato... Fa' in modo che io sia grato a te, quando arriverà il momento.»

Lo lasciò salire in macchina e poi si accostò al finestrino aperto. «Sei già invitato al mio matrimonio, il 7 giugno. Una festa grande. Vieni con la tua fidanzata.»

Santino fece cenno di sì, ma la fidanzata non ce l'aveva, e così partì da Agrigento con questo pensiero in mente, un pensiero che tuttavia finiva con il convergere su un volto, su una persona: la giovanissima nipote dei Rigona, Margherita, che di tanto in tanto frequentava il palazzo dei nonni. Era bellissima. Un giunco gentile dalla pelle chiara, i capelli lunghissimi sciolti sulle spalle, le gonne corte di seta che le tremavano intorno alle cosce. Si erano parlati, più d'una volta, ma Santino non aveva mai abbastanza tempo per trasformare il saluto in un discorso, e inoltre, più la guardava e più intimamente la desiderava, più si chiedeva che cosa avrebbero detto di quel corteggiamento il cavalier Rigona e donna Isabella, che tanto lo avevano aiutato. Lui e Margherita si erano conosciuti molti anni prima, da bambini, ma proprio perché bambini non avevano mai trovato l'occasione giusta per essere amici. Poi c'erano stati anni in cui non si erano più visti, ma adesso sì, Santino l'aveva vista eccome, ed era una pomelia in fiore. Bisognava fare in fretta.

Dunque, arrivò con l'auto che dovette lasciare due strade più in su perché la via di casa sua si chiudeva quasi a imbuto e non ci si poteva arrivare, né tanto meno si poteva parcheggiare. Chiamò la madre – che vestita a lutto era ancora più attraente –, la condusse al parcheggio e le mostrò la 1100: ne ricevette una stretta e un bacio sulla fronte, poi si avviarono verso casa.

Santino avrebbe voluto spiegarle subito la provenienza dell'automobile, ma non potevano parlare all'aperto, col rischio che qualcuno sentisse. Lei ancheggiava fiera accanto al figlio e faceva mostra di non aver paura di nulla ora che un uomo della famiglia, l'unico uomo della famiglia, stava conquistando un posto nel mondo.

Una volta a casa, Assunta fece domande, si informò, non rinunciò a nessun dettaglio. Madre e figlio parlarono a lungo.

Anche a Santino piacque darle notizie e interrogarla. Senza timidezze, volle sapere se continuava a frequentare l'avvocato Scicli. «Ci lavoro» rispose lei.

E lui: «Non solo, mi pare. Non dobbiamo imbrogliarci, mamma, tanto più ora che papà non c'è più. Ora sei libera... Ma libera di fare cosa?».

Parlava come un vero adulto, e lei glielo riconobbe. «Io ci lavoro, lui mi è devoto, ma è più devoto a sua moglie, quindi non sono libera di fare niente, se non di continuare a lavorarci e di essere quel che sono ora.»

Guardava il figlio negli occhi, non vi cercava assenso né considerazione, sapeva che ormai quella era una strada sbarrata; infatti, lui le prese la mano e gliela accarezzò dicendole: «Forse possiamo fare a meno della sua devozione? Che ne dici?».

«Possiamo» ammise lei, e rise, rise forte come a testimoniare la fame di vita che quasi tutti le perdonavano, primo fra tutti suo figlio.

«Hai una vita davanti» gli disse, improvvisamente serissima, le belle labbra tese come ferite, «e io in questa tua vita ci sarò.» Cancellata l'espressione seria, con altrettanta tempestività tornò a sorridere e riprese: «Vorrei che partisse una musica e noi cominciassimo a ballare, qui, come in un musical americano...». Gli prese la mano, lo costrinse ad alzarsi e lo forzò ad abbracciarla e ad accennare un giro di valzer, o qualcosa che vagamente gli somigliava.

«Mamma» disse lui sottovoce guardando verso il palazzetto dei Rigona, «mamma, ma tu che ne pensi di Margherita?»

Assunta fermò la fantasia danzante, lo squadrò, vi cercò più verità di quella di cui aveva bisogno e disse: «È bella. È ricca. È già tua».

20 ottobre 1974
Caro Giovanni,
mi piace leggere i tuoi racconti dell'università. Sono contento di essere rimasto a Sciacca: è interessante conoscerla da quasi adulto, ho scoperto la storia della nostra città e le bellezze del passato.
I Rigona continuano a essere molto affettuosi con noi: non soltanto ci mandano cesti di prodotti delle loro campagne e l'olio d'oliva, fresco dal frantoio – un profumo meraviglioso! –, ma invitano spesso mia madre a pranzo e, il pomeriggio, a giocare a canasta.

Ho ricevuto un'offerta di lavoro nel cantiere edile di Peppe Giaele, un giovane costruttore agrigentino che ha un successo strepitoso, anche se ha dovuto abbandonare il sogno di studiare all'università per mantenere la famiglia, impoverita. Ci somigliamo. All'inizio Giaele ha trovato lavoro nella ditta di amici della madre e in soli due anni è riuscito a raddoppiare la clientela: è un genio, e adesso mi vuole come suo assistente. Ne sono felice. Lui ha una madre con tante amicizie, io ne ho una che ha sempre bisogno di un uomo accanto! Un po', come sai, me ne vergogno, ma le voglio bene e conto che qualcosa stia cambiando. In lei, in me. E naturalmente anche in te.
Qual è la nostra strada? La riconosceremo? Forse ci siamo già in mezzo.
Tuo, Santino

3 novembre 1974

Caro Santino,
    mi congratulo per i tuoi successi: sei già sulla buona strada per diventare ricco. Io invece sono ancora agli inizi della carriera all'università.
Il professor Bonansea, di cui conosci bene l'amicizia con la mia genitrice – queste sono le madri nostre, hanno bisogno di uomini –, continua a prendersi cura di me. Gliene sono grato, ma di recente mi ha presentato a certi professori che mi lasciano perplesso. Sono gente di partito – di destra, naturalmente –, ambiziosi e determinati ad accrescere il loro potere all'interno dell'università: arrampicatori, ai quali dovrei unirmi se volessi diventare anch'io docente, un lavoro che dà prestigio e un'ottima pensione. Se un professore universitario volesse approfittare del proprio potere potrebbe ottenere incarichi politici di un certo rilievo, anche finanziario.
Preferisco essere un uomo pulito, e rimanerlo. So che è quasi impossibile, ma ci tento.
Il tuo Giovannuzzo

7 gennaio 1975

Giovannuzzo mio,
   adesso sono certo delle mie capacità organizzative – me lo riconoscono tutti: voglio dare a mia madre tutto quello che desidera, voglio che torniamo a essere una famiglia, anche se mio padre non c'è più. Se desidera una vita ricca, se desidera viaggi, divertimenti... Tutto quello che non ha avuto, io glielo darò.
Abbracci.
Tuo, Santino

PS *Scriverlo mi imbarazza, ma vorrei che mia madre adesso si sentisse libera di decidere a chi affidarsi e offrire la sua compagnia (sai che significa) per riceverne in cambio amore.*

10 gennaio 1975

Caro Santino,
   tu e io faremo del nostro meglio per noi e per i nostri cari. Vero è che in questo mondo, per fare carriera e avere danari, bisogna accettare dello sporco, ma la nostra amicizia continuerà a essere onesta e salda; se dovesse intorbidirsi ne soffrirei da morire.
G.

8 aprile 1975

Caro Santino,
   ho conosciuto Anna, una collega universitaria venuta a Palermo da poco, di padre pugliese, funzionario della prefettura. Mi sono innamorato. È intelligente e combattiva; i suoi occhi blu scuro "parlano" e mi dicono in silenzio tante belle cose. Al momento ci incontriamo soltanto di pomeriggio.
Non ci siamo ancora baciati, ma sento che avverrà presto; nel frattempo, le faccio conoscere Palermo. Ti terrò informato.
Tuo, Giovanni

20 aprile 1975

Caro Giovanni,
   mia madre diceva "mogli e buoi dei paesi tuoi" e mio padre concordava. Tanto che poi si è visto come è finita. L'importante è che Anna ti piaccia e che tu ne sia innamorato. È tutto così difficile, e al tempo stesso così semplice. Stiamo imparando a vivere. Tu non mi chiedi mai, ma forse un giorno sarò io a sorprenderti. Ma ancora non l'hai baciata? Dammi notizie.
A presto,
Santino

24 aprile 1975

Caro Santino,
   mi hai fatto sentire uno scemo. Avrei dovuto prendere subito l'iniziativa con Anna, dimostrarmi più maschio.
Stamattina, il bidello ha interrotto la lezione: dei personaggi politici importanti cercavano urgentemente il professore e lui se n'è andato lasciandoci in tredici. Ci siamo sparpagliati nell'atrio. Il cielo era di un blu luminoso, io ho preso Anna per il braccio e le ho detto: «Vieni, ti faccio vedere la fontana della Vergogna». Lei mi ha guardato male, era sorpresa. Ma mi ha seguito. Com'è possibile che a qualcuno sia venuto in mente di mettere questa fontana dove il popolo di Palermo avrebbe potuto trovarsi e riconoscersi, davanti al municipio, e sotto i balconi di palazzo Bordonaro, dalle eleganti ringhiere di ferro battuto?
La fontana Pretoria, di marmo bianco, con quarantotto statue – le ho contate io stesso – disposte in tre cerchi concentrici, fu costruita alla metà del Cinquecento da un certo Camilliani, scultore toscano di scarsa fama. Credevo che la città di Palermo l'avesse acquistata per la sua bellezza, invece no: il suo arrivo a Palermo è l'ultimo capitolo di una storia piuttosto losca. Camilliani l'aveva creata su richiesta di don Luigi de Toledo, un nobile siciliano che viveva in Toscana e che morì prima di saldare il conto. L'erede di Toledo

era squattrinato e si rivolse alla famiglia, in Sicilia; lo zio, potente senatore, persuase la città di Palermo ad acquistare la fontana, che fu in gran fretta trasportata e montata nella piazza su cui dava il senato. E qui è rimasta.
Com'è che Giovanni sta sprecando tanto inchiostro su questa fontana?, ti starai probabilmente chiedendo. Il motivo c'è, e risiede in un dettaglio che ti voglio raccontare.
Le riparazioni non sono ben riuscite: c'è un famoso torso maschile al quale chi di dovere ha incollato un pezzetto del pene ad angolo retto! Non me n'ero mai accorto, l'ho notato soltanto stamattina, mentre ero con Anna. Camminavamo intorno alla fontana parlando di tutto e guardandoci intorno. Le raccontavo dei dolci che il convento delle monache lì accanto vende al pubblico e mi veniva l'acquolina in bocca. Lei mi ascoltava, ma poi si è irrigidita: guardava quella statua maschile restaurata in malo modo. Ero imbarazzato da quei pezzettini di marmo, e anche lei, lo sentivo.
Abbiamo continuato a passeggiare in silenzio. Temevo che Anna si fosse offesa, che giudicasse di cattivo gusto averla portata proprio lì, in mezzo a tutte quelle statue nude. Siamo ritornati all'università senza dirci una parola, io ero convinto di essermi giocato la mia occasione. E invece, alla fine della lezione, è venuta da me: «Andiamo a prenderci un pane e panelle alla Vucciria?». E così ci siamo incamminati.
Il pane e panelle, quelle croccanti frittelle di farina di ceci, mi ha sempre fatto impazzire, ma adesso ancora di più. Prendevamo a morsi i nostri panini guardandoci negli occhi, e anche se non parlavamo ci stavamo dicendo un sacco di cose. Io le dicevo che mi vergognavo di averla portata alla fontana, lei rispondeva leccandosi le labbra che il pane e panelle era davvero squisito, io davo un altro morso e battendo le ciglia confermavo che aveva proprio ragione. Era come se ci stessimo dando dei piccoli baci salati.
Saremmo dovuti tornare in facoltà per la lezione di Diritto amministrativo, ma all'ultimo momento abbiamo deciso di andare a Villa Giulia. Mentre passeggiavamo lungo i viali alberati, lei mi ha preso la mano. Così, mano manuzza, abbiamo continuato il nostro

giro. Non c'era nessuno. Abbiamo costeggiato una delle tante fontane della villa e mi è tornata in mente la fontana della Vergogna; ho guardato Anna, e anche lei deve aver pensato la stessa cosa perché è arrossita. Proprio allora ci siamo dati il nostro primo bacio. E pazienza per la lezione di Diritto amministrativo!
Tuo, Giovanni

10 maggio 1975

Caro Giovanni,
 ti invidio per quello che è avvenuto a Villa Giulia, di cui attendo il secondo capitolo: a quando le nozze? Va be', scherzavo! È troppo presto per certi pensieri, almeno per quanto riguarda me. Io in questo momento riesco a pensare soltanto al lavoro e ai soldi. Continuo a riflettere sul fatto che papà non era un codardo, come credevo quand'ero ragazzino: accettava i tradimenti di mia madre perché grazie a quelli non ci è mai mancato il pane sotto i denti – un sacrificio, dunque, da parte di tutti e due. Non voglio dire altro, ne soffrirei troppo.
Peppe Giaele condivide con me le difficoltà che ha dovuto superare da giovane, il lato oscuro della sua impresa e le strategie messe in atto per raggiungere la sua meta: diventare il più grande imprenditore edile di tutta la Sicilia. E ci riuscirà. O chissà, magari sarò io a diventarlo.
Tu sono sicuro che terrai la bocca chiusa, che manterrai il segreto.
S.

30 maggio 1975

Caro Santino,
 io ti sarò sempre a fianco e potrai contare su di me come avvocato. Manterrò il segreto non soltanto con i clienti, ma anche con gli amici, e tu sei il mio amico più grande. Preferirei morire anziché tradirti, ma non vorrei essere tragico – per ora, godiamoci la vita.

A proposito di morte: come sai, nonna Teresa ci ha lasciato. Avevo sperato di vederti a Pertuso Piccione, ma a te chissà dove ti portano, i tuoi cantieri. Ora nonno Calogero è solo in quella casa vuota, e vorrei potergli essere vicino. Al funerale c'era più gente di quanta mi aspettassi, ma mia madre non è venuta e la sua assenza mi ha ferito. L'ho vista poi, a Sciacca. Non le ho chiesto conto. Invece, pensa un po', è venuto il barone Sallicano. Non c'era nessuno con cui dividere il mio dolore, solo padre Cangemi. Sono rimasto a dormire dal nonno. L'indomani mattina mi ha preparato la colazione come quando ero piccolo. Tutto sembrava come allora, ma non era così, il tempo passa e porta via così tanto di noi. Mi sono commosso, il nonno e io abbiamo pianto insieme.
Tuo, Giovanni

2 giugno 1975

Giovannuzzo,
    mi spiace tanto per tua nonna, ma credo che abbia avuto un'esistenza felice, accanto al suo compagno di una vita, e così è stato per lui, che ora è un grande vecchio e può guardare indietro con fierezza.
Ma ora, via i lutti!
Sai cosa penso? Il primo di noi che riesce a guadagnare un po' di danari invita l'altro a Casablanca per una vacanza. Prendiamo un aereo e spariamo dalla circolazione.
Peppe mi dice che è una città molto grande, araba come Palermo, a saperla guardare: è molto godereccia, mi capisci? Che ne dici?
Il 7 Peppe si sposa, lui sì, lui può. Sono stato invitato al matrimonio. Devo fare bella figura, ci sarà tanta gente importante... E se venissi a Palermo a comprarmi una cravatta bellissima? Anzi, magari due. Adesso posso permettermelo. Così ci prendiamo un caffè alla Marina.
S.

11
Il resto è soltanto il resto

Giovanni era approdato facilmente al terzo anno di Giurisprudenza – gli piaceva studiare e frequentava le lezioni con regolarità. Applicava memoria e acutezza sui codici, si presentava puntuale all'appello degli esami, e quando apriva il libretto davanti al professore solo raramente non veniva premiato con la lode. I buoni risultati non facevano di lui lo studente senza macchia inviso ai colleghi: al contrario, lo guardavano tutti con simpatia e cercavano di trascinarlo, quando se ne dava l'occasione, in qualche avventura notturna.

Il corpo docente si era accorto dell'impegno del ragazzo, e anche della sua popolarità. Bonansea aveva la cattedra a Catania e l'aveva affidato a un collega di Diritto amministrativo, che lo tenesse sott'occhio. Costui, tal professor Strinati, docente temuto che sfilava veloce per i corridoi senza degnare di attenzione chiunque gli venisse incontro, era famoso per essere sempre benvestito – era cliente delle migliori sartorie di Palermo – e per il successo con le donne. Donne di basso ceto, per la verità, se non addirittura equivoche. Ci fu un gruppo di goliardi che una notte seguì la sua Giulietta Sprint e quando l'auto si fermò accanto a un manipolo di vocianti prostitute dello Spasimo, con tanto di fuochi accesi, per cominciare una complessa contrattazione, aveva accostato, abbassato il finestrino e gridato: «Buonanotte, professore!». Dopodiché i ragazzi avevano accelerato ed erano scomparsi nel buio. Insomma, Strinati aveva delle debolezze, ma non in ambito accademico: passare il suo esame al primo tentativo era considerato un traguardo irraggiungibile, ma Giovanni ci era riuscito. «Viste queste premesse, ci aspettiamo grandi cose» gli disse una volta il professore incrociandolo in corridoio e rallentando il passo.

Era stato proprio durante una sessione d'esame di Strinati che Giovanni aveva incontrato Anna De Giorgi: era stata tartassata di domande e infine licenziata con un ventisei che lei aveva trovato ignominiosamente ingiusto. Si era trattenuta a biasimare il comportamento del docente fuori dall'aula, in mezzo a un gruppo di ragazzi che attendevano, ansiosi e insicuri, di essere chiamati. La conoscevano, e soprattutto sapevano la determinazione con cui studiava, senza lasciare scoperta nessuna area di approfondimento – non tanto per non farsi trovare impreparata, quanto per acquisire quanta più conoscenza possibile. Benché non fosse l'unica, le donne che studiavano Legge venivano guardate con qualche sospetto: «Cose del continente» diceva qualcuno. Ma non si trattava di quello. Che fosse una donna c'entrava solo marginalmente: Anna De Giorgi aveva l'ambizione di potersi occupare, un giorno, del sistema idrico siciliano, di ovviare ai guasti del territorio e dello sfruttamento delle acque.

Giovanni si fece avanti. Voleva saperne di più di quella ragazza alta, d'una bellezza altera, il viso lungo, la coda di cavallo; non gli pareva il tipo che piagnucola per un voto inferiore alle aspettative. E infatti era così. La accompagnò sino all'uscita della facoltà, presero un caffè insieme.

«Hai mai sentito parlare di Danilo Dolci?»

Giovanni annuì.

E lei: «Ne sei sicuro?». Affondò gli occhi bruni in quelli liquidi di Giovanni. «Tu non sai. E si vede. Dolci, un uomo di sinistra, continentale, è riuscito a smuovere seimila contadini nella valle dello Jato, ha creato comitati, ha stimolato il consenso da ogni parte del mondo perché si costruisse una diga. Diceva che chi lavora la terra ha bisogno di acqua democratica, e non di quella che erogano i boss. Ci è riuscito. Ha mosso lo Stato. Ha fatto mettere a busta paga cinquecento operai di Partinico e adesso la diga c'è.»

Anna si animava mentre parlava, le gote rosse, le belle mani che si agitavano nell'aria.

Giovanni le chiese come si chiamasse e lei, quasi distrattamente, disse il suo nome.

«Come no, De Giorgi... Hai una certa fama.»

«E questo» sorrise lei «suppongo che non vada bene. Quando si tratta di una donna, la fama è sempre "cattiva fama"... O sbaglio?»

«Ma no» replicò confuso Giovanni.

«E sai da dove venne l'idea di quella diga?... No, non lo sai. Da un contadino, un tale Natale Russo. Disse che lì, per avere l'acqua, ci sarebbe voluto un bacile. Già, un bacile. Un contenitore. E Dolci, che è uomo di visioni, dilatò il bacile in una diga.»

«Capisco.» Giovanni aspettava che Anna continuasse, lei si limitava a fissarlo. «Ma tu sei comunista?» le domandò lui allora.

Anna rise. «No, non sono comunista, e neanche Danilo Dolci lo è. Io voglio, da avvocato, la stessa giustizia che lui ha cercato in Sicilia quando è venuto a lavorare nelle strade più miserabili di Partinico.»

Giovanni si affrettò a pagare il caffè e appena Anna si alzò si mosse come per accompagnarla. Lei gli fece cambiare idea con un gesto gentile e fermo. «E tu?» gli chiese. «Tu che cosa vuoi fare? Che giustizia hai in mente?»

«Te lo dico la prossima volta» rispose Giovanni.

La settimana dopo si baciarono a Villa Giulia, due settimane dopo andarono insieme nel Belice a verificare quanto ancora si sarebbe dovuto fare per rimediare ai danni del terremoto del '68. Ci andarono insieme a un'amica di Anna, che era nel corpo di ballo del Massimo. C'era fra le due ragazze un'intimità che Giovanni non riusciva a comprendere: gli piaceva che ci fosse, ma al contempo gli dava fastidio, quasi gli togliesse qualcosa del sentimento che aveva cominciato a provare per la bella De Giorgi.

Lena – così si chiamava la ballerina – veniva da una buona famiglia di Messina, aveva studiato alla scuola di ballo della Scala, aveva continuato a Napoli e adesso era tornata in Sicilia: aveva un appartamentino in piazza Croci ed era nota per come scendeva via Libertà, con un'andatura da gazzella e da giraffa insieme, un procedere leggero e imperioso come se si aprisse a ogni passo spazio in mezzo a una folla che non c'era. «Pare Carla Fracci» diceva un giovane barista facendo mostra di reggere il vassoio con la stessa molle autorità della fanciulla: gli avventori allungavano il collo per guardare e sorridevano. Non sorrideva lei, alla quale del resto non arrivavano commenti e risolini.

Che cosa ci facesse Lena "Fracci" in mezzo ai terremotati del Belice non era facile da comprendere, ma almeno due erano le ragioni per cui la si vedeva avanzare insieme agli amici tra le macerie di Gibellina: si diceva che presto, grazie al sindaco Ludovico Corrao, su quelle rovine sarebbero sorte opere dei più grandi artisti d'Italia e del mondo e Lena si immaginava un'arena dove avrebbe danzato. La seconda ragione era Anna: la venerava, e appena poteva l'accompagnava dovunque si proponesse di andare.

Attraversarono quel che restava del borgo senza dire una parola. Tornarono all'auto e scesero verso Trapani: nelle campagne intorno alla città c'erano le tendopoli e le baracche per gli sfollati.

«Ha ragione Dolci: la burocrazia uccide più del terremoto. Quanto durerà questo disastro? Adesso il mondo si accorge che qui c'erano solo case di fragile tufo, che ci sono novemila persone stipate negli edifici pubblici, e che tanti vivono ancora nei carri ferroviari. Sì, certo, siamo in un'emergenza che dura da sei anni, il guaio è che non sappiamo quanto ancora durerà.»

Giovanni la ascoltava affascinato: sapeva che era stata, giovanissima, tra i volontari con i primi soccorsi, vedeva in lei un tormento e una passione che non gli appartenevano. Gli veniva in mente nonno Calogero, che forse l'avrebbe sentita vicina e incoraggiata, e lo commosse quel filo ideale che univa un vecchio e una ragazza, lo commosse il fatto che entrambi leggevano il mondo con l'amore della giustizia – l'uno rapito in una visione antica, l'altra tutta proiettata nel presente. «È per questo che ti sei iscritta a Legge?» le domandò con un fare quasi ingenuo che lei registrò subito e che le suscitò simpatia. «Certo che sì» rispose, «e spero che la cosa valga anche per te.»

Giovanni non ebbe la prontezza di trovare una risposta adeguata e lasciò spazio a Lena: come se si fosse svegliata da un lungo torpore, la ragazza rammentò che Ludovico Corrao era anche lui un avvocato, e che nel '65 era stato il legale di parte civile di Franca Viola. Disse: «Franca, una ragazza di Alcamo violentata da uno spasimante respinto, ha rifiutato di sposarlo: il matrimonio riparatore avrebbe cancellato lo stupro, e lei invece lo ha denunciato. Questa ragazza coraggiosa, che non aveva neanche vent'anni, ci ha aperto più di una strada. Franca ha fatto quello che tutte le donne dovrebbero fare».

Per Giovanni la situazione era sempre più ingarbugliata: erano a Trapani in mezzo ai baraccati del Belice, Anna lo costringeva implicitamente a pensare che avvocato sarebbe dovuto diventare e ora ci si metteva anche Lena, con questa ventata di femminismo.

Si ricordava di sua madre che leggeva avidamente gli articoli su Franca Viola. Se lo ricordava bene perché non capiva che cosa la legasse a quella figura di ragazza dal volto trasparente, le guance appena paffute, lo sguardo fiero e dolce. Sua madre portava la sua condizione di vedova, "sospettata", come si usava dire, senza cercare confronto. Forse, come tante donne siciliane, in Franca Viola vedeva la semplicità del coraggio e non si rassegnava di non essere appartenuta a quella categoria. Aveva pensato a sé: della tragedia della morte del marito non aveva lasciato trapelare nulla. Giovanni se l'era chiesto, se si fosse mai sentita in qualche modo responsabile. Neppure quando aveva avuto occasione di tornare sugli anni del matrimonio aveva fatto qualche accenno, come se avesse qualcosa da nascondere. Giovanni sapeva che a Sciacca se l'erano domandato in molti, ma nessuno aveva osato indagare.

Lena aveva una bella voce, soffice, che sembrava gonfiarsi in gola e liberarsi come una brezza, per cui quel tocco di ragazza sensibile al destino delle donne, quel tocco civile, le usciva dalle labbra non come protesta ma come miele, e senza dubbio ad Anna piaceva quel miele, ne aveva cura, e la guardava carezzevole.

«Mi è capitato di avere a che fare con Ludovico Corrao, e abbiamo parlato di Franca Viola. Non fu un processo facile, né senza conseguenze, e del resto la famiglia dello stupratore aveva minacciato ritorsioni.» Anna parve stornare lo sguardo da quel recente passato. «Ma adesso è qui che si gioca una battaglia cruciale, Danilo Dolci ha inchiodato la Sicilia e tutto il Paese a responsabilità in cui siamo ancora coinvolti. Siete mai rimasti a bocca aperta davanti al degrado edilizio delle città? Non dovremmo chiederci e chiedere da dove viene, tutto questo cemento senza criterio? È un delirio esporre questa terra così fragile a una natura che comunque non perdona mai. Allora i piagnistei, allora il destino, allora la malasorte. Ah, la malasorte comincia da qui. Comincia da amministrazioni che sprecano le acque, che ci sono, che ci sono...»

Lena prese Anna sottobraccio come volesse distoglierla, placarla.
Non dovrei provarci io?, pensò Giovanni.
Tornarono a Palermo, Lena li salutò, Giovanni seguì Anna nel suo appartamento, dove fecero l'amore per la prima volta sul letto a una piazza. Lo fecero quasi con rabbia, in profondità. Poi, stanchi, giacquero sul materasso uno impiccicato all'altro. All'improvviso Anna si alzò e rimase lì ferma, in piedi, nuda e ansante. «È meglio che te ne vai, adesso» disse, e aspettò che Giovanni si rivestisse stando appoggiata allo stipite della porta. Pronta a dargli un bacio e a congedarlo.
Giovanni avrebbe ricominciato volentieri, soprattutto dopo aver sentito di nuovo il corpo nudo di Anna contro il suo mentre, sulla soglia, lo baciava, ma aveva capito che bisognava obbedire.

Qualche giorno dopo, il professor Strinati gli fece cenno di seguirlo nel suo ufficio. Entrarono in un salone ingombro di librerie di legno scuro, a loro volta fitte di volumi e faldoni che avevano l'aria di non essere mai consultati. Giovanni fu invitato a sedersi davanti alla scrivania del docente. Strinati rimase in piedi, quindi si chinò leggermente in avanti e, appoggiando le mani sulla superficie di pelle, principiò: «Volevo parlarvi a quattr'occhi», ma non cominciava, lasciava passare del tempo, come in attesa di un consenso non richiesto. C'era del teatro in quell'attesa, in quella postura: Giovanni seduto e lui in piedi con il palmo delle mani aperto sulla scrivania, quasi un Marco Antonio ai funerali di Cesare. "Cesare era ambizioso" Giovanni si aspettava che dicesse, "ma Bruto è un uomo d'onore." Niente di tutto ciò, ma nell'aria forse c'era proprio quell'"uomo d'onore", quale che fosse l'intenzione.
Strinati scosse il capo, fece una specie di sorriso, poi riguadagnò severità e disse: «Voi sapete quanto tengo alla vostra riuscita in questo ateneo, lo sapete». Questa volta

Giovanni non poté non dare un cenno di assenso, e intanto metteva finalmente a fuoco che gli stava dando del voi: sì, ricordava di averlo notato in sede d'esame, ma d'altro canto lo aveva anche sentito usare il lei, con i suoi colleghi. Un pronome strategico? Non sapeva. Rimase in attesa di capire come l'uomo d'onore avrebbe continuato. «E di una cosa dovete essere a conoscenza: che non sono solito entrare nella vita privata degli studenti, me ne guardo bene, eppure...» Lasciò pencolare nel vuoto quell'"eppure", forse per dare modo all'interlocutore di anticiparlo. «Eppure, eppure.» Abbandonò la posizione eretta per sprofondare nella poltrona di pelle e continuò deciso: «Eppure, mi sembra che voi dovreste guardarvi da... da certe frequentazioni».

Giovanni non raccolse e in silenzio passò in rassegna le proprie rare amicizie maschili.

«Sto parlando della signorina De Giorgi, Canetti.»

Il professore, impaziente, aveva interrotto Giovanni, che nella rassegna non aveva incluso il genere femminile. «Il professor Bonansea è stato sin troppo chiaro al riguardo. La signorina De Giorgi è un'ottima studentessa, riuscirà, avrà successo, ma...» Pausa. «Ma non è il successo a cui ambiamo noi. Bonansea è più informato di me, come vedete, e tiene alla vostra persona. Vogliamo pensarci?»

Giovanni guardava sbalordito il professore, incapace di rispondere. Avrebbe potuto, verosimilmente, dare una risposta, il povero Canetti? No, non avrebbe potuto, e il professor Strinati lo sapeva molto bene. Fu abilissimo nello stornare subito la conversazione, mostrandogli come si sarebbe articolato il programma di Diritto amministrativo, e in questo fu molto generoso di dettagli, anche perché i suggerimenti che gli stava dando contenevano evidenti sviluppi postuniversitari. Diceva che l'edilizia aveva bisogno di abili avvocati, che era in gioco «lo sviluppo della nostra Sicilia» – e su "nostra" fece durare una nota lunga –, che erano anni di grandi investimenti e che le relazioni fra investimenti pubblici e imprese private erano il vero nodo che avrebbe dovuto stare a cuore a un uomo di legge. «Sì, proprio così, caro Canetti, voi siete nel mirino di personaggi che hanno in mano il destino dell'isola. Vogliamo essere grati, o, se non grati, attenti, e, se non attenti, furbi. Insomma, questo è quanto. Il resto è soltanto il resto: viene dopo, viene come e quando la vita ci dà modo di trovare una strada comoda, confortante e confortevole.»

Strinati si levò in piedi soddisfatto, con tutta la prosopopea della sua fisicità non estranea a palestre e campi da tennis. E levandosi in piedi fu come se tirasse i fili dello studente, che si alzò e tese la mano.

«Vi ringrazio del vostro quarto d'ora» disse Strinati.

«E io del suo» rispose Giovanni, che avvertì la stonatura del lei opposto al voi del professore, ma si disse anche che era una stonatura inevitabile. Perduto in questo pensiero, quasi dimenticò a quale avvertimento si era esposto. Cosa stava accadendo?

Entrando nella casa che occupava in via Maqueda, sentì squillare il telefono. Era sua madre.

«Come stai, figlio mio?»
«Sto bene.»
«Sei sicuro?»
«Ma sì...»
Silenzio.

Cettina riprese a parlare con un tono solenne che non le apparteneva. «Dobbiamo sentirci più spesso. Ho per la testa tante idee che ti riguardano, e non bisogna lasciarle invecchiare. Non ti pare?»

«No, credo di no» rispose Giovanni. «Tu hai sempre delle idee» continuò, severo.

E lei rispustiò, offesa e decisa: «Sì, ed è bene che io le abbia».

12
Due specie diverse di animali

Santino procedeva con lentezza sulla strada a tornanti che saliva verso Naro. A ogni curva il mare, in basso, sembrava sempre più ampio, e la montagna, in alto, sempre più piccola, mentre il panorama si dilatava. Cotta dal sole, la terra piantata a frumento pareva oro liquido. Molte altre auto di invitati andavano nella stessa direzione, quasi a formare un corteo.

Dalle porte di Naro a Villa Mennulia avrebbero impiegato sin troppo poco tempo e fu la stessa Assunta a suggerire – complice la giornata stupenda: cielo blu, sole forte ma non troppo caldo – di continuare a piedi.

Santino la vide scendere dall'automobile misurando i movimenti, elegantissima nell'abito che lui le aveva regalato, cucito da due sarte palermitane, sorelle, famose per l'attenzione ai dettagli; e il vestito color oro brunito, il corpetto ricamato di perline, era in effetti magnifico. Assunta sembrava ancora una ragazza, il corpo elastico e sodo. «Sei bellissima» le disse offrendole il braccio. Lei lo prese con un sorriso e insieme si avviarono verso la strada principale, su cui davano i portoni dei palazzi nobiliari e le facciate delle chiese, quelle aperte al culto e quelle annesse ai conventi, che accoglievano i fedeli soltanto in occasione delle messe solenni. Naro era stata una capitale di comarca della Sicilia borbonica, aveva un seminario e un castello medievale non più agibile ma tuttora imponente. C'era un'aria solenne in paese, con le scalinate settecentesche che seguivano la pendenza del terreno, e l'ocra del tufo che brillava al sole.

Si avviarono spediti verso Villa Mennulia, lungo una strada bianca da cui vedevano il mandorleto che copriva la collina a perdita d'occhio. C'erano piante e alberi antichi che, sopravvissuti alla guerra e allo sfacelo, mostravano ancora la baldanza, e la superbia, dei tempi antichi. C'erano anche grandi macchie di carrubi, alcuni vetusti e altri più giovani, rinati dopo l'infierire dei fulmini. In prossimità del cancello erano stati disposti dei vasi di oleandri fioriti. Assunta disse al figlio: «Assai ci tengono, i Mennulia, a questo matrimonio». E torse la bocca.

Si ritrovarono in mezzo a un gruppetto di altri ospiti, che Santino conosceva di vista. Si presentarono ad Assunta e si misero a camminare insieme a loro; lui fremeva di imbarazzo, era gente volgare con cui non voleva mescolarsi e vedere sua madre ancheggiare in compagnia di quelle donne agghindate, dal trucco pesante, lo infastidiva. La prese a braccetto: «Mamma, acceleriamo... Ci hanno riservato i posti, se facciamo tardi pare male».

Distanziarono quel gruppetto di uomini strizzati in abiti troppo stretti – forse perché non erano nuovi, o forse per mostrare quanto coloro che li portavano fossero ben impostati, oltre che abbienti – e di donne che si aggiustavano cappelli e acconciature a cui non erano abituate. Perfino i bambini erano cafoni, pensava Santino nervoso, vestiti come adulti in miniatura. C'era grande abbondanza di gioielli: le signore meno facoltose ne avevano ricevuti in prestito dai parenti più ricchi, certi che la loro generosità sarebbe stata riconosciuta e apprezzata anche dagli altri invitati.

Santino e Assunta passarono sotto l'arco di pietra dorata dell'ingresso e proseguirono sull'acciottolato. Il profumo degli oleandri era intenso. I Mennulia avevano fatto l'impossibile per rassettare il vecchio giardino, facendo tagliare rami secchi e potare siepi e cespugli, e per ridare vita alla pietra di tufo, che, come si usava fare, era stata spazzolata con cura. Davanti all'ingresso della piccola chiesa c'erano già, in attesa, i parenti della sposa; lo sposo sarebbe apparso al momento opportuno.

Appena scorse Santino, Peppe avanzò verso di lui con passo sicuro. Fece un piccolo inchino ad Assunta e con un «perdono» allontanò il figlio dalla madre. «Ci siamo, ce l'abbiamo fatta!» disse all'amico abbracciandolo, e gli scoccò un bacio sulla guancia. «Grazie di essere qui» continuò. «Sarò con te, quando arriverà il tuo momento.» C'era fra di loro quell'intimità che fra maschi si guadagna non per l'intensità del rapporto ma per la fiducia che il più potente ripone nel più giovane e meno potente, che a sua volta la restituisce simmetricamente. «Hai fatto bene a venire con tua madre, non c'è nessun'altra donna che può competere, qui.»

Assunta, tranquilla, guardava tutto come se non guardasse nulla – una tecnica di sopravvivenza elaborata e affinata nei lunghi anni di matrimonio. Non poteva non sentire gli sguardi degli invitati fissi su di lei, gente di lunga memoria, e cattiva, ma riusciva a ignorarli.

Santino e Peppe esploravano il teatro della cerimonia con soddisfatto senso di pienezza. Di fronte a loro, la chiesa di famiglia che non veniva aperta da almeno mezzo secolo e il muretto che la costeggiava, cadenzato da statue macchiate di licheni. «Bello» disse Peppe con gravità, quasi considerasse un valore commerciale che non era abituato a calcolare: «Bello è, ma non ci riguarda».

Santino lasciò cadere una domanda che suonò surrettizia, buttata là quasi senza intenzione: «Ma tu ci vivresti?».

«Bah... Forse potrei» disse Peppe. «Potrei, potrei.» E poi, più deciso: «Ma adesso pensiamo a questo matrimonio». Ed entrarono in chiesa.

Sull'altare splendevano i dodici candelabri d'argento di

casa Mennulia, che erano stati divisi tra vari rami della famiglia, adesso insieme come un tempo – forse per l'ultima volta – per la solenne occasione. Tutti gli invitati li ammirarono e tutti commentavano più o meno sottovoce. C'era chi sosteneva di conoscerne il valore al centesimo, altri asserivano che in origine erano diciotto, e che con tutta probabilità i sei mancanti erano stati venduti per bisogno di danari, forse a Palermo o chissà, magari addirittura a Catania, per evitare pettegolezzi. L'unica certezza era che l'altare sfolgorava di riflessi d'argento, una vera meraviglia che non passò inosservata.

All'ingresso della sposa si fece silenzio, come sempre.

L'organo, che soffriva un leggero fuori registro nelle note più alte, attaccò la marcia nuziale del *Lohengrin* e Matilde Mennulia avanzò lungo la navata al braccio del padre, su una guida rossa appena un po' sbiadita. Il barone la consegnò a Peppe Giaele in attesa davanti all'altare. L'acconciatura della sposa, con i capelli raccolti sulla nuca in uno chignon decorato con roselline bianche, era coronata da una tiara di diamanti ed enfatizzava il viso lungo, ossuto, sproporzionato, in cui lucevano occhi troppo ravvicinati e spiccava il naso affilato. Non era bella Matilde, non era bella come invece era il padre, sofferto ma impettito, le spalle ampie, le mani lunghe, il volto sul quale si leggevano la pienezza delle labbra, la cilestrina profondità delle pupille. Il tight che portava non era di recente fattura ma cadeva perfetto, e in quella perfezione stracciava qualsiasi confronto con la ricca vanità sartoriale degli altri uomini presenti.

Il barone raggiunse la moglie dietro il primo banco. Rivolgevano agli invitati brevi sorrisi gentili ma tirati. Peppe Giaele era orfano di madre e il padre se ne stava dall'altro lato della navata centrale, accanto a una donna – che si era presentata come zia dello sposo – quasi invisibile sotto le falde larghissime di un cappello d'organza rosa.

«Almeno avremo dei nipoti» sospirò la baronessa.

«Ma non si chiameranno come noi. I Mennulia sono finiti» le fece eco lui.

Fu visto asciugarsi furtivamente gli occhi: erano lagrime di stizza e dolore, che gli invitati scambiarono per tenerezza paterna.

La cerimonia nuziale fu breve, il sacerdote quasi sbrigativo; furono pronunciate le formule di rito, anche quelle senza particolare intensità. Tutti si sentivano dominati dalla maestà dei dodici candelabri d'argento.

Peppe prese la mano di Matilde e contemplò la pesante vera all'anulare. Alla benedizione attaccò l'organo e la musica accompagnò il lento defluire degli ospiti; l'*Ave Maria* di Schubert, un po' incerta per quel Do che calava sempre, si spandeva per il cortile dove c'erano accrocchi di ospiti che non erano riusciti a entrare e manipoli di persone di servizio in attesa di ordini. Le facce erano curiose, raramente commosse, e tutti attesero in silenzio l'uscita degli sposi. Il sole era alto.

Quando Peppe e Matilde apparvero nel portico esplose un sonoro battimani a cui fecero eco un fruscio di foglie e uno schiamazzare di uccelli spaventati, che volarono alti e fecero un largo giro sullo spiazzo davanti alla chiesa prima di tornare sui loro rami, curiosi come prima.

Nel cortile interno erano stati disposti i tavoli per il pranzo. Le tablattè erano splendide, coperte da tovaglie ricamate di casa Mennulia sulle quali le carmelitane di Palermo avevano fatto sbocciare un trionfo di fiori e frutti. Come le tovaglie, anche l'abito di Matilde veniva dal passato: di frusciante seta marezzata, era accompagnato dal velo di pizzo di Bruxelles appartenuto alla trisnonna, che scendeva dalla tiara fino allo strascico. Se non c'era stato modo di far pulire la tiara, l'unico gioiello di famiglia superstite, in compenso i diamanti alle orecchie di Matilde – regalo del suocero – erano addirittura sfolgoranti. Il padre di Peppe godeva a ogni scintillio delle pietre, ignorando i sorrisi della nuora.

Sulla tablattè principale faceva mostra di sé la galantina di pollo, tagliata a fette e disposta su lunghi piatti ovali, accompagnata da insalata russa cosparsa di foglioline di prezzemolo. Seguivano, in fila, piatti di carne e di pesce, già pronti per forchette e cucchiai ma ricomposti in forme intere: il pesce era un pesce, la carne era assemblata con sapienza.

I camerieri arrivavano portando dalle cucine grandi vassoi d'argento con ruote di pasta al forno fumante, con un ciuffo di basilico al centro che decorava la crosta di parmigiano e pangrattato.

Sciami di donne si staccarono dalla massa degli invitati e avanzarono veloci verso le tablattè, quasi sgraziate nonostante gli abiti eleganti, dimentiche del contegno che ci si sarebbe aspettati da loro: a spingerle erano l'ingordigia e la curiosità, il desiderio di rubare con gli occhi prima dell'assalto degli altri ospiti, sia per godere della tavola intatta sia per criticarla. Tra loro non mancavano gli uomini, ai quali si poteva imputare solo una genuina golosità.

Lo sposo – per un momento, e volutamente, solo – guardava soddisfatto l'assalto alla tablattè e la moglie come fosse tutto cosa sua. Secondo programma, i musicisti presero silenziosamente posto su una pedana e vollero riconfermare con lui la sequenza già concordata dei brani. Poi attaccarono in Do maggiore un valzer leggero che scivolava nell'aria senza indurre a ballare.

Santino si spostava tra gli ospiti e riconobbe i rappresentanti delle autorità. In fondo, l'obiettivo di tanta magnificenza era proprio questo: tutti dovevano sapere quanto le relazioni fossero determinanti per un imprenditore edile; non importava se politici e amministratori cambiavano, l'importante era – chiunque essi fossero, e di qualunque schieramento – averli dalla propria parte. C'erano anche due vescovi e il nipote di un cardinale di fuori, fidanzato con la figlia di un politico democristiano.

Il mangiare e il bere misero tutti di buon umore, specialmente quando venne portata la torta mariage, accolta da esclamazioni di consenso e mugolii giubilanti: alta tre piani, candida, decorata con un volo di uccellini di meringa che culminava, in cima, con una colomba argentata dalle ali aperte – un vero capolavoro di pasticceria.

La commozione era ascritta a una vera minoranza: ai matrimoni non si andava per gioire, ma per esercitare gli occhi, mangiare, meglio se mangiare bene, e criticare, meglio se criticare con buone ragioni per farlo, e a un matrimonio come quello si davano l'una e l'altra possibilità. C'era l'abisso sociale, di classe, così sensibile da seminare evidenza senza bisogno di indagare. Era come se due specie diverse di animali si muovessero in uno stesso spazio recintato e si studiassero: i nuovi ricchi portati dai Giaele e i non più ricchi della famiglia Mennulia, i primi eccitati, stuzzicati dalla curiosità, gli altri costretti a difendere con quanto più garbo possibile la loro posizione compromessa.

Fra i primi e i secondi, un'altra specie: quella eterna dei funzionari, locali e regionali, quella più dotata di resistenza, apparentemente estranea eppure esercitata dall'incertezza del loro stato a coltivare con uguale studio vincenti e perdenti, goffi e raffinati, arroganti e remissivi. Fra la torta mariage ormai ridotta a pura rovina di crema e l'orchestra, le tre specie si separavano e si agglutinavano, tutte partecipando al rito sociale a cui erano state chiamate. C'era una nuova famiglia, dove era facile trovare un appiglio per scatenare un pettegolezzo. Così come nei nuovi ricchi era sin troppo semplice identificare le gaffe, le esagerazioni, il grottesco e il patetico. Un obiettivo preparato avrebbe potuto fotografare i contrasti, le fratture, la comicità e la disperazione.

Gli sposi sembravano determinati a fare del loro meglio, perché durante il ricevimento era diventato chiaro a tutti qual era la sostanza di quell'unione: se non c'era passione, tra i due c'era di certo armonia. La passione stava altrove, e se dignitosamente gestita avrebbe reso tutti contenti, persino Matilde.

Peppe prese sottobraccio Santino e lo condusse nei pressi di una panca resa più confortevole da un lungo cuscino capitonné di tela bianca: senza un cenno, gli fece capire che la ragazza seduta tranquilla a mangiare la torta era cosa sua. I lucidi capelli castani erano raccolti da un fermaglio argentato, e aveva languidi occhi color miele. Peppe la carezzava con lo sguardo e ne era fiero, come di una conquista che dava prestigio al suo stato di uomo ammogliato. Diede di gomito a Santino e disse: «Quella è la figlia di un primario, e io me la fotto».

Si aprirono le danze. Assunta ricevette un invito da un omone che si presentò come collega di Peppe Giaele: «Mi avevano parlato di lei, ma lei è più sapurita di come mi avevano detto». Assunta avvampò e per una volta non seppe che dire. Fu salvata da un uomo lungo lungo che passava e si intromise, con un sorriso vacuo chiese: «Vi conoscete, voi due?». E li lasciò nell'imbarazzo. Solo a quel punto l'omone invitò Assunta a ballare. Le mise una mano sul fianco, la condusse sulla pista e le sussurrò: «No, in effetti non ci conosciamo...».

Santino, da lontano, intercettò un sorriso perplesso della madre a cui non seppe dare una spiegazione e cercò un posto tranquillo per sedersi. Aveva pensieri che gli frullavano in testa: È tutto esagerato, rifletteva, ma non c'è che fare. Bisogna esagerare, per conquistare un posto nel mondo.

Ripassava mentalmente i progetti che stava meditando per l'anno a venire. Doveva fare in fretta, c'erano appalti da vincere assolutamente. Conosceva le persone giuste, tutte o quasi tutte. Si sentiva troppo giovane e improvvisamente troppo maturo. Si sentiva quasi arrivato, ma ancora con molta strada da fare. Si sentiva in bilico tra l'innocenza della giovinezza e la scaltrezza dell'esperienza. Ne avrebbe parlato con il suo amico Giovanni, che magari di appalti cominciava a saperne qualcosa – quella era l'unica strada che gli si apriva davanti, come siciliano in Sicilia.

Rimase sgomento dall'ardire di quel pensiero ambizioso, faticoso. Come fosse un'inevitabile conseguenza di quel soprassalto, cercò le facce di quella specie di persone con cui non aveva ancora avuto modo di misurarsi. Le cercò e gli sembrò anche di riconoscerle tra i volti di chi lo aveva scrutato mentre era insieme al suo amico. Non ne ebbe conferma, era tutto sulle sue spalle. E tutto ciò che poteva avvenire sarebbe sempre stato una sua responsabilità, non condivisibile con altri.

A un tratto, un frusciare di uccelli: cominciarono a vorticare in una spirale che si perse a poco a poco nell'azzurro luminoso del primo pomeriggio.

Santino si sentiva stanco. Si prese la testa tra le mani e la calò, poi chiuse gli occhi e se li coprì con le mani.

«C'è qualcosa che non va?»

Santino si riebbe improvvisamente e vide alto su di sé il barone Mennulia.

«Ma no...»

L'altro gli posò una mano sulla spalla, leggera. «Andrà tutto bene.»

Santino si concesse una domanda che sarebbe potuta sembrare inopportuna: «Perché sta usando il futuro?».

«Siamo in un mondo imperfetto. C'è chi ha diritto di guardare oltre e chi ha soltanto il passato.»

Santino lo studiò. «Mi piacerebbe conoscerla più a fondo» si ritrovò a dirgli senza nemmeno rendersene conto.

«Non c'è più tempo.»

Un altro frullare di colombi nel riquadro azzurro di cielo sopra il cortile.

«Lei è di Sciacca, vero?» gli chiese il barone.

E, avuta risposta positiva, continuò: «Ci sono stato di rado, non la conosco... Io sono uno di quelli che non si spostano facilmente. Mi dicono che conosce bene mio genero. Lui ha avuto quello che voleva». Tacque. «E nni vole cchiù assai ancora. Lei non si lasci tormentare, coraggio...»

Nel tardo pomeriggio i saluti furono frettolosi, come se tutti aspettassero di andare altrove. E ci fu uno sciamare veloce verso le automobili posteggiate fuori dal cancello. Assunta sedeva come una regina in mezzo a quel fiume disordinato di persone, non salutava e non era salutata.

Le era calata dentro una contentezza, non sapeva di che. E lì rimase, in attesa del figlio e del futuro che il figlio portava con sé.

In quel momento, a un tratto il mare cambiò colore, divenne vibrante, e sull'orizzonte apparve una fascia rosso fuoco. Era l'inizio del tramonto. Il cielo, cobalto.

13
Il bene di sempre

20 settembre 1975

Caro Santino,
 è stato bello rincontrarci a Sciacca quest'estate. Siamo stati entrambi prigionieri delle nostre famiglie, ma quel bagno che abbiamo fatto al tramonto, chi se lo dimentica? Noi in acqua a urlare verso la riva: «Siamo arrivati! Siamo i più grandi! Siamo noi!». Cosa mai volevamo dire? Che cosa mai avevamo in mente? Volevamo riprenderci il tempo che non abbiamo vissuto, non è così?
E poi ho scoperto l'arcano. Non mi avevi scritto una parola di questa donzella. Chi mai se n'era accorto? Era lì, a due passi da te. Non hai dovuto far altro che attraversare la strada e salire nel palazzetto barocco dei Rigona.
Io ti raccontavo di Anna, e tu niente di niente. Non è giusto, compare!
Quel che conta, comunque, è che ci siamo ritrovati.
Mi sa che a Casablanca non ci andiamo più, adesso che c'è Margherita, ma chi lo sa? Intanto cerchiamo di arrivare presto alla montagna di danari, una Pertuso Piccione di danari! Con il nonno che ce li amministra.
Ti abbraccio, Giovanni

23 settembre 1975

Caro Giovanni,
   sì, è stato bello.
Mi piacerebbe venire a Palermo e conoscere Anna. Che ragazza è? Da dove viene? Che ti dice della sua famiglia? Sì, vorrei conoscerla. O invece no. Che ci mettiamo a fare? I fidanzatini? Casablanca! Casablanca! Datteri e Marocco!
Io sono tornato ad Agrigento e l'avventura continua. Avrei voluto raccontarti di più, metterti al corrente di tutto quello che mi sta accadendo, delle persone che Peppe mi fa incontrare. Lavoro duro, non ho un attimo di respiro, ma so che la strada è questa.
A te, lasciamelo dire, ti è venuta la faccia del morto in piedi. Sono i gesuiti che ti hanno fatto male? Però quella è la tua faccia, la faccia del mio amico Giovanni. Non posso chiedertene un'altra.
S.

26 dicembre 1975

Caro Santino,
   non ci scriviamo da tempo. E tu a Natale non ti sei fatto vedere. Dove sei stato? Noi siamo stati ospiti dei Santangelo, questa volta seduti a tavola, camerieri che ci giravano intorno e mia madre sempre più intima di questa gente. E sai che cosa ho pensato? Sta' buono. Guarda. Osserva. Questa gente farà comodo a te, ma farà comodo anche al tuo amico Santino. Se pure non hanno tutti i danari che ostentano, sono molto amici di gente che i danari ce li ha o li fa girare.
Pinuccia è rimasta a casa. Pinuccia rimane sempre a casa. È come se avesse rinunciato prima di provare.
Continuo a chiedere ad Anna di parlarmi di sé, della sua famiglia, ma lei è molto reticente. Periodicamente torna in Puglia da certi suoi zii e io le dico "ti accompagno", ma lei no, preferisce di no. Non credo abbia nulla da nascondere, ma tiene le distanze. Una volta le ho detto: "Assomigli a tuo padre". Ha sbarrato gli occhi, quasi indispettita: "Come fai a saperlo?". Io le ho detto che

basta un po' di immaginazione, e ho riso forte.
Dopo la sera dai Santangelo sono uscito da solo e da solo sono tornato a casa. Pensavo a noi. Sentivo venire dalle case le voci della gente che faceva festa. A volte coglievo le parole che ci si dicono in queste circostanze, parole che suonavano vere e mi commuovevano. Dunque, mi sono detto "Buon Natale". E da lontano ho augurato buon Natale anche a te.
Comunque, non dimentichiamo che Casablanca ci aspetta. E se non sarà Casablanca, sarà Monte Carlo: lì ci sono ristoranti da paradiso, e il gioco d'azzardo mi fa bollire il sangue.
A presto
G.

PS Ti ricordi gli zii di mia madre, quelli di Menfi? Sono morti a due mesi di distanza l'uno dall'altra. La verità è che hanno faticato a riprendersi dopo il terremoto del '68. Avevano dovuto abbandonare la casa di campagna, che aveva patito le scosse più forti. Da quando si erano trasferiti a Menfi, in un appartamento in affitto, non erano più loro. Sono stato più volte a trovarli con mia madre. Anche la loro campagna ne ha sofferto, perché per lungo tempo nessuno l'ha seguita. Mia madre era dispiaciuta, ma occuparsi della terra è sempre stato l'ultimo dei suoi pensieri. Così si sono spenti. Spenti, sì. Come fosse finito il loro mondo e non valesse più la pena, tanto più se non potevano contare l'uno sull'altra.

3 gennaio 1976

Giovannuzzo,
comincia un altro anno. Io continuo a spostarmi in tutta la Sicilia occidentale, abbiamo aperto un cantiere addirittura a Trapani. Nuova gente, nuove relazioni, nuovi affari. Si scava e si tira su. Si tira su e la gente arriva, per abitare, per cominciare altra vita. Certo, ci sono ancora tante baracche: ci stanno dentro i terremotati ed è impossibile dire per quanto ancora ci staranno. Sono passati otto anni, ormai. Ti ricordi Sciacca come tremò?

Una volta sono stato a Gibellina. Si cammina in mezzo alle macerie. Viene voglia di scappare subito via, ma forse, chissà, tutto questo cemento metterà al sicuro chi è rimasto senza casa. Di tanto in tanto si fanno piani insieme a Peppe Giaele.
Il bene di sempre.
Santino

14
Mai mentire e mai dire la verità

Giovanni Canetti si presentò davanti alla commissione di laurea con la tesi rilegata in tela rossa, fiero dell'argomento e del titolo che aveva scelto: *Imprenditore occulto e interposizione fittizia*. La discussione procedette veloce con poche domande e molti complimenti; nessuno dei professori ebbe modo di rilevare incoerenze o contraddizioni e Giovanni fu proclamato dottore in Giurisprudenza con un memorabile centodieci e lode, e menzione. Sua madre era seduta in prima fila con un tailleur grigio scuro molto attillato: la gonna le era risalita oltre le ginocchia, ma lei – occhi brillanti e petto gonfio di orgoglio – non se ne dava pensiero. In una delle ultime file, discosta, sedeva Anna De Giorgi: per quanto consapevole che la sua presenza non era gradita, aveva fatto la sua comparsa e ora, il pugno sotto il mento, ascoltava il suo brillante compagno di corso. Forse non si sarebbe fatta avanti per salutare, ma Giovanni le aveva fatto segno di aspettare.

Pinuccia era rimasta fuori dall'aula magna, malgrado le insistenze della madre che entrasse, che si facesse notare. «Non vedo perché cominciare adesso» disse a Cettina palesemente distratta. «È mio fratello che dovrà farsi notare.»

Sedette su una lunga panca deserta e aspettò come si aspetta nelle stazioni, gli occhi bassi, i guanti di pelle stretti nel pugno, l'attenzione appena sollecitata dai rari studenti di passaggio nel corridoio.

Una volta uscito dall'aula magna, per Giovanni sarebbe cominciata una nuova stagione: aveva davanti a sé due anni di praticantato prima di sostenere gli esami di procuratore legale, e poi almeno un altro anno per sapere se aveva passato gli scritti e dunque se era stato ammesso agli orali.

Il professor Strinati raggiunse madre e figlio al bar della facoltà: strinse la mano a Cettina e guardò confidente il giovane neolaureato: «Ce l'abbiamo fatta, ma non avevamo dubbi. E mai ne avremo, su di voi, caro Canetti».

Pinuccia, rimasta sullo sfondo, si fece avanti e si presentò.

La signora Canetti, che tale si sentiva in quel momento, più che in ogni altro importante momento della sua vita, condivideva l'opinione del professore. Ci avrebbe pensato lei a tenere dritta la barra del figlio, ovvero dell'avvocato.

«Cosa si fa stasera?» chiese Strinati. «Programmi?»

Lo aveva chiesto a Pinuccia, in verità, come per offrirle l'opportunità di esserci.

E Cettina: «Stasera si va a teatro».

«Molto bene» approvò Strinati. «Un buon avvocato dev'essere anche un ottimo attore. Mai mentire e mai dire la verità.»

Giovanni prese la palla al balzo: «Andiamo a vedere l'autore giusto: Pirandello».

«So che avete un appuntamento per cena» aggiunse Strinati, «immagino dopo teatro.»

Non fecero il nome dell'anfitrione, come se fosse pleonastico. Pinuccia si ritrasse: non era stata invitata, o meglio non aveva voluto accettare l'invito.

Fu allora che Anna, in attesa su una panca di marmo con gli occhiali neri calati sugli occhi e un quotidiano aperto sulle ginocchia, gli fece segno additando l'orologio sul polso.

«Almeno fatti fare i complimenti.» E si diedero un casto bacio sulle guance sotto gli occhi di Cettina, rimasta nei pressi a sorvegliare.

«Non c'è bisogno che tenga le distanze, signora Canetti.» Nella voce di Anna c'era una sfumatura moderatamente ironica. «Siamo già molto lontani, suo figlio e io.»

E Cettina, che si era fatta avanti lisciandosi la gonna sui fianchi: «Non abbastanza, cara. Mai abbastanza».

«Io ho altri progetti, e soprattutto non ho intenzione di sposare un uomo che vorrebbe inevitabilmente impicciarsi nei miei affari.» E dopo una pausa: «Deve proprio stare tranquilla».

«Lo sono, avvocato» rispose Cettina puntuta. «Lei si è già laureata, vero?»

«Con qualche difficoltà, perché le raccomandazioni non mi piacciono e ancora meno mi piace chi le fa, comunque sì, ho una laurea in Giurisprudenza e mi occuperò di diritto delle acque... Anche di quella che passa nelle tubature di casa sua, signora Canetti.»

Strinati si era ormai allontanato, ma avrebbe mantenuto lo stesso tono anche in sua presenza.

«Dobbiamo vederci» disse a Giovanni elargendogli un sorriso lento, affettuoso. «Ho voglia di fare due chiacchiere, magari anche quattro. Un appuntamento a Villa Giulia?»

Cettina non poté cogliere l'allusione, ma le bastò sapere che Anna non aveva alcuna intenzione di rinunciare all'amicizia del figlio.

La giovane avvocatessa si strinse la cintura dello spolverino blu, diede le spalle a Giovanni e procedette lungo il corridoio agitando la mano in segno di saluto ma senza più voltarsi. Non trascurò invece di avvicinarsi a Pinuccia e di sussurrarle qualcosa all'orecchio.

Prima di andare via, Giovanni chiese di fare una telefonata, i gettoni li aveva già in tasca. Compose il numero dell'ufficio dove sapeva che avrebbe trovato Santino.

«Sono io. Ci siamo.»

Ci fu un breve ma significativo silenzio, come se la notizia, quale che fosse, fosse risaputa e dovesse maturare tra di loro.

«Vuoi dire che devo chiamarti avvocato Canetti?»
«Fai pure.»
«Ti senti a tuo agio?»
«Come non fossi mai stato altro. Ti ricordi Casablanca?»
«Eccome.»
«Diamoci due anni, poi andiamo.»
«Mi sa che io sarò pronto prima, amico mio. Ti dà fastidio?»
«Neanche per idea.»
«E allora preparati. Ci diamo un appuntamento, presto, e fissiamo la data.»
«Vuoi dire che vieni a Palermo?»
«Sarebbe bello.»
«È bello. Decidi tu quando, ti aspetto... E il grande matrimonio?»
«Una festa che non hai idea. Una volta ti ci porto, a Naro.»
«Sento che a Palermo si fa spesso il nome di Giaele.»
E l'altro: «Ne parlano bene?».
«Insomma. In pochi anni è diventato un imprenditore potente. Fa e disfa. È un visionario, non si ferma davanti a niente. E la sposa?»
«La sposa non conta.»
«Cosa vuoi dire?»
«Giaele ha messo le mani su un patrimonio che non è valutabile in termini di danaro. Si è fatto un nome... Non un titolo, ma un nome sì.»
«Capisco. Ma quello che capisco di più siamo noi. Quello che diventeremo insieme.»
«Giovanni, Giovanni... La strada è aperta. Ti abbraccio.»

La Mercedes blu aspettava fuori dal teatro. Bonansea attendeva in auto e l'autista fece segno a madre e figlio di avvicinarsi alle porte già aperte. Giovanni sedette davanti e Cettina sul sedile posteriore, a fianco dell'ospite.

«E allora?» chiese Bonansea. «Possiamo davvero contare su una verità univoca? O siamo in balìa di quello che crediamo sia vero e non è mai vero quanto vorremmo?» Rise. «Cosa vi ha insegnato Pirandello?»

Cettina disse che l'attrice che impersonava la signora Frola era stata grandiosa, non inferiore a quanto si diceva fosse stata meravigliosa, anni prima, Rina Morelli. «Quando va incontro a quella che ci lascia supporre sia sua figlia Lina e ripete forte il nome "Lina! Lina!"... Ah, ho avuto i brividi.»

«Bella prova, in effetti» commentò Bonansea, che aveva già assistito allo spettacolo. «Io sono colei che mi si dice...»

«Esatto» disse Giovanni, e aggiunse: «La verità è quantomeno opinabile».

«Non faccia il primo della classe, Canetti.»

«Ma io non intendevo...» si schermì lui.

«Non è opinabile un piatto di spaghetti con le vongole.»

Bonansea aveva preparato tutto come si deve, prenotando un tavolo da Spanò, nella miglior tradizione dei buongustai palermitani. Cettina era stata parte di questa intesa e se ne sentiva fiera. D'ora in avanti, la figura di Bonansea sarebbe stata ancora più importante nella vita di suo figlio, anzi, fondamentale: avrebbe accelerato gli eventuali imbrogli del praticantato e anticipato l'inserimento del giovane avvocato nel mondo degli affari.

L'auto procedette lenta verso la Marina, in mezzo al traffico. Nessuno disse una parola e Giovanni pensò che si stavano portando appresso, per contagio, le atmosfere del teatro di Pirandello. Non sapevano più che dire, ma sapevano che presto avrebbero dovuto tradurre tutto in fatti. Che cosa fossero i fatti, per un giovane avvocato – ma specialmente per un avvocato che si apprestava a dare il suo contributo per la cementificazione della Sicilia –, era evidente: studiare, mettere a fuoco, evitare il danno, procurare ricchezza.

La cena fu abbondante e annaffiata da un vinello fresco di Pantelleria. A vederlo da fuori, quel terzetto suonava invero molto singolare: un uomo monumentale, esageratamente elegante; una signora troppo agghindata; un giovanotto con l'occhio vuoto di chi attende soltanto di essere diretto. Tutti e tre in silenzio, tutti e tre solo apparentemente presenti, tutti e tre pronti a prendere una strada diversa appena fuori di lì: quel che non si poteva condividere davanti al tavolo di un ristorante si sarebbe condiviso poi intorno ad altri tavoli, per occasioni diverse da una mera celebrazione.

Per quanto familiare e innocua, "tavolo" sarebbe ben presto diventata per Giovanni una parola minacciosa, piena di cupe risonanze.

Lasciato Spanò, e lasciata la madre in albergo – dove l'aspettava Pinuccia –, Giovanni si accomiatò dal professor Bonansea e vagò per la città. Da piazza Politeama prese via Dante e a passo lesto, come se avesse una meta, puntò verso piazza Principe di Camporeale, poi andò oltre, fino alla Zisa. Lui e il cubo della Zisa, nella notte; lui e la luna che stava appesa nel buio. Che cosa sarebbe accaduto? La laurea non lo contentava, come non lo contentava l'idea dei tre anni che aveva davanti, ma non lo contentava neppure la prospettiva di diventare un avvocato di successo. Sentiva nel cubo della Zisa una perfezione geometrica che non era quella dei suoi pensieri. Avrebbe voluto sedersi e restare fino all'alba in contemplazione, lasciarsi visitare dal formicolio di emozioni che gli salivano dentro l'anima. Che cos'era diventato? Che cosa sarebbe diventato?

Come per incanto, gli apparve la figura di nonno Calogero, che con Palermo non c'entrava nulla, eppure era stato lui a raccontargli la storia dei Vespri, a solleticarlo con la grande aria di Procida nell'opera di Verdi, a fargli sentire quanta bellezza c'era in quella città e nel popolo che l'aveva sempre abitata. Era a nonno Calogero che avrebbe dovuto fare una telefonata, e non l'aveva fatta. Era a nonno Calogero che avrebbe dovuto confidare le sue perplessità, nuove, nuovissime, tutte segnate dal sorriso obliquo del professor Bonansea. Il nonno l'aveva conosciuto il professore, vicino alla sua casa di Pertuso Piccione, e non ci voleva tanto a immaginare che non era stato sedotto da quella figura così grossa. Grossa, pensò Giovanni, non grande. Pensò che "grossa" era aggettivo che colmava tutto Bonansea. E allora perché d'ora innanzi la sua fortuna sarebbe dipesa da lui? E allora perché aveva lasciato il nonno fuori da quella giornata?

Aveva degli altri gettoni in tasca, lo sapeva; era tardi, ma non importava.

Compose il numero. Vide con gli occhi della mente l'apparecchio telefonico appeso al muro. E vide la mano lunga di nonno Calogero che sollevava il ricevitore.

«Ti ho svegliato?»

«No.»

«Vorrei essere lì.»

«Lo so. Ma io sono lì con te. E comunque ricordati che ti aspetto, non smetto mai di aspettarti. Vieni a trovarmi.»

Quando Giovanni appoggiò il ricevitore si sentì più leggero. La luna era ancora là, il cubo della Zisa era ancora là, forse lui stesso c'era ancora.

15
Come una lucertola sui muri della legge

Nel giro di poco tempo, il giovane avvocato Giovanni Canetti era entrato in uno degli studi legali più prestigiosi di Palermo. L'edificio era modernissimo, ma gli interni – per una sorta di segreta connessione fra presente e passato – erano arredati come tutti gli studi con una tradizione alle spalle. Mobili scuri, savonarole alle scrivanie, tendaggi pesanti, antiche librerie ereditate da sedi ottocentesche, e naturalmente tappeti dovunque. Una volta superata la porta d'ingresso, la sensazione di franare dentro un altro tempo, un tempo immobile, coincideva con lo scricchiolio ostinato delle sedie, con il tonfo attutito dei passi sui tappeti, con il sentore di fumo e cuoio che permeava le stanze: persino la cancelleria sembrava venire da lontano, e così pure la carta che scrocchiava quando veniva accompagnata dentro il rullo della macchina per scrivere. A Giovanni piaceva quel gravare del tempo in stanze che, per quanto appesantite dalla carta da parati, erano geometricamente perfette, senza i gonfiori o le sconnessure dei palazzi antichi.

Bonansea gli fece più volte visita per analizzare insieme la fisionomia dei clienti, le cause più semplici e quelle che avrebbero richiesto maggior studio e applicazione. Giovanni era conscio dell'importanza di cominciare dagli atti, dagli scambi epistolari, da tutta la documentazione che poteva arrivare in suo possesso, per poi costruire, decostruire, ricostruire le sequenze di una diatriba commerciale da sciogliere a favore del cliente anche in presenza di fonti scarse o manipolate. Leggere un documento, aveva appreso, era il nodo cruciale della professione, perché, all'occorrenza, emergesse una verità processuale che non lasciasse spazio a nessun'altra verità.

Bonansea gli aveva consigliato anni addietro la lettura di un volume che il piano di studi non avrebbe probabilmente contemplato: *Economia e società*, del grande sociologo tedesco Max Weber. C'erano passi che Giovanni aveva sottolineato o addirittura trascritto. Fra questi: "L'apparato amministrativo del signore carismatico non è un 'corpo di funzionari', e tanto meno un corpo di funzionari dotati di preparazione specializzata. Esso non è scelto sulla base del ceto né con criteri di dipendenza domestica o personale. Esso viene invece costituito in base a qualità carismatiche: al 'profeta' corrispondono i 'discepoli', al 'condottiero' corrisponde il suo 'seguito' e al 'duce' in genere corrispondono gli 'uomini di fiducia'...".

Bonansea gli aveva offerto la possibilità di dare sostanza teorica alla dinamica del potere così come si stava preparando a conoscerlo e Giovanni facilmente si era riconosciuto negli "uomini di fiducia". Quello avrebbe dovuto essere. Un uomo di fiducia. E un consigliere. Gli veniva in mente quando era andato con Santino a vedere *Il padrino*: avevano scoperto che c'era un Santino anche lì, l'irruente Santino con la faccia di James Caan, e poi c'era il figlio adottivo di Marlon Brando che era diventato avvocato e veniva chiamato "il consigliere". Ripensava a quella figura che vinceva per pacatezza e per saggezza, ma non si sottraeva a nessuna missione, a nessuna ambasciata letale. Lui, Giovanni, non era parte di una famiglia, ma le famiglie – era cosa nota – premevano, e lui doveva sapere come si muovevano, quando si muovevano, e con quali obiettivi.

Tutto divenne chiaro allorché ricevette un invito, inizialmente confuso con una semplice preghiera di raccomandazione. Gli era stato annunciato un uomo con una missiva che doveva essere consegnata di persona all'avvocato Canetti: aspettava in anticamera e in effetti in anticamera attese più di mezz'ora. Quando Giovanni uscì dalla sua stanza per andargli incontro, quello scattò sull'attenti, consegnò la busta e sparì: nella missiva non firmata si raccomandava a Giovanni Canetti di trovarsi al caffè Rinascimento alle sette del mattino dopo.

Giovanni non pensò a uno scherzo, e neppure a una minaccia: c'era qualcuno che voleva fargli sapere qualcosa. Rimise il foglio nella busta e tornò pensoso alla scrivania.

Il giorno dopo, in lieve anticipo, giunse sul luogo convenuto. Mise la testa dentro il locale ancora vuoto, restò immobile davanti all'ingresso e proprio allora vide arrivare un'auto nera, dalla quale la mano del guidatore gli fece cenno di salire dallo sportello al suo fianco.

Una figura corpulenta, anzi veramente enorme, occupava gran parte del sedile posteriore. Aveva il respiro affannoso del fumatore, o più semplicemente dell'uomo sovrappeso.

«Vogliamo fare quattro chiacchiere in pace?»

Giovanni annuì e si lasciò condurre fuori città. In silenzio. Di tanto in tanto, l'uomo corpulento se ne usciva con tormentosi colpi di tosse.

Posteggiarono nell'ampio spazio di una stazione di servizio con dei tavolini all'aperto su cui un ragazzo stava passando una pezza umida. Andarono a sedersi a quello più esterno, l'autista procurò due caffè e poi si tenne in disparte, pronto a obbedire. Nell'aria un debole fruscio di uccelli. Da non lontano arrivava il suono di auto che arrancavano su per una salita.

«Non facciamo presentazioni. Io so chi sei, e se tu non sai chi sono puoi ben arrivarci da solo. Anni fa ho portato il tuo amico Santino a fare una bella visita turistica ad Agrigento, il ragazzo ha imparato. Ha imparato tutto presto e bene. E forse tu stai facendo lo stesso.» L'uomo diede un colpo di tosse che fece tremare il tavolo e la tazzina di caffè sul piattino. «Per te le cose sono, diciamo così, più delicate... Devi mantenere una distanza di sicurezza, da noi e dalle istituzioni. Tu devi essere una garanzia e mai un imbroglio. Mi spiego?»

«Benissimo» disse Giovanni, e si rese conto di non aver ancora bevuto il caffè, cosa che fece subito, caso mai anche quella reticenza fosse presa per "imbroglio". Del resto, per quanto fosse strano, non aveva paura di quell'omone. In fondo era abituato alla corpulenza di Bonansea, anche se questa superava i confini della maestosità forense dell'avvocato. E in entrambi i casi attribuiva al proprio fisico sin troppo asciutto la misura giusta per muoversi nel mondo come "uomo di fiducia" – gli uomini di fiducia, pensava, non devono essere appariscenti, anzi, si devono vedere il meno possibile, devono passare inosservati.

«Ci saranno uomini che ti chiederanno di sciogliere dei nodi, e lo faranno perché sarò io ad aprire loro la strada. In tal caso, sarà un bene che tu voglia il loro bene, perché si presenteranno come uomini d'onore.»

Si passò una mano sotto il mento come dovesse reggere il peso del capo. «È l'onore, la cortesia, il favore che ci dobbiamo l'un l'altro a tenerci insieme. Eppure, sono tempi difficili. E le famiglie nostre non si capiscono. Se c'è sangue, poi si asciuga.»

Giovanni era preparato, capiva, anche se non sapeva esattamente come si schierava l'uomo corpulento. Santino gliene aveva parlato, sapeva anche che diceva di chiamarsi Salvatore e da quel nome di battesimo sarebbe potuto risalire a un'appartenenza. Ma non era necessario. Ora stava accettando in una volta sola protezione e incarico, e né l'una né l'altro si potevano discutere: il potere, quello vero, quello inequivocabile, è tale perché non discute; in caso contrario, scatta una chiusura che brucia come paglia ogni forma di collaborazione. Era come essere invitato a una mensa dalla quale non ci si poteva sottrarre a discrezione.

«So che lavori come si deve, che ti muovi come una lucertola sui muri della legge, e noi su quei muri dobbiamo stare» disse ancora l'uomo, allungando la mano grossa sul tavolo, come per accertarsi che Giovanni ne cogliesse la fisicità. «La legge ci aiuta se tu aiuti la legge a dar corpo alla nostra legittimità.»

Fece per lasciare il tavolo, ma si limitò a chiamare l'autista che fumava non lontano di lì.

«Non sei ancora sposato» disse poi.

«La settimana prossima. Mi sposo la settimana prossima.»

«Mi compiaccio. Devi essere un bravo marito e un bravo padre, che nessuno dica di te che non credi nella famiglia. Ti auguro ogni bene.»

Solo a quel punto riguadagnò faticosamente la posizione eretta e si avviò verso l'auto senza chiedere a Giovanni di seguirlo. Per tornare in città avrebbe dovuto cavarsela da solo.

Il matrimonio, già. Era tutto preparato. Cettina ci lavorava da mesi: non si era limitata a fare quello che le era stato richiesto, ovvero compilare la lista degli invitati suoi e di Giovanni, ma subito dopo l'annuncio del fidanzamento aveva trascorso quindici giorni nella città della sposa, Ravenna, dove aveva sovrastato con ferrea gentilezza il consuocero e la zia della sposa – la madre era morta da diversi anni. Aveva detto e imposto la sua su tutto, dalla chiesa in cui si sarebbe celebrata la cerimonia al menu del pranzo di nozze, dall'addobbo floreale alla carta su cui stampare le partecipazioni. Persino la sposa, in effetti, l'aveva scelta lei.

Un anno prima aveva accompagnato Giovanni, presente in veste di spettatore, a un convegno palermitano – "La nuova edilizia pubblica in Sicilia" – dove erano stati chiamati ministri, amministratori, tecnici, professionisti, urbanisti e architetti. Lì aveva incontrato, fra una sessione e l'altra, intorno al buffet e poi alla cena di gala che era seguita, un industriale del continente, Bartolomeo Talamini, titolare di un cementificio a Rovigo. Probabilmente non si sarebbe avvicinata, né avrebbe avviato una conversazione con il bicchiere in mano, se non l'avesse visto accompagnato da una ragazza che venne subito presentata come sua figlia. Era una giovane vivace, benvestita, maniere garbate: ammise con candore di aver capito poco e niente e parve sollevata, addirittura felice, di scambiare due chiacchiere con una signora. Cettina aveva sentito quel sollievo come un'occasione per approfondire la conoscenza. Durante la cena aveva fatto in modo di sedersi con Giovanni accanto a padre e figlia. La promessa di rivedersi a Sciacca, quella stessa settimana, fu una mossa quasi automatica che Cettina aveva giocato con estrema scioltezza. Fu raggiunto, benché non altrettanto facilmente, anche l'obiettivo di indurre il figlio a un corteggiamento lampo: quella era la donna per lui, la compagna ideale. Non bisognava pensarci troppo, bisognava concludere. E così fu: durante la permanenza a Sciacca, Giovanni trovò sufficienti ragioni per riconoscere in Veronica Talamini una compagna sensibile. Dopo la settimana a Sciacca, una visita a Pertuso Piccione (il nonno non stava bene, ma fece di tutto per essere ospitale come sempre, trasparente come sempre), infine Giovanni riaccompagnò padre e figlia a Palermo. La sera prima della partenza ci fu una cena a due in un ristorante sul mare e la formulazione di una promessa.

Veronica e Giovanni si frequentarono per circa sei mesi. Per lui era impossibile allontanarsi da Palermo, e così fu lei a trascorrere lunghi periodi in Sicilia, accompagnata da una cugina: dopo la licenza liceale non aveva voluto continuare gli studi e aveva già lasciato senza rimpianti il lavoro di segretaria part-time nell'azienda del padre, pronta a diventare una moglie e una madre.

Le nozze si celebrarono a Ravenna il 16 marzo 1978, mentre veniva annunciato il rapimento di Aldo Moro.

«Sono felice» disse Cettina quando gli sposi uscirono dal portale barocco della chiesa di San Francesco. Sembrava lo dicesse a Pinuccia che le stava a fianco nel portico, ma in realtà quella felicità guardava più in là: quelle nozze erano il suo capolavoro.

Avrebbe voluto unirsi alla festa anche Sallicano, ma Cettina glielo aveva impedito. Lui aveva già acquistato il biglietto aereo, glielo aveva mostrato per convincerla che era cosa fatta, e lei lo aveva stracciato in quattro pezzi. «Devi stare al tuo posto» gli aveva detto.

Lui, senza sapere quel posto quale fosse, aveva chinato la testa ed era uscito nel silenzio della sera.

Verso la fine di giugno si seppe che il nonno era agli sgoccioli. Giovanni abbandonò lo studio e corse a Pertuso Piccione. Le zie pasticciere erano già arrivate a prendersi cura di Calogero e s'erano sistemate in una camera al piano di sopra, Calogero invece occupava la stanza dove si era spenta Teresa, la vecchia sartoria. Le zie cucinavano, pulivano, lavavano, e sembravano essersi portate appresso l'antico profumo di vaniglia e cannella: c'erano sempre crostate e biscotti freschi per chi passava a fare una visita.

Quando Giovanni entrò nella stanza del nonno, non osò avvicinarsi subito al letto: era emozionato e lo contemplò da lontano come per accertarsi che fosse ancora lui, che ci fosse, che fosse pronto a riceverlo.

«Vieni» gli disse il nonno alzando la bella mano dalle lenzuola, e di fronte alle cautele di Giovanni ripeté: «Vieni». Non lasciò parlare il nipote, con voce stanca ma ferma dichiarò: «Non soffro, sono pronto ad andare ma non soffro. Succede. Mi preparo a partire». E poi, a voce più bassa: «Tua nonna mi aspetta».

Le zie portarono caffè e biscotti, sprimacciarono i cuscini e con delicatezza aiutarono Calogero a tirarsi su e ad appoggiarsi alla testata del letto.

«Non ho più capelli» disse lui, e Giovanni pensò che sembrava uno di quei santi che spesso aveva visto nelle quadrerie delle chiese di Palermo. «Non ho capelli, e sai una cosa?» riprese. «Non ho paura, non ne ho mai avuta. D'altra parte, sto bene... Temevo che avrei sofferto, e invece no, mi sento come fossi su una balza verde d'erba fresca pronto a lasciarmi scivolare giù, come si faceva da ragazzini e come hai fatto tante volte anche tu, giù alla macchia di carrubi.»

Giovanni non sapeva come continuare, assentiva con vigore come se dargli ragione fosse il modo più semplice per accompagnarlo in quella bella scivolata sull'erba.

Fu il nonno a fargli domande, e allora rispose e perlopiù mentì. Gli chiedeva se stava bene, e fin lì poteva rispondere che stava bene; gli chiedeva se Veronica s'era rivelata la compagna che aveva pensato, e a quel punto diceva che sì, lo era, che stava diventando più siciliana di lui; gli chiedeva del lavoro, e allora ebbe la sensazione di non poter dire la verità, o quantomeno non tutta.

«Sei un bravo avvocato?»

«Credo di sì» fece Giovanni. In parte ne era convinto, anche se non secondo i criteri che il nonno aveva in mente.

«Ti piace stare a Palermo?» provò a chiedere il nonno cambiando discorso, ma solo apparentemente, perché mentre Giovanni raccontava della vita in città commentò: «Sono successe troppe male cose a Palermo... Continueranno a succedere, e tu sei in una posizione delicata...».

Giovanni annuì, ma vide che il nonno si stava affaticando e lo lasciò riposare.

Le zie gli avevano preparato la stanza che era stata quella della sua infanzia e lui si distese sul letto con gli occhi al soffitto, proprio come allora.

Quando Giovanni ridiscese si mise accanto al telefono e fece e ricevette telefonate fino a sera, sempre tenendo d'occhio la gente che entrava e usciva dalla camera al piano terra.

Passò il medico, disse a tutti che ormai bisognava rassegnarsi. Disse proprio: "rassegnarsi". Ma come si faceva? Giovanni si trovò a pensare che, ancor prima della morte del nonno, aveva conosciuto altre forme di rassegnazione. Si era rassegnato a obbedire a sua madre, si era rassegnato a troncare la relazione con Anna, si era rassegnato alle direttive di Bonansea e ora aveva anche ricevuto una lezione persino più severa dall'uomo corpulento che di nome faceva Salvatore. Era così che si immaginava di diventare quando scendeva a giocare a pallone con Sergio e Luigi, quando padre Cangemi dava loro lezioni di vita? Già, anche padre Cangemi se n'era andato.

All'arrivo di un prete sconosciuto per l'estrema unzione, Giovanni ebbe quasi una reazione scomposta: «Non è troppo presto?». E il prete scosse la testa, e scossero la testa anche le zie.

Il nonno dormiva, un fiato sottile gli usciva dalle labbra, le mani sulle lenzuola avevano di tanto in tanto dei piccoli tremiti; Giovanni gli rimase accanto per un poco e poi andò a riposare.

Era quasi l'alba quando le zie, insieme, l'una accanto all'altra, in vestaglia, gli annunciarono che il nonno era morto.

Piuttosto che un pianto, quello che gli salì su per la gola fu un mugolio, discreto come discreto era sempre stato il nonno. Si mise in ginocchio accanto al letto, gli prese la bella mano e la baciò a lungo, continuando a ripetere sottovoce «ti prometto, ti prometto» senza sapere nemmeno cosa diceva, e soprattutto cosa stesse promettendo.

Infine si alzò in piedi, lasciò che le zie preparassero il morto e chiamò la madre.

L'aspettò sulla porta di casa, dove intanto accoglieva – insieme alla sorella – i paesani che venivano a fare le condoglianze. Il "consolo" ricevuto dai parenti – dolci e caffè – venne offerto alle persone in visita di lutto per tutto il pomeriggio.

Pinuccia carezzava le stoffe che la nonna aveva accumulato su uno scaffale. «Dovresti sposarti» le disse Giovanni di punto in bianco. E lei, senza il minimo turbamento, rispose che no, non era il caso, che si sentiva come quelle stoffe: inutilizzata.

Infine, Cettina arrivò. Indossava un abito di lino scuro con le maniche a tre quarti. Quando fu davanti alla porta abbracciò il figlio quasi con trasporto. Giovanni le strinse il braccio appena sopra il gomito e la trasse poco più in là, dove la via era deserta; lei lo seguì a fatica, allibita da quella stretta autoritaria.

«Il nonno mi ha detto una cosa.»

«Cosa?» volle sapere lei, sulla difensiva.

«Mi ha detto che mio padre era una persona speciale, che era buono. Mi ha detto di perdonarlo per avermi abbandonato, e che se l'avessi veramente perdonato avrei compreso.»

«Che cosa dovresti comprendere?» domandò Cettina.

«Tutto quello che da te non ho mai saputo» disse, la voce dura e alta.

A quel punto allentò la presa e fecero ritorno a casa.

16
Allora la terra non trema?

Assunta continuava a lavorare presso lo studio dell'avvocato Scicli, ma il suo ruolo di assistente era del tutto *sui generis*, come lui stesso amava ripeterle. Gli orari variabili, come variabile era la retribuzione, avevano dato luogo a un rapporto in un certo modo "liquido": lei poteva andare e venire, esserci o non esserci, a seconda delle necessità o semplicemente della volontà – ma sarebbe stato meglio chiamarlo desiderio – dell'avvocato.

Da quando Santino si era ritagliato una posizione eminente nel campo dell'edilizia e non smetteva di nutrire l'agenda di nuove commesse, i doni di Scicli avevano perso il peso avuto in passato, dopo le quotidiane elargizioni del maresciallo Grillo e le sovvenzioni del capitano Barra. Santino garantiva ormai non solo il sostentamento ma addirittura il benessere suo e di sua madre. Il fidanzamento con Margherita Rigona aveva inoltre aperto una nuova prospettiva in cui la frequentazione dell'avvocato Scicli da parte di Assunta poteva essere oggetto di commenti negativi nella cerchia dei conoscenti – non poteva essere solo lavoro, sotto doveva esserci altro!

Santino si era fatto promettere dalla madre che avrebbe troncato quel rapporto: del resto, Scicli non era più necessario. Ma rompere non era così semplice, per più motivi: l'avvocato apparteneva a una rete di uomini di fiducia di cui ormai faceva parte anche Giovanni Canetti e un risentimento nei confronti di Santino, temeva Assunta, avrebbe potuto compromettere i delicati equilibri di quella stessa rete; inoltre, lei si era ritagliata uno spazio di serva-padrona, come si sarebbe detto in altri tempi: conosceva i clienti, li riceveva, sapeva farsi apprezzare molto più della nuova segretaria – una donnina di mezza età affetta da una leggera zoppia, sempre china sulla scrivania nella stanza attigua a quella dell'avvocato –, e soprattutto molto più della moglie di Scicli, che si muoveva sgraziata nella piccola mondanità del paese e con altri avvocati amici del marito.

Assunta era capace di presentarsi con il vassoio del caffè nella stanza in cui Scicli stava conversando con un cliente, riempiva le tazzine e le offriva disinvolta come una padrona di casa; poi, come se niente fosse, si sedeva fra i due uomini commentando con pertinenza qualche fatto rilevante della vita cittadina. Con uguale nonchalance si ritirava lasciandosi dietro un profumo di zagara e una scia di sensualità. Quella sensualità era forse il motivo principale che rendeva complicata la sua uscita di scena: l'avvocato aveva maturato una vera e propria dipendenza dall'imperiosa bellezza della donna nella quale, tanti anni prima, aveva visto allo stesso momento la segretaria e la cameriera. Perlopiù, si accontentava di vederla passare, di sentirsela intorno, di annusare il suo profumo e di contemplare le forme generose che lei metteva in risalto o celava ad arte. Ma va da sé che la contemplazione era andata di pari passo, nel corso degli anni, con incontri carnali in una specie di salottino a cui si accedeva solo dalla stanza di Scicli, su un'ottomana damascata collocata lì per certi riposi dei pomeriggi estivi.

E anche ora, mentre seduta dall'altra parte della scrivania Assunta gli sciorinava tutte le ragioni per cui sarebbe stato meglio allentare la "frequentazione" (non usava il termine "relazione" perché sarebbe stato troppo compromettente e non usava "impiego" perché sarebbe stato troppo equivoco), lui la ascoltava con pazienza – quasi fosse il più problematico dei clienti –, infischiandosene di Santino e della sua reputazione e pensando solo che avrebbe voluto prenderla lì, subito, e baciarle via dalla faccia quell'espressione compunta. Sentiva che la stava perdendo e non voleva, non voleva proprio.

«Tu a me non mi devi temere, puoi smettere di occuparti dello studio, non è necessario che sali troppo spesso le scale di questo palazzo...» disse, ma la voce fu attraversata da un tremito e non seppe più come continuare. Le prese la mano, al mignolo brillava un anello con un rubino che le aveva regalato per i suoi quarant'anni. Assunta non si ritrasse, e intanto lo guardava negli occhi; Scicli non era bello, ma aveva una prestanza fisica che a lei piaceva: gli si leggevano ancora i muscoli sotto il tessuto delle camicie, e aveva labbra carnose dalle quali pendeva spesso uno di quei sigari cubani che prediligeva.

«Non posso» disse lei in tono fermo.

«Sei davvero sicura?» chiese lui, più malizioso che inquisitivo.

Non attese una risposta, le propose comunque e senza troppi giri di parole un'ultima volta, ora, nel salottino in fondo. Non aveva appuntamenti e quello che temeva più vicino lo rimandò facendo telefonare alla segretaria, che entrò, ricevette l'ordine e uscì rapidamente come se Assunta non ci fosse.

Assunta si avviò da sola ancheggiando verso il salottino dell'ottomana, dandogli le spalle.

Poi Scicli la raggiunse.

Santino sposò qualche settimana più tardi Margherita Rigona. La cerimonia fu celebrata a Porto Empedocle, dove di lì a poco avrebbe aperto dei cantieri: pensava sarebbe stato di buon augurio sposarsi lì dove la sua impresa avrebbe fatto un decisivo salto in avanti. Peppe Giaele aveva giocato un ruolo cruciale nell'assegnazione della commissione, ma mancava ancora qualche importante nodo da sciogliere, connesso soprattutto all'esame geologico dell'area destinata al nuovo quartiere. Giaele aveva i suoi legali, ma Santino aveva raccomandato l'amico Giovanni Canetti e la proposta era stata accolta da pieni consensi, dato che la fama di Giovanni e delle protezioni di cui cominciava a godere lo aveva preceduto.

Santino contava sulla presenza di Giovanni, testimone di nozze, e della sua sposa. I genitori di Margherita avevano organizzato il ricevimento in un ristorante sul mare e avevano riservato camere d'albergo per gli invitati che venivano da fuori. Adele e Leopoldo Rigona vivevano a Palermo e solo raramente facevano visita al cavaliere e a donna Isabella a Sciacca, città che non amavano; si sentivano a disagio, la ritenevano troppo festaiola, troppo rumorosa, troppo paesana. Erano stati infatti molto contenti quando il genero aveva acquistato un terreno appena fuori Palermo, nella piana dietro Mondello, e ci aveva fatto costruire una villa con tanta terra intorno, una piscina e un annesso agricolo.

I nonni Rigona si sentivano responsabili dell'educazione del giovane – per molti versi, potevano dire che era cresciuto in casa loro –, ed era ancora fresca la memoria di Santino studente modello che dall'aula del liceo passava ai cantieri a fare il manovale e poi riportava in aula il sapere che veniva acquisendo con i suoi impeccabili approfondimenti sulla chimica del calcestruzzo. Ma guardavano con qualche apprensione il suo precoce successo: ben sapevano cosa significava fare soldi nell'edilizia, anche se cercavano di non interferire. Sapevano che Santino si sottraeva con garbo alle domande delle persone che amava. E i nonni Rigona erano nel suo cuore, come nel suo cuore era entrata Margherita: la colmava di gentilezze, le lisciava il braccio, le carezzava i capelli lunghi e sottili, nerissimi, e soprattutto si sorprendeva spesso in adorazione delle sue efelidi rosa sulle morbide guance. Del resto Margherita gli rispondeva con uguale entusiasmo, a volte – anche quando erano in pubblico – di punto in bianco gli gettava le braccia al collo.

Assunta non aveva intenzione di trasferirsi a Casa Perfetta, come Santino aveva battezzato la loro villa. Almeno per un po' preferiva restare a Sciacca, dove non era del tutto sola: in fondo, era sempre a due passi dai Rigona. Di tanto in tanto sollevava lo sguardo sul balcone dove il marito aveva coltivato il suo sconforto e si sedeva anche lei come faceva lui, i gomiti sulla balaustra, i pugni sotto il mento.

«La più bella donna di Sciacca» dicevano in città, e nessuno se ne meravigliava. La vedevano avanzare per le vie strette o entrare nella luce degli slarghi, delle piazze, e quel suo passo restava incollato alle basole, la frusta degli sguardi ammutoliva la curiosità della gente.

Ma ora Santino attendeva Margherita all'altare, accompagnata dal padre.

Donna Isabella si commosse alla vista della nipote che incedeva lungo la navata con gli occhi splendenti e cercò la mano del marito – l'unico che, invece di girarsi a guardare la sposa, studiava Santino in piedi davanti all'altare.

Gli invitati erano pochi e scelti con giudizio: la recente avventura imprenditoriale di Santino non era ancora abbastanza solida per avere istituzioni e dispensatori di favori; lui, comunque, aveva preferito quelli con cui aveva stretto legami d'amicizia; primo fra tutti Peppe Giaele, il quale, contrariamente alle sue abitudini, si mise in un canto e restò per gran parte della cerimonia ignoto a tutti e senza alcuna intenzione di farsi conoscere o riconoscere. Gli sedeva accanto la moglie, impettita. Portava una collana d'oro pesante e lucidissimo – recente dono di Peppe – che sembrava dovesse spezzarle il collo magro, dai tendini in rilievo. Di tanto in tanto incrociava uno sguardo amichevole e ricambiava con un'occhiata d'acciaio.

La chiesa alla quale la famiglia di Margherita si era rassegnata, non meno che alla località, era stata costruita di recente: un prodotto della società di Giaele, lasciato tutto alla creatività geometrica di un ingegnere che aveva delimitato lo spazio sacro con pareti bianche tagliate da travi di calcestruzzo alle quali erano agganciate lampade coniformi di metallo. Una croce d'ottone pendeva sopra l'altare, e in quelle che avrebbero potuto essere navate laterali si aprivano delle piccole sale dove erano collocati confessionali di cemento. Solo le panche erano in legno, disposte secondo un andamento anch'esso trapezoidale. E un rudimentale trapezio era anche l'abside, illuminata da una sequenza di finestre verticali.

Quelle nozze erano il trionfo di Assunta. Sedeva nel primo banco di destra, in un abito di seta color pesca accompagnato da uno scialle di lana leggerissima dello stesso colore, con un ricamo di gigli e pomelie. Giovanni le stava a fianco, orgoglioso come se dello sposo fosse – in quella circostanza – padre, fratello, amico. Veronica sorrideva a tutti, e a tutti calava la testa.

Santino aveva voluto una folta rappresentanza delle sue maestranze: capicantiere, direttori tecnici, direttori dei lavori, progettisti e manovali, molti manovali, che d'istinto si erano raggruppati nei banchi in fondo. Per loro aveva riservato tre tavoli del ristorante: sapeva che avrebbero restituito la gentilezza con un coro che da tempo erano venuti preparando e che eseguirono prima dell'arrivo della torta mariage. Qualcosa di sganghenato era rimasto, ma le loro voci che cantavano *Sciccareddu di lu me cori* commossero gli ospiti con la leggerezza e la sincerità di un'offerta sentita davvero. Peppe Giaele apprezzò anche se gli era parsa un'esagerazione: «Un po' troppo popolare» disse a Santino prendendolo da parte.

Giaele aveva una vera passione per il principe di Galles e anche in questa occasione ne portava uno, ma si era rifiutato di fare la prima e la seconda prova, malgrado le misure prese dal sarto qualche anno prima non fossero più le sue – o forse proprio per quello. L'abito gli stava stretto e dopo un po' si era sbottonato la giacca. Dove avesse imparato ad apprezzare quella varietà di tessuto non era dato saperlo, comunque spiccava tra i blu e i grigi degli altri invitati.

Quando si avvicinò ad Assunta per salutarla, dato che se la ricordava smagliante protagonista alle sue nozze nella tenuta dei Mennulia, lei si permise di passare la mano sulla manica. «Mio marito» disse «commerciava in tessuti e una volta tenne per sé un taglio di principe di Galles, se lo maniava con passione ma non si fece mai cucire nulla.»

Anche in questa occasione c'era qualcosa, in Assunta, che la proiettava sulla scena senza fatica. I nonni Rigona, che la conoscevano bene, commentarono con la nipote: «È una donna che non ha paura del tempo, e il tempo non osa neanche toccarla».

Dopo il taglio della torta, fu la volta dei brindisi e delle foto di rito.

Poi, Margherita andò a sedersi per una pausa a fianco della signora Giaele: «Mi è spiaciuto non essere potuta venire al vostro matrimonio, ma Assunta mi ha raccontato tutto in ogni dettaglio. Mi disse che persona speciale è tuo padre».

«Lo è» confermò lei, e per la prima volta gli occhi le si illuminarono mentre sorrideva.

Per qualche motivo, Peppe Giaele mal tollerava quella vicinanza di Margherita a Matilde e quando la novella sposa si fu allontanata aggredì la moglie: «Che voleva? Che ti disse?».

«Niente disse. Che mi doveva dire?»

A Giaele si gonfiarono gli occhi di rabbia. «Non cercare di farmi fesso», e le afferrò, come faceva spesso, il polso sottile.

«Mi fai male» disse lei a denti stretti, e si sottrasse.

Giaele si liberò della posizione appartata alla quale si era costretto contro la sua inclinazione, salì sul palco dell'orchestra e chiese il microfono. Si allacciò a fatica i bottoni della giacca, rinsaldò il nodo della cravatta e, tenendo un bicchiere in mano, annunciò un discorso. Dato che essersi appropriato del microfono sembrava non bastare, prese un cucchiaino e lo picchiò contro il bicchiere. Aveva imparato che si faceva così, peccato che il bicchiere finì in mille pezzi. Non ci badò. Rise e lasciò che gli astanti ridessero.

«In questa nostra isola» cominciò, «siamo in pochi a sapere cosa fare e come fare per andare incontro al benessere. Tutti che arrancano, tutti senza muscoli. Gentuzza! E invece Santino è un principe, un uomo con il destino in tasca e gli amici giusti», e qui si portò una mano alla base del collo. «Santino ha quello che hanno in pochi: sa riconoscere ciò che vale e sa metterci le mani sopra.» Fece una pausa, scrutò i volti sorridenti di Santino e Margherita. «Vale anche per questa sposa bellissima. Tutto il resto verrà da sé. La strada è aperta.»

Cominciò un timido applauso, che poi divenne più convinto, e solo allora Peppe cercò nella sala il suo autista. «Carmine!» lo chiamò. «Dov'è?!» gridò poi, rabbioso. «Gli avevo detto di non muoversi... Carmine!» Tutti si volsero a cercare questo Carmine, se mai fosse riconoscibile in qualche punto della sala, e infatti finalmente apparve, un giovanotto alto e magro che reggeva sulle braccia un voluminoso pacco rosso.

«Eccolo, era ora!» sbraitò Giaele. «Vieni, vieni, porta qua e sparisci.»

Aprì il pacco, che conteneva una quantità di scatole più piccole, tutte uguali eccetto una. «Lascio un omaggio per tutti... Ma quello vero è per il nostro Santino.»

Raccontò di aver conosciuto uno dei più prestigiosi distributori di penne stilografiche. «Roba magnifica, lui si limita a rivestirle, e per Santino ho fatto preparare lo stesso modello scelto dallo sceicco del Kuwait: una penna che, come si dice, vale tanto oro quanto pesa. Sì» aggiunse, «una penna tutta d'oro per firmare contratti d'oro.» Aprì lui stesso l'astuccio, ne trasse la penna e scese dal palchetto per portarla a Santino, non senza sollevarla in modo che tutti vedessero.

Tornò infine al suo tavolo accompagnato da un applauso incerto. Matilde teneva gli occhi bassi.

«Che è?» chiese Peppe a voce alta, suscitando curiosità tutt'intorno. «La signora non ha gradito?»

Lei cercò di spiegarsi, lui la fulminò con lo sguardo. «Tu muta devi stare, baronessa... Muta!» E siccome non riusciva a starle seduto accanto, si allontanò con il bicchiere in mano, barcollando.

Matilde si ritrovò sola a sostenere una faticosa conversazione con i suoi vicini di tavolo, un uomo che continuava a sciorinare i nomi dei luoghi esotici in cui era stato e la moglie di questi, un donnone vestito d'oro con spalline rinforzate che pareva un carabiniere e ripeteva: «Ah, le isole dei pirati!».

«Non viaggio» diceva Matilde, e loro la guardavano come fosse malata.

«Il mondo, il mondo, baronessa! Lo dica a Peppe... Che fa? La tiene chiusa in casa?»

Lei faceva resistenza, tanto che il donnone cedette e si rivolse all'uomo che le sedeva di fronte.

Peppe Giaele intanto era andato a rendere un nuovo omaggio ad Assunta. «Non vi abbiamo dimenticata, donna Assunta. A Naro si parla ancora di voi.»

«Davvero?» disse lei con fare canzonatorio.

Peppe si allungò su una sedia dall'altro lato della tavola degli sposi. «Dovete credermi.»

«Non sono abituata al voi, non lo usavano nemmeno i miei genitori» disse Assunta, e si aprì in una larga risata.

Rise anche Giaele. «Ha ragione. Io del resto a Naro ci sto poco. Entro, esco, controllo che la faccia immusonita del suocero non sia cambiata, e cambiata non è, penso ai lavori che dovrò fare per rendere abitabile quella catapecchia di lusso e volo in ufficio.»

«Non dica così, di quell'uomo tanto a modo» lo rimproverò Assunta, ma lo fece senza insistenza, tutta compresa nella visione di Margherita e Santino, che quando lei lo abbracciava sentiva un morso di tenerezza e di nostalgia, perché così dovevano fare due giovani innamorati.

A nessuno era sfuggito con quanta autorevolezza Assunta calamitasse gli sguardi e le attenzioni degli astanti. Quasi consapevole di ciò, e per non rubare la scena alla sposa, aveva optato per quel semplice abito color pesca, e aveva raccolto i capelli con una quantità di forcine perché nemmeno una ciocca sfuggisse dall'acconciatura. Voleva bene a Margherita ed era felice di vedere il figlio cedere sempre alla dolcezza così possessiva di lei.

Giaele era ancora lì davanti, le palpebre molli dal troppo alcol, pronto a riprendere la parola. «Belli sono» proclamò Assunta. «Anzi, bellissimi.» E gli chiuse la bocca.

I festeggiamenti continuarono con le danze in terrazza. Le aprirono Margherita e Santino, applauditi all'infinito, e poi proseguirono fino a sera tardi.

L'orchestra suonava motivi popolari e canzoni degli ultimi anni. Quando cominciarono *Stayin' Alive* e il cantante si esibì nel celebre falsetto di Barry Gibb, ci fu un moto di generale entusiasmo. Santino si tolse la giacca e accennò un movimento di bacino alla John Travolta, ma durò poco, si lasciò abbracciare da Margherita e sgusciò fuori dalla pista.

Sul tardi l'orchestra lasciò il posto alla musica registrata e gli ospiti cominciarono a sciamare fuori.

Giovanni fece cenno a Santino di seguirlo nella sala dove i camerieri stavano sgombrando i tavoli. Brindarono da soli, poi Giovanni trasse una busta dalla tasca interna della giacca.

«Questo è il mio regalo di nozze» disse, e invitò l'amico ad aprirla.

Santino scorse rapidamente i tre fogli che c'erano dentro. Delle inequivocabili firme in calce confermavano l'avvio dei lavori da lì a tre settimane. Porto Empedocle era sua. Che si sbrigasse a far arrivare attrezzi e materiali.

«Allora la terra non trema?» chiese Santino.

«Se mai tremerà, non sarà perché Niscemi l'ha fatta tremare.»

Giaele aveva aspettato quel momento sulla terrazza, in camicia, non abbastanza ubriaco per astrarsi, non abbastanza lucido per partecipare.

Si avvicinò alla moglie, ruttò, la prese per il polso, la trascinò verso l'uscita, poi si fermò, aderì tutto alla vetrata della sala interna, vi pigiò contro la faccia. Santino gli mostrò la penna d'oro che teneva fra le dita, poi la posò e lo salutò con uno svelto cenno della mano.

Assunta era venuta a cercare il figlio; lo vide abbracciato a Giovanni. Le batté forte il cuore. Poi uscì in terrazza, dove l'orchestra stava smontando il palco: «Siete stati bravissimi» disse, e ricevette in cambio un inchino in contemporanea dai quattro giovani musicisti. Fu solo allora che lasciò che le si sciogliessero i capelli. «È una notte bellissima, e quello è un aereo partito da Catania...» Rimase con il naso all'insù, gli occhi perduti nelle stelle, e confessò a voce bassa: «Non ci sono mai salita su un aereo». Un musicista la fissò quasi esterrefatto, ma lei confermò: «È così». E dopo una piccola pausa che somigliò a un sospiro: «Si tratta solo di stabilire dove andare, e a quel punto si va il più lontano possibile».

17
Vedo sangue

Veronica e Giovanni avevano acquistato un villino liberty a Mondello: Santino si era offerto di ottenere un lotto di terra accanto a casa sua, e di farvi costruire una villa per i Canetti, ma Giovanni aveva preferito di no; o meglio, era comparsa puntualmente Cettina a dettare legge.

«Santino non è un architetto» aveva detto, «la sua è una casa da geometri.»

«Mamma...»

«Ti dico che ho ragione.»

«Hai chiesto a Sallicano?»

«Ma che Sallicano! Bravissimo uomo, per carità, ma non ha gusto.»

«Mamma, ti sta appresso da quanti anni?»

Cettina ebbe un moto di stizza, si alzò dal divano del salotto, parve avviarsi altrove ma tornò subito sui suoi passi.

«Sallicano sembra non poter fare a meno di me, ma non saprebbe occuparsi delle nostre vite...»

«Nostre?»

«Ma sì, avrebbe potuto essere un padre per te, educarti...»

Giovanni era allibito. «Non mi sono mai aspettato niente da lui.»

«Eppure, Giovannuzzo, anche lui è stato...» Si perse a mezza frase, come se avessero sprecato sin troppo tempo su quel tema. «Non vuoi una casa che rispecchi la tua posizione? Certo che la vuoi. E allora bisogna tornare indietro allo stile Liberty che ha fatto grande quest'isola...»

Dunque, una volta che gli operai mandati da Santino ebbero rifatto gli impianti, Cettina prese il comando delle operazioni. La seguiva Pinuccia, che aveva maturato un gusto per il bello tale da lasciare spesso la madre attonita, basita. I precedenti proprietari avevano venduto quasi tutta la mobilia originale, ma quello che era rimasto – il tavolo da pranzo, le sedie e i divanetti –, una volta lucidato e rifoderato, avrebbe fatto una splendida figura. Inoltre, Cettina trascinò Veronica da tutti gli antiquari di Palermo e attraverso di loro riuscì perfino a far arrivare da Budapest, dove la svendita di Art Nouveau era notoriamente un affare, tavolini, testiere decoratissime, comodini e anche tovaglie, stoviglie e suppellettili. Sotto l'occhio attento di Cettina, Villino Regina ritrovò l'antico fulgore.

«Mi piace pensare a voi» disse, in piedi sui gradini d'ingresso, il sole che indorava le stuccature e l'intreccio di metallo floreale che dalla soglia saliva verso balconcini e finestre.

Veronica assentì timidamente, sapendo che la suocera non gradiva di essere contraddetta. Ebbe tuttavia l'ardire di lasciar cadere una considerazione che smentiva i suoi modi remissivi: «Abbiamo in mente di viaggiare molto».

Cettina guardò i fianchi troppo snelli della nuora: «Non è meglio pensare ai bambini?».

Era diventato, quel tema, troppo delicato per essere risolto in una battuta. Figli non ne venivano, era evidente. Santino aveva due bei bimbetti, Giovanni no. In effetti la coppia aveva consultato diversi medici, anche uno specialista di Roma, ma senza esito. A differenza di Cettina, però, gli sposi non sembravano preoccupati e comunque la frequentazione della famiglia di Santino li confortava: Veronica e Margherita erano amiche intime e Veronica stava molto con i bambini Niscemi, come una zia. Margherita era felice di averla accanto a sé e di poter contare su di lei nella cura di Giuseppe e Rebecca, e il legame tra Santino e Giovanni si era ulteriormente rafforzato. Si sentivano una sola famiglia. Fra Villino Regina e Casa Perfetta c'era un quarto d'ora di auto, quindi l'andare e venire di Margherita e Veronica era quasi nell'ordine della felicità quotidiana.

Ma per Veronica l'esistenza non si esauriva in quell'andare e venire, lei guardava altrove, più il tempo passava e più lei guardava altrove: c'era in questo suo orizzonte anche una forma di impegno sociale. Aveva infatti conosciuto un medico-sacerdote, responsabile di una delle associazioni non governative che meglio interpretavano i bisogni di certe aree dell'Africa orientale. Padre Giosuè Mentana, messinese, organizzava viaggi in Etiopia e Tanzania, e Veronica aveva contribuito con ricche donazioni, attingendo al suo patrimonio personale.

Che lei e Margherita non vedessero i fili sempre più aggrovigliati degli affari che tenevano i loro mariti lontani da casa pareva impossibile, ma così era. Solo Cettina sapeva e voleva sapere, perché quanto più sapeva, tanto più poteva suggerire eventuali linee di condotta o ricorrere personalmente a Bonansea e alla sua cerchia per smussare gli angoli acuti dell'attività di suo figlio, destinata a facilitare – quando non a coprire – quella ben più esposta di Santino.

Assunta immaginava, ma non si preoccupava. Passava sempre più tempo a Casa Perfetta, dove il ruolo di nonna lasciava molto spesso spazio ai privilegi che il benessere del figlio aveva portato nella sua vita. Non faceva neppure la padrona di casa – ruolo che, a differenza di Cettina, le era sgradito –, si limitava a godere come e dove poteva della vita mondana di Palermo: aveva conosciuto la moglie di un dentista che abitava due cancelli più in là, una signora più anziana che ogni mercoledì la invitava a giocare a carte con le sue amiche – "le ragazze" le chiamava, scherzosa. Graziella guidava la macchina e insieme andavano a fare visite o commissioni, a volte anche al cinema e a teatro. L'estate Assunta la passava perlopiù a Stromboli, nella casa che Santino affittava ogni anno: vi rimaneva per tutto il mese di agosto, anche dopo il 15, quando Margherita e i bambini partivano per la montagna.

Capitava che a Palermo la raggiungesse l'avvocato Scicli. Le dava appuntamento all'Hotel delle Palme, dove passavano insieme il pomeriggio. Lei a volte gli faceva notare, ma senza malizia, come fosse ormai dalla parte fortunata del mondo. «Dovresti considerare l'ipotesi di sposarmi» diceva, con una serietà che si volgeva subito in una risata grande e forte, tanto più forte quanto più vedeva in lui l'insorgere di una promessa. Scicli aveva imparato a conoscerlo e le piaceva l'idea di questa relazione muta, ormai lontana dai benefici che in effetti ne aveva tratto, ma anche dalle complicazioni sentimentali che erano state sfiorate.

«Nessuno sa di noi» gli diceva quando si preparava a salutarlo, lui ancora a petto nudo, lei infilata in una tunica gialla e arancione, al collo una collana di grosse perle di legno rosse. «E più andremo avanti, più ci guarderemo come estranei, se mai dovessimo incontrarci nel mondo.» Sembrava una minaccia, ma non lo era; Assunta aveva imparato a misurare le distanze e in questo gioco di prossimità e allontanamento esercitava una nuova forma di seduzione. «Adesso devi tornare a casa tua, dove ti si aspetta, dove sei padrone.» E di nuovo rideva, con tutti i capelli sulla faccia.

Assunta era contenta di sé così com'era. Ed era contenta di quel suo corpo che non voleva invecchiare, tanto che lo portava in giro a Mondello con orgoglio, dentro le fiamme dei tessuti coloratissimi che amava indossare. Così come amava la bigiotteria elegante, esotica, bizzarra. Il rubino lo metteva solo quando andava all'Hotel delle Palme, e così facendo, piuttosto che rinverdire la sua gratitudine, apriva la strada a quella dell'avvocato.

Santino si muoveva con prontezza ed entusiasmo fra i suoi cantieri della Sicilia occidentale. Gli arrivavano commesse sempre più importanti. La sua fama di imprenditore faceva sì che ai "tavoli" dove si decidevano gli appalti il suo nome venisse fatto sempre più spesso, e sempre più spesso a sfavore di Peppe Giaele, che pure era stato decisivo per raccogliere i primi consensi importanti fra boss e amministratori. Giaele si era progressivamente rivelato troppo leggero e chiacchierone; si era esposto cercando nuove alleanze che, per quanto non andate in porto e rimaste solo ipotesi, gli avevano subito nuociuto. Santino ne era informato, ma soprattutto era venuto a conoscenza che a uno dei "tavoli" più recenti un appalto destinato a Giaele era passato alla sua impresa. Avrebbe voluto chiamarlo, ma Giovanni gli aveva raccomandato di non farlo.

«Stai buono, Santino. Capisco la tua posizione, ma Giaele si sta muovendo scompostamente, e non dovrebbe» gli confidò Giovanni mentre passeggiavano davanti a Villino Regina.

«Sono sicuro che stanno cercando di metterci l'uno contro l'altro, e Peppe non è il tipo che si lascia intimidire» disse Santino.

«Può darsi» valutò l'uomo di fiducia per eccellenza. «Può darsi, ma tu sei un costruttore e tale devi restare. Devi trasformare i progetti in opere. Il resto non ti riguarda.»

C'era una specie di severità nel tono di Giovanni, forse Santino non l'aveva mai sentito parlare così, e proprio per questo gli cercò gli occhi, per fargli intendere che capiva. Capiva, capiva, ma cosa c'era da capire? Nessuno lo aveva mai costretto, sino ad allora, a esibire troppo manifestamente la sua gratitudine, ma adesso? Stavano cambiando le cose?

«Tu sei un costruttore» ripeté Giovanni, e sorrise. Gli disse che il passo importante successivo sarebbe stato stabilire rapporti più stretti con suo suocero e con il suo cementificio, EV, Edilizia Veneta. «Forse dovresti fare un viaggio al Nord, visitare calcifici e cementifici, assicurarti che il loro contributo, o meglio, che il contributo di mio suocero possa esserti utile.»

«Lo farò.» Ma Santino era poco convinto. «Vuoi dire che mi devo togliere da qui per qualche tempo?» chiese poi.

«Solo quanto basta» disse Giovanni. Lo invitò a entrare, ma Santino rimase davanti al cancello, incerto. «Hai bisogno di stare solo?» gli domandò allora.

«Forse» rispose Santino, ma prima di voltargli le spalle chiese con una curiosità di cui neppure lui avrebbe potuto individuare la fonte: «E la ragazza delle acque?». Era il nome in codice di Anna De Giorgi, la vecchia fiamma, la combattente, la donna che in molti avevano cominciato a temere.

«La vedo, e mi piace incontrarla... Ha preso una strada difficile.» Giovanni gli si avvicinò e riprese: «Non potrei mai rappresentarla, nel caso l'avvocato avesse bisogno di un avvocato».

«D'altro canto» aggiunse Santino, «a lei interessa la giustizia di fatto, la giustizia dell'acqua, e crede che la politica le dia un'opportunità.»

«Non ha paura.»

«Appunto, e se non ha paura di giustizia non ne ottiene.»

«Santino, parli come se ti piacesse.»

«Cosa? Lei o la giustizia?» disse Santino. E se ne andò con un passo pesante da camminatore.

«Sai cosa dice il mio amico Santino?» chiese Giovanni qualche giorno dopo; era seduto a un tavolo della gelateria Ilardo, alla Marina, davanti ad Anna che gli aveva dato appuntamento. «Che tu non hai paura, e se non hai paura non avrai giustizia.»

«Ma davvero? Guarda un po', il tuo amico muratore...» Anna si aggiustò la giacca di taglio maschile e si abbandonò contro lo schienale, il capo rovesciato all'indietro come cercasse un pensiero o semplicemente volesse sciogliersi il collo.

«Ma perché mi ostino a vederti? Il sesso è stato un episodio senza conseguenze, l'amore troncato da una madre invadente, l'intesa professionale compromessa, o vogliamo dire addirittura avvelenata?... L'amicizia, anche lei intossicata dalle nostre scelte: andiamo per strade così diverse che chi ci vedesse da fuori si domanderebbe cosa ci facciamo qui, a quest'ora del mattino, mentre Palermo è pronta a sparare.»

«A sparare?»

«La squadra mobile si muove con determinazione – hai sentito parlare della sezione Catturandi? –, e così pure il vicequestore. Anche loro, direbbe Santino, non hanno paura. E non hanno paura Giovanni Falcone e Paolo Borsellino. Se io ho preso una strada diversa da quella che avevo in mente, è perché ci sono loro.» Tirò il fiato e si fece più seria, riappoggiò la tazzina di caffè. «Loro guardano allo Stato, ma allo Stato guardano anche altri, per spezzargli le gambe. Il caos di questo periodo è che non sanno chi deve spezzarle, quelle gambe, e chi ne deve trarre il maggior profitto. Qualcosa sta cambiando, fra quelli che si muovono ai "tavoli" da cui piovono gli appalti per Santino.»

Giovanni si guardò intorno allarmato. Nessuno doveva sentirla parlare in quel modo. Quella conversazione doveva finire, e anche in fretta.

«Io al mercato dell'eroina ci credo poco. L'orizzonte è ben più largo di un Paese di tossici» aggiunse Anna, e a quel punto Giovanni le posò una mano sul polso, delicatamente.

«Mi stai corteggiando?» chiese lei. «Non ci esce niente! Ho scoperto che mi piacciono le donne, o per meglio dire: mi piacciono *anche* le donne.»

«Anna, così tutto si complica. Non ce la fai a frenare?»

«Se frenassi non mi cercheresti più...»

Giovanni si rilassò. Anna non avrebbe dato seguito al comizio appena cominciato.

«Vero, ti cerco, ma anche perché sei tu a cercarmi.»

«Simmetria!»

Si esplorarono a lungo negli occhi, come se quell'intensità potesse riportarli indietro, là dove il possibile si era arenato.

Forse a quel punto si sarebbero baciati, avrebbero potuto farlo, forse avrebbero potuto trovare una stanza e fare l'amore. C'era una bellezza schietta in Anna, un'inquietudine di gazzella, una pulizia di pensieri che inchiodava Giovanni al momento in cui, senza dare spiegazione alcuna, si era allontanato lasciando tutte le deduzioni all'intelligenza di lei. Ora l'avrebbe tenuta stretta, avrebbe sentito la saldezza della sua muscolatura, il profumo della pelle, l'ispida dolcezza dei capelli tagliati come quelli di un marine. Sì, lo avrebbe fatto, ma non era quello che lei voleva da lui, o almeno non prima di passare dalla porta stretta che li divideva.

«Tu vuoi convertirmi» disse Giovanni prendendola alla sprovvista.

«Esagerato! Non sono una missionaria. Ma tu resti comunque il ragazzo di Villa Giulia e della fontana della Vergogna. Avremmo potuto costruire insieme...»

Lei lasciò cadere la frase e lui il capo, quasi a difendersi dall'eventuale piega del discorso. Sarebbe ritornata sui giorni difficili di Palermo per metterlo alle strette? Non lo fece. Ma non mancò di toccare un tasto che lui avrebbe potuto aspettarsi. «Be', in realtà le costruzioni non ti sono estranee. Un occhio su quel mondo ce l'hai. E ti accompagni al nuovo principe dei cantieri...»

«È un amico d'infanzia...»

«La fedeltà, eh? Magari l'onore?» Anna scosse il capo, senza aggiungere altro. Guardava le belle mani di Giovanni che tenevano i bordi del tavolo e provò qualcosa di simile a un sentimento di protezione. Poi si limitò a dire il nome forte, quasi ad alta voce: «Santino Niscemi». Non c'era nessuno intorno, eppure Giovanni ebbe la stessa reazione di allarme di poco prima. «Lo so» sospirò lei, «lo so che da un certo punto in poi i nomi non si fanno. E dato che prima o poi non saprai neppure pronunciare il mio, che Anna De Giorgi sarà cancellata dalla tua agenda, ti dico così...»

Lo studiò con cura, esplorò le piegoline intorno alla bocca, lo cercò negli occhi che continuavano a esercitare una pressione emotiva in lei, lo guardò insomma come se fosse l'ultima volta e continuò: «Dichiariamoci conclusi, Giovanni, non abbiamo più niente che giustifichi questi appuntamenti, neanche fossimo amanti fedifraghi». Lo vide impallidire, lo vide aumentare la stretta delle mani sul tavolo. «Viviamo nello stesso mondo, ma a centinaia di chilometri di distanza morale.» Si pentì, passò la mano nell'irta siepe dei capelli cortissimi. «Ti ripeto: non sono, non voglio essere, una missionaria, ma non posso negare di volerti bene, e Dio solo sa dove è cominciato questo strano formicolio che sento nel cuore. E comunque, qualunque cosa sia, non arriva neanche sotto le mura di tua madre...»

Giovanni era più in imbarazzo che offeso. Anna lo aveva messo di nuovo con le spalle al muro, inchiodandolo prima alla dipendenza dall'amico d'infanzia e ora a quella dalla madre. Non seppe cosa aggiungere. Concluse lei: «Se mai sarà possibile mi farò viva io, ma basta incontri a due. Ti farò un agguato, ti metterò a disagio».

Anna si alzò in piedi e una lama di luce la tagliò a metà. Fece due passi ma poi tornò al tavolo, si chinò su Giovanni che era rimasto seduto e lo baciò forte sulle labbra, a lungo. Poi la lama di luce, così Giovanni pensò mentre la vedeva sparire, la tagliò fuori dal mondo.

E la domenica seguente, il 28 luglio, dopo una giornata di mare con Santino e i suoi bambini, l'acqua blu di cielo, la spiaggia chiassosa, le musiche assordanti appena si passava dal bar, quella domenica verso sera a Giovanni tornò in mente la sensazione che si potesse essere "tagliati fuori dal mondo" quando arrivò la notizia che Beppe Montana, capo della sezione Catturandi della squadra mobile, era stato fatto fuori a Porticello, appena sceso dal motoscafo che aveva solcato lo stesso mare blu che lui aveva avuto davanti tutta la giornata. I sicari avevano sgozzato il cane del guardiano delle rimesse perché i latrati non li disturbassero e il porto si era riempito di sangue.

E ancora tornò ad Anna e a quella conversazione nervosa che avevano avuto senza fare nomi, senza commentare quello che si stava preparando, quando il 6 agosto, in via Croce Rossa a Palermo, un commando armato di kalashnikov attese Ninni Cassarà, vicequestore, braccio destro di Giovanni Falcone, davanti a casa sua. Lo avevano aspettato e poi avevano sparato: l'agente di polizia Roberto Antiochia aveva fatto scudo al vicequestore, ma non era bastato. Cassarà aveva aperto il portone di casa ed era caduto sulla prima rampa di scale.

Veronica lo scrutava mentre erano davanti al televisore.

«Che cosa succede?» chiese, più a se stessa che al marito.

Giovanni infatti non rispose, chiuso com'era fra sentimenti opposti. Telefonò Cettina, che si limitò a raccomandare accortezza. Che cosa fosse quell'accortezza, Giovanni non riusciva a immaginarlo: si vedeva bambino camminare sopra un muricciolo che da una parte dava sul vuoto e mantenere l'equilibrio. Pensò al cielo di Pertuso Piccione e si disse: "L'ho perso per sempre".

Veronica lo accarezzò sul collo e lui provò una sorta di fastidio: ma perché non lo lasciava in pace? Squillò di nuovo il telefono. Temeva che si trattasse di una chiamata difficile, sollevò il ricevitore e rimase sorpreso, dolcemente sorpreso, nel riconoscere la voce di Pinuccia, sua sorella. Non si sentivano mai. Lei era sempre così ritirata, così compresa nel lavoro di insegnante, che pareva non esserci spazio, tra loro, per qualcosa che andasse oltre un'affettuosa formalità. E invece ora Giovanni ebbe un moto di autentico entusiasmo che per un attimo lasciò Pinuccia interdetta.

«Sono contento di sentirti» disse lui. «Mamma ha già chiamato. Sono sicuro che verrà a Mondello, in questi giorni.»

«In questi giorni» gli fece eco lei.

«Eh già, in questi giorni...»

«Devi avere cura di te» disse Pinuccia.

«Lo farò. Parto per Rovigo, vado da mio suocero insieme a Santino.»

«Ah, Santino... Hai saputo, vero?»

«Saputo cosa?»

«C'è stata un'esplosione in un suo cantiere, per fortuna senza vittime.»

Giovanni ammutolì, poi passò sbrigativo ai saluti non senza ringraziarla di quella telefonata.

Uscì di corsa, salì in auto e raggiunse Casa Perfetta. I cani lupo di Santino abbaiarono e Giovanni non poté non pensare al cane sgozzato di Porticello.

«Santino, che cos'è questa storia? Cosa dobbiamo pensare?»

«Giaele» disse l'altro.

«Giaele?»

«È un avvertimento, vuole farmi sapere che non ha gradito. Quegli appalti che da lui sono scivolati a me, ti ricordi?»

Margherita era uscita con le amiche, erano soli in casa, la domestica tunisina si prendeva cura dei bambini.

«È il momento di tenere duro, vedo business, vedo l'area dei lavori pubblici, ponti...» disse Santino concitato.

«Io vedo sangue, Santino.»

Bevvero una birra in silenzio scambiandosi occhiate veloci.

«Vedo sangue» ripeté Giovanni prima di uscire.

La notte d'agosto era grande, umida, il cielo stellato, da lontano arrivavano giovani voci alte e il raspare delle moto sulla ghiaia delle ville. Giovanni rimase con la mano sull'apertura a scatto del cancello, guardò in alto e si ricordò che una volta Anna gli aveva detto di essere della Vergine, dunque era saggia, combattiva e accorta. Sì, "accorta", e collegò quell'accortezza all'accortezza raccomandata da sua madre. C'era un abisso in mezzo, e in quell'abisso si sentì incerto, come sul muricciolo da bambino: da che parte sarebbe caduto? Uno dei cani lupo gli si fece vicino, lo annusò, lui si chinò a cingergli il collo e scoppiò a piangere come tenesse fra le braccia una creatura.

18
Qua siamo

Lunedì mattina, all'alba. Santino si alzò senza svegliare Margherita, si stirò le braccia e si avviò in bagno. La fatica di essere padre, marito, nonché figlio, per il pranzo domenicale gli lasciava addosso una stanchezza fastidiosa, ma si erano amati tutta notte, lui e Margherita, e bene.

Era contento di tornare al lavoro: solo quando lavorava si sentiva davvero se stesso. Si infilò sotto la doccia e ne uscì rinato.

«Vieni» gli aveva detto Peppe per telefono. «Me lo devi. Non ho tempo di spiegarti, ti aspetto. Domattina alle otto, ci vediamo nella baracca del capocantiere a San Pancrazio.»

Erano anni che non si parlavano, ma Santino gli aveva subito detto di sì. Giaele era un concorrente, dovevano dividersi appalti e commesse, e nelle periodiche decisioni dei "tavoli" il favore cadeva sempre più spesso su Santino e sulla sua CSS, Costruzioni Sicure Siciliane.

Era partito all'alba, guidava sul rettilineo che dopo le curve della provincia di Agrigento sembrava una strada del futuro, larga nella pianura, in mezzo ai campi di grano. A volte si vedeva un po' di mare, blu, tranquillo, solcato da navi mercantili dirette chissà dove, forse in Nordafrica. La campagna era punteggiata di case coloniche, un lascito del fascismo che non era stato portato a compimento: non ci vivevano i contadini, erano diventate case di villeggiatura da cui gente potente controllava la piana. Poi, ecco, in lontananza, Gela, la città greca, la città romana, la città barocca... Ma da lì ormai si vedevano soltanto le ciminiere del polo petrolchimico costruito nel 1963. La più importante, alta e puntuta come una guglia gotica, era chiamata la Cattedrale della Morte: c'erano stati tanti casi di cancro, molte vittime, c'erano state proteste, denunce dei sindacati. E tuttavia c'era ricchezza a Gela, e c'era gente che ci viveva bene, forse anche grazie a un potere occulto raffinato, che aveva contatti con la gente del Nord, con imprese non siciliane che gestivano quel ben di dio di petrolio che – anche solo pochi anni prima – nessuno avrebbe immaginato così abbondante nel sottosuolo.

Santino aveva dei bei ricordi di quella città, ci era stato una volta da bambino con suo padre, quando suo padre si sentiva amato da Assunta, lavorava e aveva amici dovunque, e se non erano amici erano pur sempre volti che riconosceva e dai quali era riconosciuto.

C'era stata una bella giornata di primavera che somigliava a questa, ma tanti, tanti anni prima, in cui padre e figlio erano arrivati alla vecchia Gela e invece di fermarsi nella piazza barocca avevano proseguito verso il mare, percorrendo la stretta litoranea che poi si perdeva nei campi attigui alla spiaggia. Avevano lasciato la vecchia Fiat 600 quasi davanti al mare. Dalla sabbia spuntavano pietre di tufo dorato, pietre scanalate, rovine. Pippo Niscemi voleva incontrare un certo pastore, parente del contadino che – era cosa nota, passata ampiamente sui giornali – aveva scoperto i resti dell'antica città greca, scavando in un luogo che gli era apparso in sogno. Il pastore c'era, in più occasioni avevano detto a Pippo dove e quando avrebbe potuto incontrarlo. Lui gli aveva fatto cenno, e quello si era avvicinato. Parlava volentieri del ritrovamento di quei resti, un'avventura che aveva portato alla ribalta l'intera famiglia.

Mentre guidava, Santino si vedeva passare davanti quella scena e non era sicuro più di nulla, perché la memoria, che è tanto generosa, si rivela traditrice e confonde. C'erano delle dune? Forse. Rammentava quelle tracce di mura difensive, solitarie, fra mare, sabbia e campi. In lontananza, se lo ricordava bene, un gregge di pecore brucava sulla striscia d'erba che separava la sabbia dai campi. Nell'aria, il suono dei campanacci al collo sottile delle pecore già tosate. Il pastore era venuto incontro a Pippo, come fossero amici. Si era camminato insieme. Il vecchio andava ispezionando la spiaggia palmo a palmo, indicando ogni angolo di pietra che spuntava dalla sabbia, complice il vento. Negli anni aveva raccolto un buon numero di cocci plurimillenari, vasellame a figure nere e a figure rosse, ornato di atleti, giovinetti e motivi geometrici. Teneva dei reperti nella bisaccia e ogni tanto ne regalava qualcuno a chi incontrava. Non chiedeva niente in cambio, ma accettava grato se gli veniva offerto del danaro.

«Vai» gli aveva detto Pippo, «vai con lui a vedere le mura. Io resto qui, andate voi due.»

Il pastore aveva raccomandato il gregge al cane perché non si disperdesse, «Accura a l'armali!». Il cane aveva alzato il muso e aveva cominciato a correre attorno al gregge, più e più volte. Vecchio e bambino erano andati con passo deciso verso una collinetta di sabbia. Da lì si ridiscendeva verso la spiaggia e si potevano vedere ampie porzioni ancora integre delle mura costruite dai Greci oltre due millenni addietro, formate da blocchi argillosi perfettamente squadrati e scandite da una sequenza di porte. Si trattava di mura difensive, rivolte verso il mare, perché se dal mare veniva il benessere, venivano però anche i nemici. Il pastore aveva guidato il piccolo Santino fra questi reperti e gli aveva lasciato immaginare la Gela fondata dai Greci; gli aveva spiegato come quelle mura dovessero apparire dal mare severamente compatte, senza varchi, bastioni invalicabili, anche se dei tagli obliqui esistevano e gli abitanti di Gela potevano guadagnare lo spazio aperto. Quelle mura erano lì da duemila e seicento anni. Santino rammentava di essere rimasto ad ascoltare diligentemente, perché così il padre gli aveva raccomandato, e ora gli tornava alla memoria la voce del pastore: «È una vecchia storia: in Sicilia sono arrivati tutti. Sono venuti per rubare, uccidere, conquistare, ma anche per stabilirsi e cominciare una nuova esistenza. E ogni volta che cominciavano, cominciava anche una Sicilia nuova».

Mentre guidava verso il suo appuntamento, Santino ripensava a quella passeggiata lungo le antiche mura di Gela che era stata, in un certo senso, la sua iniziazione. Quell'ondata di memoria lo fece aggrappare al volante: era stato bambino, aveva imparato tanto. E adesso che cosa voleva mai, da lui, Peppe Giaele? Perché non lo lasciava in pace? Avevano chiuso da anni. In nome del passato, però, e incuriosito da quella telefonata improvvisa, era pronto a incontrarlo.

Gela era diventata da anni una città smisurata, costruita senza metodo e senza un piano urbanistico, e anche i cantieri nuovi governati dalla GES di Giaele rientravano in questa invasione di alloggi senza criterio. Al cancello della GES si fece aprire e cominciò ad attraversare una sterminata sequenza di palazzi di abitazione. Perché Peppe gli avesse dato un appuntamento in cantiere, non avrebbe saputo dirlo. Voleva riallacciare i rapporti bruscamente interrotti? Voleva riguadagnarsi una collaborazione ormai difficile? E come, visto che i "tavoli" più recenti l'avevano escluso dagli appalti più ricchi? A Santino ora non conveniva schierarsi dalla parte di un imprenditore che – era sin troppo evidente – aveva perduto appoggi importanti. Era ovvio che, se Peppe lo aveva cercato, era per trovare una nuova convergenza in nome dei tempi, peraltro non troppo lontani, in cui aveva fatto una parte importante della sua fortuna.

Per le vie ancora sterrate procedevano camion e betoniere,

si muovevano escavatori, bulldozer e muletti, operai si davano la voce dalle gru per sollevare materiali ai piani più alti.
Chiese dove si trovasse la baracca del capocantiere, un operaio posò la carriola che stava spingendo e si voltò a indicare un punto alle sue spalle. E fu allora che entrambi si accorsero d'una folla disordinata che avanzava in quella direzione. Santino scese dall'automobile e seguì lo strano corteo, poi affrettò il passo, cercò di farsi largo.
Stavano tutti intorno allo scheletro di un edificio di cui esistevano solo lo scavo e le prime strutture portanti: tra le fondamenta non ancora drenate e i pilastri di cemento armato si allungavano i tralicci di acciaio che sarebbero stati annegati nel calcestruzzo. Su un'area del solaio il calcestruzzo era già stato colato, colato impropriamente, tanto che chi era arrivato per primo si era subito chiesto chi mai avesse ordinato quell'operazione senza senso, e soprattutto quando. Eppure era ovvio che non si trattava di un errore: comunque fossero andate le cose, chi aveva dato l'ordine aveva compromesso il lavoro, quella gettata di cemento avrebbe dovuto essere rimossa. Ulteriore stranezza, vi era stato buttato sopra un telone di plastica nera. Quando lo sollevarono, la macabra scoperta: il cadavere di un uomo completamente vestito, in un completo principe di Galles, ma a piedi nudi, testa e spalle immerse nel cemento. Nelle gambe larghe, nelle braccia tese, nelle mani come aggrappate al niente, si leggeva un estremo tentativo di resistenza mentre qualcuno gli teneva la testa sotto in attesa del soffocamento. Il cemento a presa rapida aveva fatto il suo lavoro.

Gli operai arrivavano, facevano muro e guardavano muti.
Uno di loro si era tolto il berretto e lo teneva tra le mani, come fosse in chiesa. A chi aveva chiesto cosa fosse successo aveva risposto: «Ccà semu».
E siccome Santino lo guardava smarrito, ripeté in italiano: «Qua siamo».
Quella macabra messinscena raccontava una storia che an-

cora nessuno era in grado di interpretare. Ma di certo Peppe Giaele avrebbe preso in mano la situazione e deciso il da farsi, chiamato la polizia. O qualcun altro. Bisognava soltanto riferirgli l'accaduto. E infatti erano andati a cercarlo. Santino sapeva che non l'avrebbero trovato: aveva riconosciuto la stoffa dell'abito, il principe di Galles. Dunque arretrò, e senza fretta, col cuore che martellava, si allontanò per tornare alla sua auto.

Il suo era più di un sospetto. Un silenzio pesante come la colata di cemento che imprigionava il cadavere era calato su quella folla di operai in scarponi e canottiera. Intanto un uomo, probabilmente il capocantiere, era tornato sulla scena e aveva annunciato: «Ho chiamato la polizia».

Avevano dovuto liberare la testa dal cemento con una delicata operazione di martello pneumatico; quando il corpo fu sollevato, ripulirono la faccia a piccoli colpi di scalpello: così avevano raccontato in tv dopo che, fra i titoli d'apertura, era passata la notizia del ritrovamento del cadavere del costruttore Giuseppe Giaele in un cantiere di Gela, provincia di Caltanissetta. Senza alcun commento sul fatto che il delitto aveva tutte le caratteristiche di un regolamento di conti. Passarono immagini del quartiere di San Pancrazio e alcuni primi piani di presunti testimoni a cui si aggiunse una sequenza in cui un uomo anziano e sgomento allungava una mano davanti all'obiettivo. Santino era davanti al televisore e lo riconobbe, era il barone Mennulia.

Quando squillò il telefono bloccò Margherita, che si era alzata per rispondere. Andò lui stesso all'apparecchio.

«Pronto?»
«Sai altro?»
«Ero là. Ho visto.»
«Che succede adesso?»
«Non lo so.»
«Aspetti notizie?»

«Sono sulla sua agenda: mi sentiranno.»
«Ci vediamo?»
«Sì, a Pertuso Piccione. Domani mattina alle nove?»
«Alle nove.»

Giovanni lo aspettava in piazza. Nonostante tutto, era rilassato. Essere nel paese in cui era cresciuto, dove sentiva ancora forte la presenza del nonno, lo faceva stare bene. Il nonno gli avrebbe dato i buoni consigli di cui aveva bisogno e a Giovanni sfuggì un sospiro. Poi vide Santino spuntare dal fondo dalla grande piazza deserta della Matrice, attraversata da figurine velate di nero: dirette alla messa delle nove, sgusciavano all'interno della chiesa attraverso i portoni laterali appena aperti. C'era un gran silenzio.

I due amici si salutarono con un rapido abbraccio. Senza bisogno di parole, presero una stradina laterale. Fu Giovanni il primo a parlare, incapace di trattenere oltre il timore che Santino potesse essere direttamente coinvolto in quella vicenda.

«Tu ci hai a che fare?» gli chiese senza guardarlo.

E Santino: «No. Non ci vedevamo da un pezzo».

Prese Giovanni sottobraccio e gli ripeté quello che l'amico ben sapeva, che i rapporti con Giaele si erano guastati da anni; aggiunse però che proprio due giorni prima Giaele l'aveva chiamato e gli aveva chiesto un appuntamento. Ecco perché lui si trovava lì, ecco perché l'aveva visto. Gli disse tutto, anche della testa nel cemento. Giovanni voleva sapere di più, ma Santino allargò le braccia. «Sappiamo con chi aveva a che fare, ma è meglio che ce lo dimentichiamo. Nenti sacciu e nenti vogghiu sapìri. Adesso dobbiamo pensare a noi.»

Santino era rimasto con le braccia larghe come un pupazzo, una ruga profonda e sottile gli solcava la fronte. «È come una guerra, vero?» disse all'improvviso.

Giovanni non disse di no. Aveva in tasca la pagina piegata di un giornale, la aprì, la appoggiò sul gradino di una casa, la lisciò e puntò il dito su una foto: «Sai chi è?». C'era l'immagine di un corpo, un corpo immenso, forse ben vestito, che il sangue, quello che nella foto in bianco e nero non poteva che essere sangue, imbrattava tutto.

Santino lesse la didascalia, il nome gli era tutt'altro che ignoto. «L'hanno fatto fuori.»

«Già» disse Giovanni. «Ero cosa sua... come Giaele, come te.»

Restarono muti a lungo, la pagina di giornale che prendeva il volo a ogni brezza di vento, il cielo che si riempiva di uccelli e poi si svuotava come fossero risucchiati dal nulla.

«E ora di chi siamo?» provò a dire Santino.

«L'hai detto: è una guerra.»

«Ma se noi, se noi due fossimo in trincea, se insomma fosse una di quelle guerre lì, noi sapremmo con chi stare e passeremmo le notti aspettando l'alba dentro quella trincea.» Santino aveva alzato la voce. «Non è così?»

«Anche noi sappiamo con chi stare, aspettiamo con chi stare. È così.»

Giovanni raccolse il giornale, lo ripiegò: «Vista da qui, anche la casa del nonno sembra lontana».

«Cosa c'entra?» disse Santino.

«Niente.»

Presero a camminare lenti, spalla a spalla.

Come fossero tornati indietro nel tempo, cambiarono drasticamente discorso e passarono a parlare delle rispettive famiglie. Giovanni chiese a Santino dei figli e di Margherita, e Santino rispose con dovizia di dettagli. Giuseppe andava in terza elementare e aveva tutti dieci, Rebecca faceva danza classica. Come fosse stata la meta della loro passeggiata, si ritrovarono davanti alla casa di nonno Calogero.

«Non la vendi?» chiese Santino.

«No» disse Giovanni, «non si vende.»

Solo allora tornarono al motivo per il quale si erano incontrati. Una volta appurato che Santino non aveva alcuna parte nel regolamento di conti, bisognava pensare a come procedere con la magistratura che si sarebbe senz'altro messa in moto.

Andava da sé che sin dalla sera precedente Santino era stato convocato dalla polizia, per chiarire i suoi rapporti con il morto.

«Che faccio?»

«Ci sarò io, accanto a te. Non puoi presentarti senza avvocato.»

Si guardarono come si guardano due ragazzini che si sono promessi aiuto e protezione sino all'ultimo dei loro giorni.

«Dobbiamo prepararci» disse Giovanni in tono fermo. «Tu hai troppo passato con quell'uomo.»

«Vero è.»

«Ci sono documenti? Gli hai lasciato qualcosa?»

«Non ho mai firmato niente, se è questo che intendi.»

«Eppure all'inizio lui ti ha ceduto commesse, o comunque hai lavorato nei suoi cantieri...»

«Questo sì.»

«Mi devi far vedere tutte le tue carte.»

«Quel che ho l'ho portato con me. Ti lascio tutto.»

Giovanni scrutò l'amico come stesse studiando la rete delle sue intenzioni: «Ti porti la vita appresso?» chiese indagatore.

«Se non me lo avessi proposto tu, di vederci, te lo avrei chiesto io, e da un avvocato non si va senza carte.»

«Già, ma domani non ci serve, sei solo convocato, non indagato.»

Santino stava accanto a Giovanni con un vago senso di inferiorità. A guardare quei due giovani uomini si sarebbe detto che Santino, spalle larghe, andatura militaresca, fosse lì per proteggere l'amico, tondetto in faccia ma asciuttissimo, quasi esile. Di fatto, stava accadendo il contrario. Che cosa aveva studiato a fare Giovanni, se ora non si schierava a difendere il compagno della sua adolescenza? Che costruttore era diventato Santino se non per dividere il suo impero con l'amico di sempre? Ma ora erano lì per le strade di Pertuso Piccione, insieme.

Non avevano paura.

In questo impasto di sentimenti reciproci si sentirono ancora più vicini. Giovanni tornò sull'interrogatorio dell'indomani.

«Di' la verità» si raccomandò, «ma ricordati che la meglio parola è sempre quella non detta.»

«Me lo ricordo.»

«Ora si va a mettere qualcosa sotto i denti.»

E i due sbucarono in una via da cui arrivava un profumo invitante, malgrado non fosse ancora mezzogiorno. Si fecero preparare dei panini e poi guadagnarono i gradini di pietra bianca della Matrice.

Riconobbero di avere entrambi mogli in cui poter confidare. Giovanni non aveva ancora avuto figli e forse non ne avrebbe mai avuti – era un cruccio, specialmente per Veronica, che tuttavia si dava da fare, insieme a Cettina, per tenere sempre viva la sua vita sociale. Cettina non era una suocera facile, ma Veronica aveva il garbo della donna non invadente e al tempo stesso consapevole di sé. Certo, era del Nord, ma aveva saputo radicarsi e trovare un suo spazio. Margherita era una brava madre, che in qualche modo cancellava i difetti di Assunta e creava nell'universo affettivo di Santino un saldo equilibrio. Ma lui era innamorato di sua moglie, Giovanni no, Giovanni non smetteva di pensare ad Anna De Giorgi: Santino sapeva che quei due non si erano persi di vista, anche se lei non perdonava a Giovanni un certo coinvolgimento in affari poco chiari – proprio quelli che, in quel momento, saldavano l'amicizia tra loro. Lei gli diceva che in Sicilia c'era tanto da fare, e che si sentiva chiamata a correggere quello che le amministrazioni locali lasciavano nelle mani di personaggi corrotti o corruttibili. Si era trovata più volte a combattere anche soltanto per ridefinire il valore dell'acqua in una città assetata come Agrigento, dove in più quartieri veniva erogata solo tre giorni alla settimana. Gli chiedeva sempre se si rendeva conto di tutto ciò, se gliene importava qualcosa. Santino chiese a Giovanni perché si lasciava fare quelle domande. Di tanto in tanto Anna era citata, e non certo per celebrarne le virtù civili – meglio che stesse in guardia. Sarebbe riuscito, Giovanni, a tenere sotto controllo quelle esuberanze?

Presero infine la strada del parcheggio, il sole di maggio trionfava alto e dalla campagna arrivava il profumo dei campi verdi e della ginestra. Da lontano, una striscia incandescente di mare offuscava loro la vista.

«Se solo potessimo restare qui» disse Santino con un'impennata di tristezza. Sedette su un muretto a secco e invitò Giovanni a fare altrettanto. Non volevano salutarsi.

«E Casablanca?»

Sorrisero entrambi.

Restarono lì un tempo indefinito davanti al morbido digradare dei colli verso il mare, infine Santino proclamò: «Dobbiamo tornare nel mondo». E così fecero.

19
Ospiti a cui piace parlare

In casa Canetti, Cettina lavorava da giorni per organizzare una cena perfetta in ogni dettaglio, dal formato della pasta alla piegatura dei tovaglioli. Villino Regina era adatto a ricevere e, per quanto i tempi non fossero i migliori per una mondanità dimentica di quanto si stava consumando in città, Cettina sentiva che, per il bene del figlio, era il momento in cui bisognava agire e avere dalla propria parte le istituzioni e il mondo dell'accademia. Erano attesi il preside della facoltà di Giurisprudenza, alcuni avvocati e giuristi da tutta Italia coinvolti nel maxiprocesso o semplicemente di passaggio a Palermo per curiosare su cosa stava succedendo nell'aula bunker del carcere dell'Ucciardone. Avrebbe voluto invitare anche qualche magistrato, ma avrebbe significato scorte e apparati militari. Cettina faticava a porre dei limiti alla sua ambizione, e a volte non rispettava i confini entro i quali era meglio restare, ma questa volta sentiva qualcosa di simile al timore: Palermo era davvero diventata una città difficile. Inoltre, l'opera di promozione del figlio non avrebbe potuto contare su personaggi che stavano combattendo una battaglia nella quale, se mai Giovanni Canetti avesse provato a schierarsi, si sarebbe trovato fatalmente compromesso. Meglio dunque spostare l'attenzione su un sociologo romano noto per le sue partecipazioni ai talk show televisivi e su un giornalista torinese con cui Giovanni aveva avuto a che fare quando Giaele aveva fatto saltare in aria una parte di un cantiere di Santino, a Trapani. Sarebbero stati in dodici.

Pinuccia, a trentasei anni ancora nubile, non aveva mai lasciato la casa di famiglia e, insieme a Veronica, obbediva agli ordini di Cettina come un'adolescente: aveva stirato la tovaglia al contrario su un lenzuolo imbottito, per far risaltare il ricamo a punto pieno, e dopo aver lavato e asciugato i bicchieri di cristallo con lo stelo (della domestica non ci si poteva fidare) li aveva ripassati con uno strofinaccio di lino leggerissimo, controllandoli accuratamente. Era tranquilla, non aveva mai avuto ambizioni: sua madre lo sapeva e in fondo ne era soddisfatta. Per l'occasione, Pinuccia aveva scelto il meglio dal suo guardaroba, e aveva appuntato sull'abito uno dei suoi gioielli preferiti: una margherita d'argento con i petali di minuscoli brillantini e una perla al centro. Quando Giovanni e Veronica erano scesi vestiti per la serata li aveva guardati con ammirazione, rivolgendo a tutti e due un sorriso affettuoso. Adesso si mangiava con gli occhi il fratello, elegantissimo nell'abito scuro, i gemelli d'oro ai polsi della camicia.

All'arrivo degli ospiti, Cettina sfoggiò tutta la propria esperienza di padrona di casa: sapeva come accogliere, sapeva orchestrare la conversazione, evitando certi argomenti e calibrando l'intensità nel parlare di certi altri, senza mai essere troppo diretta. Sugli innegabili successi del figlio (si parlava molto di Giovanni Canetti, abile intermediatore nonché bravo avvocato) non indulgeva, anzi minimizzava.

La tavola era stata apparecchiata per dodici, ma ci fu una sorpresa. Si presentò, inaspettata, Anna De Giorgi.

«Tempo fa ti avevo promesso un agguato, ti ricordi?» disse a Giovanni che le era andato incontro quando la domestica lo aveva avvertito dell'arrivo di un'ospite inattesa. «Ho saputo. E sono qui. In tempi di maxiprocesso, una cena come questa non passa inosservata, e soprattutto avete ospiti a cui piace parlare.»

Giovanni era senza parole.

«Vuoi lasciarmi sulla porta?» chiese lei. «Non sono abbastanza elegante per l'occasione?» aggiunse con un sorriso: tra le donne presenti, quella che spiccava per eleganza era proprio lei.

Che fosse un "agguato" non c'erano dubbi. Giovanni la accolse, la presentò alla madre con qualche imbarazzo. «In realtà ci conosciamo, ci siamo viste alla laurea di Giovanni» disse Cettina con un sorriso glaciale, decisa a non lasciar trapelare il fastidio per quell'intrusione che, oltre a scombinarle la tavola, violava la prima regola della scaramanzia: "tredici persone a tavola significa che uno dei tredici morirà entro l'anno". Veronica s'era fatta avanti subito, tranquilla – abito di seta blu pavone, i bei capelli biondi raccolti sulla nuca e fermati da un fiocco di velluto –, aveva già bisbigliato alla domestica di aggiungere un posto a tavola. Tese la mano ad Anna e le disse con un sorriso: «È un piacere conoscerla, so già tanto di lei». Era difficile stabilire che cosa avesse in mente Veronica, era come se nell'avvicinarsi alla donna che suo marito aveva amato, molto più di quanto amasse lei, volesse stabilire nuove misure, forse anche disegnare una mappa degli affetti dove collocarsi.

Anna si ritrovò dove proprio non avrebbe dovuto essere: accanto al preside della facoltà di Giurisprudenza e al giornalista torinese. «Noi ci conosciamo» le disse il preside, compito. «Lei è quella che vorrebbe dare acqua a tutti e a tutte le ore.»

«Già» rispose lei con garbo, «perché no?»

Il giornalista torinese la subissò di attenzioni e attaccò un discorso senza capo né coda che lei ascoltò comunque con pazienza.

La prima portata era una pasta con l'aragosta, che piacque a tutti. Si parlò di Sciacca, specialmente con Cettina, che lì continuava a vivere.

«Quest'anno sarà un grande Carnevale!» annunciò. «Ci saranno anche i messicani, i Figli di Zapata.»

Il preside della facoltà di Giurisprudenza ammise: «Non ci sono mai stato al Carnevale, ma quest'anno non mancherò».

Il Carnevale fu il tema di fuga che Cettina utilizzò con sapienza, mentre gli ospiti mangiavano i gustosi involtini di pesce spada e lodavano il buon vino.

Anna De Giorgi fece in modo che la conversazione si spostasse progressivamente, senza perdere la verve e la partecipazione dei commensali, dal Carnevale alle confessioni, ai pentiti, al clima di tensione che animava il bunker.

Dopo una pavlova coperta di frutti di bosco, si alzarono da tavola diretti verso l'angolo del salotto dove veniva servito il caffè.

Giovanni chiese a bruciapelo ad Anna, guardandola dritto negli occhi, a voce bassa: «Come mai sei qui?».

E Anna: «Io non ti perdo mai di vista».

Cominciarono un fitto gioco di botta-e-risposta che nessuno sentì e che Veronica guardò con tolleranza; sembrava tranquilla, quasi serena: sapeva che i cementi di suo padre facevano gola, la sua posizione di moglie era ben salda.

«Lei non mi sfugge» disse poi Anna raggiungendo il preside di facoltà.

«Ma io non fuggo nessuno» disse lui, e poi mormorò: «Sarei ben felice di essere suo prigioniero».

«Non c'è bisogno di manette...» lo rassicurò Anna. «Almeno per ora.» E rise.

«Io lavoro nell'ambito della legalità» si sentì in dovere di precisare il preside, incapace di mascherare il fastidio.

«Non vedo perché dovrebbe fare il contrario, vista oltretutto la sua posizione. Ma l'acqua manca, e quella che c'è costa assai. Specialmente per le famiglie più disagiate.»

«Comunista?» la stuzzicò lui.

«Me lo chiedono sempre. In realtà sono solo una cittadina che vuole mandare avanti questa terra» rispose Anna seria. «E di bacini idrici ne abbiamo.»

Lui si allontanò, imbarazzato. Se ne sarebbe andato volentieri, ma sapeva di non potere. Giovanni venne in suo soccorso: «Questa signora è una grande risorsa, ma non può fare a meno di dire sempre quello che pensa».

L'altro si prese una piccola pausa e poi minimizzò: «Lasciamola pensare. E sul dire ci mettiamo d'accordo».

Da un angolo, Pinuccia osservava curiosa il gioco delle parti e non perdeva d'occhio la madre, che si aggirava tra gli ospiti consapevole dell'incombere di una minaccia. La moglie del preside di facoltà entrò inattesa nel confronto con il marito, che in realtà non aveva ben inteso, e chiese: «Di quanta acqua abbiamo bisogno?».

Anna non rispose, si limitò a sorridere. La consapevolezza di cui andava disperatamente alla ricerca lì non c'era. Le stava appresso il sociologo, alto e con un gran ciuffo castano, vanesio anche se palesemente sovrappeso.

Quello che Anna avrebbe voluto era l'attenzione di Giovanni, che in verità si sentiva a disagio. Certo, aveva promesso un agguato e un agguato aveva fatto, ma forse si sarebbe aspettata ospiti diversi; forse, non meno di Cettina, avrebbe voluto che in quella casa si avvertisse in maniera più netta l'atmosfera che si respirava in città. E in tal caso cosa avrebbe fatto? Uno scandalo? Avrebbe messo in subbuglio casa Canetti? Ma no, non era quello il punto. E allora che cosa voleva? Giovanni lo sapeva benissimo, solo che non c'era più tempo né occasione per rettificare la strada che lui aveva preso. Prima cercò di guardarla con occhi indulgenti – in fondo, era lì per il suo bene –, poi avvertì una rabbia che non avrebbe saputo esprimere. Anna era bella, luminosa, e questo bastava a lenire la rabbia e a trasformarla in malinconia. La raggiunse: «E dunque? Missione compiuta?» chiese con un sorriso poco convinto.

Lei parve astrarsi in un pensiero. «Vedi» disse, «di una cosa mi rendo conto stasera, che siamo a Palermo, che Palermo è al centro del mondo, che tutti si domandano se la giustizia che si sta chiedendo cambierà il nostro immediato futuro e anche quello più lontano che ne seguirà. Siamo qui, nel mezzo di una guerra della quale per la prima volta si dice chi sta da una parte e chi dall'altra, siamo qui ad assistere al venire a galla delle verità, e forse ad aspettare quanto queste verità dureranno. Siamo assedianti sotto assedio, eppure la vita continua come se nulla fosse... Si fanno cene, si fanno feste, e davvero verrebbe voglia di salire in auto e andare al Carnevale di Sciacca con un sombrero in testa, con una maschera sulla faccia. Non saremmo più veri?»

«Pirandello» disse lui, per cambiare discorso.

Lei non fece caso alla battuta, si guardò intorno e disse: «Manca qualcuno».

«Chi?»

«Ma il tuo amico, ovviamente. Non aveva diritto?»

Lui le mise un braccio attorno alle spalle e non seppe dire una parola. In quel gesto lei avvertì il calore di una complicità spenta e tuttavia presente. Non avrebbe avuto risposta. Sentì su di sé lo sguardo più intenso che curioso del sociologo e quello genuinamente interessato del giornalista torinese. Il silenzio in cui erano caduti dopo l'accenno a Santino aveva creato un senso di gelo tra tutti.

Veronica li raggiunse e sciolse l'impasse con una semplice domanda ad Anna: «Porta sempre i capelli così corti?».

«Adesso sì» disse lei.

20
Casa Perfetta

Margherita era quel che si dice una moglie devota, e la cosa che più toccava il cuore di quanti frequentavano casa Niscemi – che in verità non erano molti – era che quella devozione era pienamente ricambiata. Alle attenzioni di lei, Santino rispondeva raddoppiandole, ma questo raddoppio non coincideva mai, come accade spesso in questi casi, con manifestazioni pubbliche di affetto, o con regali, o con altre forme di generosità materiale. Un gioiello c'era stato a cinque anni dal matrimonio, ma era passato sotto silenzio: un lungo filo di perle con un fermaglio a forma di piccola rosa d'argento. E sotto silenzio erano passate anche le nascite di Giuseppe e Rebecca, che secondo la tradizione avrebbero dovuto coincidere con un gioiello per la madre. La devozione di Margherita consisteva nei dettagli e nelle attenzioni con cui rendeva facile la vita quotidiana del marito. Al di là dell'educazione dei figli, della cura dei cani e della casa, bastava vedere con quale pertinenza e con quale gusto procedeva alla scelta degli abiti di Santino, anche quando si vestiva per andare in cantiere, in mezzo alle polveri che gli erano state sempre compagne, o a certi incontri con fornitori, tecnici, ingegneri. Santino non doveva preoccuparsi di nulla, Margherita lo anticipava sempre facendogli trovare tutto pronto nel suo spogliatoio.

Casa Perfetta era una villa tanto vasta quanto poco razionale. Si accedeva per una scala a tenaglia, come fosse stata una casa di villeggiatura settecentesca della Piana dei Colli anziché una costruzione in cemento armato. Tutte le aree di servizio si sviluppavano al piano terra insieme alla dispensa e alla sala giochi dei ragazzi, mentre il primo piano era occupato quasi per intero da un salone, dalla sala da pranzo e dallo studio di Santino. Al secondo piano, la zona notte. Sul retro c'erano due corte ali, una destinata agli ospiti – e perciò perlopiù deserta –, l'altra di pertinenza di Margherita.

Margherita – abituata all'appartamento dei genitori, al piano nobile di un palazzo gentilizio di via Maqueda, o al palazzetto dei nonni a Sciacca – aveva osservato con qualche perplessità il lavoro dei geometri che avevano disegnato Casa Perfetta insieme a Santino; ma aveva lasciato fare. Santino non tollerava gli architetti, gli ribolliva il sangue a sentirli pontificare, e quando non poteva fare a meno di collaborare con qualcuno di loro per un progetto o un'approvazione, li trattava con distacco o addirittura non li trattava affatto, lasciando la mediazione a qualche collaboratore. Dunque, la sua creatura era il prodotto di un'immaginazione ispirata, ligia alle proporzioni, alle norme e all'efficacia, ma estranea alla ragione delle forme; indifferente, insomma, alla logica del bello.

Margherita aveva apprezzato che, quando Santino aveva pensato a una casa per loro, l'avesse fatto mettendo al centro la vicinanza a Palermo. Sua madre Adele, da fidanzata aveva subito messo in chiaro che, anche a fronte di un'assegnazione di sede definitiva per Leopoldo, allora giovane notaio, non avrebbe mai acconsentito a trasferirsi in una cittadina che sapeva e sentiva così provinciale, euforica, esagerata, addirittura rozza, in tutte le manifestazioni collettive e in tutte le feste. Appartenente a una ricca famiglia di notabili, conosciuta a Palermo da almeno un secolo e mezzo, Adele si rispecchiava nella parallela e analoga condizione sociale e professionale del marito ma ne deprecava le origini provinciali. Margherita lo sapeva bene e, una volta diventata la signora Niscemi, il suo compito era stato fare di Santino, almeno agli occhi dei genitori, un imprenditore palermitano a tutti gli effetti. Ci era riuscita, senza fatica. Di tanto in tanto i genitori facevano visita ai nipoti a Casa Perfetta ed erano felici di portare dolci e giochi. E Santino volentieri partecipava a incontri in casa Rigona, ogni volta riconoscendo quanto fossero stati fondamentali i nonni nella sua formazione. Sciacca non veniva mai nominata. C'erano ben altre cose che venivano ignorate, ma, come spesso accade dove la formalità ha la meglio sulla sostanza, tutti si accontentavano di sapere che Santino Niscemi era un uomo ricco che aveva assicurato a Margherita una vita comoda e facile.

Fra gli argomenti che non si toccavano in casa Rigona c'era la passione di Margherita per la fotografia: non certo per l'inclinazione artistica della figlia, ma per la particolarità della soggettistica, che erano i ritratti non posati. E anche qui, bisognava distinguere: al di là delle immagini familiari – Giuseppe e Rebecca in tutte le occasioni –, Margherita andava a cercare i suoi volti dove si sentiva, così diceva a Santino, "più vicina alla verità della città"; ed erano volti di madri, grugni di vecchi chini su un bicchiere, bambini che si ammucchiavano davanti all'obiettivo, un'anziana sarta con la bottega aperta su un vicolo, un panellaro. E poi c'erano i ritratti di Santino, che erano un capitolo a parte e una sua ossessione. L'antica somiglianza con il James Caan del *Padrino* di Francis Ford Coppola diventava con gli anni sempre più marcata e Margherita pareva andare in cerca della dolce strafottenza dell'uomo che amava – lo coglieva scamiciato mentre abbracciava i cani nel prato, abbandonato sulla poltrona di pelle nera, quando giocava con i bambini e quando usciva dallo studio con delle carte in mano. Che Santino fosse una delle manifestazioni di quel vero che andava cercando nei quartieri più poveri di Palermo, talora la raggelava nello sgomento di un'involontaria analogia. E forse l'ossessione corrispondeva a un'inesausta ricerca di chi fosse davvero l'uomo che aveva sposato e che non smetteva di amare. Lui sapeva che l'obiettivo fotografico di sua moglie si apriva spesso sulla sua faccia, ma lo sentiva come un'invasione amorosa, come un'insistenza che lo commuoveva. Così, quando Margherita gli mostrava una nuova serie di "Santini" appesi ad asciugare nella stanza di sviluppo e stampa, aveva la sensazione di entrare in un mondo misterioso, nel mistero del suo amore per lui.

Molto spesso Margherita aveva avuto la tentazione di incontrare Letizia Battaglia – una donna palermitana di prim'ordine, nonché grande e coraggiosa fotografa – che in quegli anni godeva di fama internazionale come "fotografa dei delitti di mafia". Ricordava l'immagine del giudice Terranova ancora in auto, la mano destra appoggiata sul sedile accanto al suo, il capo chino, i finestrini sbriciolati, il sangue. Margherita non aveva né le credenziali né la predisposizione per quel tipo di lavoro, di testimonianza, ma c'era un altro versante della fotografia di Letizia Battaglia in cui si riconosceva. Avrebbe potuto contattare la redazione dell'"Ora", cominciare a frequentare il Laboratorio d'If, dove passavano allora i fotografi più interessanti del panorama internazionale. Avrebbe potuto, certamente, imboccare quella strada, ma era evidente che in realtà non poteva e volentieri sacrificava la passione per la fotografia al ruolo di moglie e di madre. Quando c'era stata l'esplosione dolosa nel cantiere di Trapani era andata lì con Santino, la fedele Rolleiflex nella borsa – sarebbe stato avventato portarla al collo in quell'occasione. Al momento opportuno si era avvicinata alle macerie e aveva colto l'espressione assorta, interrogativa, di un operaio di fronte al calcestruzzo sbriciolato.

«Tu sei un'artista, ragazza mia» disse Assunta quando vide in sequenza le foto di suo figlio, una dietro l'altra, appese per l'occasione alla lavagna di sughero dello studio. «E lui è un dio.» Staccò un primo piano e lo sventolò dicendo: «Questa me la prendo io».

Assunta apparteneva a quella genia di donne siciliane che avevano attraversato la vita senza mai smettere di combattere per quello in cui credevano, e che, impavide, non nascondevano i propri errori.

«Non sono stata una donna giusta» disse una volta a Margherita mentre erano sedute in terrazza, da sole. «Forse avrei voluto una grande famiglia, avrei voluto far crescere almeno tre figli, sì, credo fosse questo il sogno di quand'ero ragazzina. Poi, le cose sono andate come sono andate. Quando ho perso la mia bambina, non ho capito più niente.» Prese dalla borsa la fotografia di Santino piccolo, e la tenne sulle ginocchia. «Santino ti ha raccontato, non è vero?»

Margherita fece segno di sì, anche se non aveva idea a che cosa esattamente si riferisse.

«Ho umiliato mio marito, ma non riesco a rimproverarmi di nulla.» Assunta lo diceva senza calcare sulle parole. In qualche modo avvertiva da parte della nuora non tanto una vicinanza partecipe – sarebbe stato troppo, sarebbe stata un'intesa fallace –, quanto la semplicità dell'intelligenza, che non era né benevolenza né accettazione. Dal canto suo, accanto ad Assunta, Margherita si sentiva più donna, anche se non avrebbe saputo giustificare pienamente questa sensazione. E sentendosi più donna guadagnava, dentro di sé, un rafforzarsi del suo devoto abbandono a Santino. Con l'affiorare di questa consapevolezza si destava subito una sorta di imbarazzo o di vergogna che subito reprimeva o, meglio ancora, che convogliava verso una più generica alleanza femminile.

«Non so rimproverarmi» continuò «di aver costretto Santino a immaginare di poter diventare un giorno il mio salvatore.» Assunta sorrise e scavò fra le ginocchia un rifugio per la testa, quasi volesse nascondersi. Margherita le cercò il volto nella massa di capelli in cui era scomparso.

«Ha fatto cose» le sentì dire «di cui non dovrà pentirsi mai, perché le ha fatte per sua madre... Anche se una madre non è una giustificazione sufficiente.» Assunta si ridestò con uno scatto, si ricompose i capelli nel fermaglio e la guardò, forte, grandiosa e torva: «Avrei potuto ottenere di più, quando è stato il momento, ma sono una donna disordinata, mi sono lasciata portare, dove Dio solo sa. Mi sarebbe piaciuto esagerare, chiedere di più, essere sfrontata veramente». Ammutolì, e in quel silenzio ci fu qualcosa di veramente sfrontato.

Comunque stessero le cose, a Margherita sua suocera piaceva molto, e si rese conto che non averla mai fotografata era un segno che non riusciva a interpretare. Decise di provarci. La inseguiva, le stava appresso, ma Assunta, visto che la nuora la pedinava, le si parava davanti mettendosi in posa, anzi in pose esagerate, mani sugli occhi, sui fianchi, sotto il mento – un repertorio di gesti che deliberatamente deludevano la fotografa. Fu solo quando Margherita la lasciò sola nel giardino e la vide vagare come in attesa di un'illuminazione che la seguì con qualche speranza. Oltre un cespuglio di biancospino la trovò china su Rock, il cane lupo maschio. La vide prendergli il muso e premerselo contro il petto, la vide scivolare a terra insieme al cane e solo allora riuscì a guardarla attraverso l'obiettivo e a inquadrare quel viluppo animale di braccia, di zampe, di fauci, di gioco, e ripetutamente scattò.

21
Questo è il mio regalo

Succedeva che, nel cuore della notte, Santino scendesse senza accendere neppure una luce nel salone vuoto di Casa Perfetta e si allungasse su un divano in attesa che tornasse il sonno, libero di restare nel silenzio della casa, pronto a farsi visitare dai suoi fantasmi.

Aveva appena firmato un contratto per la costruzione di un ponte che collegava Borgo Tripputi e Calacione, due piccoli comuni non lontani dal torrente Lannari: era un ponte che solo apparentemente avrebbe alleggerito il traffico. In realtà era una dichiarazione di potenza da parte delle amministrazioni locali, che avrebbero visto entrare nelle loro casse, e in quelle dei privati coinvolti, un ingente flusso di danaro.

C'erano notti in cui Santino non tornava più in camera da letto accanto a Margherita. Arrivava l'alba senza che se ne accorgesse, quindi sì, a quel punto saliva, si chinava sulla moglie addormentata, la baciava leggero sulla fronte; poi, lesto, senza fare rumore, si preparava per andare in città.

Oppure c'erano notti in cui chiamava il suo vecchio amico e gli chiedeva di raggiungerlo. E Giovanni arrivava subito, si preoccupava di non far abbaiare i cani, che del resto lo riconoscevano e gli balzavano incontro festosi. Entrava in casa dalla scala di servizio, aprendo con la chiave che Santino gli aveva lasciato.

Quella notte di settembre lo trovò che non smetteva di fare su e giù, a piedi nudi, con addosso solo un paio di boxer.

«Fa ancora caldo, non è vero?» disse, e lo abbracciò.

Giovanni indossava un fresco di lana grigio, la camicia bianca e una delle cravatte che Veronica gli aveva fatto arrivare da Napoli. Per far sentire a suo agio Santino, si liberò della giacca, arrotolò le maniche della camicia e si allentò la cravatta. «Che c'è?»

«Mi serve l'aiuto di tuo suocero.»

E Giovanni: «Non sarebbe la prima volta».

«Dovremo agire velocemente e con prudenza.»

Giovanni si sedette su una poltrona, per incoraggiare Santino a sedersi accanto a lui, ma l'amico continuò a percorrere il perimetro della stanza sparendo di tanto in tanto alla sua vista.

Il silenzio della notte li isolava dal mondo.

«Vuoi bere qualcosa?» chiese Santino fermandosi finalmente davanti al mobile bar.

«No, grazie.»

«Abbiamo documenti in cui la prescrizione del calcestruzzo indica una classe di resistenza totalmente immaginaria, così come è inventata la classe di esposizione ambientale.»

«Capisco» commentò Giovanni. «E dunque?»

«Non so quanto siano state studiate le condizioni di durabilità...» Si bloccò al centro del salone sotto il taglio di luce delle lampade da tavolo.

«Dovresti essere preparato...» provò Giovanni.

«Mai abbastanza» lo interruppe Santino. «Ho bisogno di te.»

«Tu hai sempre bisogno di me» sorrise Giovanni. «E comunque, di questi tempi hanno tutti altro a cui pensare.»

«Sei sicuro?»

Santino si mise in ginocchio davanti alla poltrona di Giovanni: non lo stava pregando, gli cercava gli occhi.

«No.»

«Tu sei più confuso di me, Giovannuzzo. Sembra un secolo. Abbiamo imparato troppo e troppo in fretta.» Tornò in piedi e si voltò allontanandosi di qualche passo, poi tornò verso di lui. «Cos'è tutto questo spazio? Quando mi sveglio la notte e mi metto qui a riflettere, mi sembra di essere dentro una solitudine spaventosa e faccio addirittura fatica a ricordare che di sopra respirano Margherita e i miei bambini, sereni e innocenti. Forse non esistono, penso, e poi penso che magari non esisto neanch'io.»

Poi, silenzio. Ma Giovanni riprese: «C'è chi dice che siamo dei delinquenti...».

«Chi? La tua amica Anna?»

«Lei dice che lo siamo e non lo siamo abbastanza.»

«Che ore sono?»

Giovanni consultò l'orologio da polso: «Tardi».

Uscirono tutti e due nel buio e si sedettero ai piedi della scalinata. L'aria era fresca, le stelle brillavano. I cani vennero a sdraiarsi vicino a loro. Giovanni gettò la sua giacca sulle spalle di Santino e restarono lì fino alle prime luci del giorno.

Quando un anno dopo fu inaugurato il ponte di Borgo Tripputi, Santino Niscemi non c'era, e Giovanni Canetti neanche. Ci fu chi tagliò il nastro, presenti le maestranze e, sugli opposti versanti, una sparuta rappresentanza di abitanti di entrambi i paesi. Santino, una volta di più, ebbe la sensazione, in quanto costruttore, di non appartenere alla schiera di coloro che danno il proprio nome alle loro opere e ne ricevono in cambio fama e considerazione, come continuava ad accadere agli odiati architetti. Ma lui ne riceveva grandi guadagni, e quello gli bastava. Lo sapevano bene coloro che occupavano le poltrone intorno ai celebri ma segretissimi "tavoli", da cui piovevano ricche commissioni per la sua impresa. Era, quella, una fama necessariamente vincolata al silenzio – silenzio che tuttavia non era mai abbastanza protetto, perché comunque c'erano conti bancari intestati, investimenti che, per quanto governati da un'abile rete di commercialisti, erano accessibili e soprattutto – quando ce ne fosse stata l'occasione – interpretabili.

Era da tempo che Santino non si sentiva più al sicuro e l'episodio della morte di Giaele era lì a testimoniare un'oggettiva ferocia, una minaccia aperta. Del ponte di Borgo Tripputi fu data notizia sui giornali locali e solo una testata di opposizione se ne uscì con il titolo IL PONTE INUTILE. Peccato che quel ponte inutile fosse diventato progressivamente – per ragioni inspiegabili come inspiegabili sono spesso i motivi che cambiano le abitudini della collettività – frequentatissimo. Certi trasportatori preferivano passare di lì, e passando fecero anche la fortuna di due borghi che prima vivevano soltanto di agricoltura e artigianato.

Quando suo padre e suo marito si incontravano, Veronica si chiedeva sempre che cosa mai potessero avere in comune e non si meravigliò che in realtà la vera triangolazione fosse quella tra Giovanni Canetti, Santino Niscemi e la EV di Bartolomeo Talamini. A conferire un equilibrio più saldo c'era inoltre la costante supervisione di Cettina Lo Giudice Canetti: complice l'amicizia con Bonansea, Cettina non smetteva di esercitare sul figlio un controllo che, tuttavia, si era allentato negli ultimi anni. Ne fu segno anche la ripresa dei rapporti con il barone Sallicano, che da Sciacca veniva sempre più spesso in visita a Villino Regina quando Cettina era ospite del figlio, ma alloggiava a distanza di sicurezza, in una modesta pensione sul mare. Sallicano era invecchiato, ma aveva conservato quei "modi signorili" (così li aveva definiti Cettina nel parlarne a certe signore palermitane che aveva preso a frequentare) per i quali, in fondo, tanti anni prima era entrato nel suo universo. L'aveva presentato anche al consuocero e i due si erano intesi: entrambi condividevano una certa timorosa venerazione per Cettina. Bartolomeo Talamini le aveva dato un'infarinatura del piccolo impero che aveva costruito al Nord, stabilendo rapporti di collaborazione con molti calcifici veneti – aziende modeste, non più di una trentina di dipendenti, che gli consentivano però di veicolare un'ampiezza di prodotto e un'offerta la più vasta possibile. Sul calcestruzzo Cettina faceva domande precise, ad esempio i giornali puntavano spesso il dito sul cemento depotenziato: Talamini diceva che i giornalisti non capivano nulla, che il depotenziato era soltanto un materiale con meno cemento e che esistevano test su acque e terreni per valutare di volta in volta la classe di resistenza, comparata con l'ambiente in cui il calcestruzzo veniva posato. Non c'era una misura di resistenza più sicura delle altre. Depotenziato, diceva, era un appellativo buono per dar da parlare all'informazione.

Cettina ascoltava e, poco più in là, ascoltava anche Pinuccia, che avrebbe addirittura voluto fare una lezione ai suoi allievi sul tema: peccato che la materia le sfuggisse.

Veronica era la più estranea di tutti: pensava alle opere di sostegno che aveva avviato con padre Giosuè Mentana e immaginava che presto avrebbe potuto concepire l'idea di trasferirsi in Etiopia per qualche tempo. Figli non ne erano arrivati e continuavano a restare un'opzione senza sviluppo. Aveva smesso di sottoporsi a esami e cure insieme a Giovanni e cominciava a carezzare l'ipotesi di un'adozione internazionale. Del resto, la frequentazione di padre Mentana le aveva facilitato l'idea di avvicinare comunità dove la povertà lasciava ampio spazio alle strategie di adozione. Sfogliava le fotografie dell'associazione e si innamorava di volta in volta di un faccino che sembrava guardarla, provocarla, chiamarla.

«Come si chiama questo?» aveva chiesto un pomeriggio a padre Giosuè, dopo averlo aiutato a sbrigare la corrispondenza.

E lui, quasi distrattamente: «Ah sì, quello è Abel».

«Che qui suonerebbe Abele...»

«Qui» e questa volta il sacerdote l'aveva guardata intensamente, «Abel o Abele sarebbe un bambino ricco.»

«Non importa se la cosa ti spaventa» disse lei la sera stessa a Giovanni, «lo cresco io, non ho bisogno di te.»

Quel "non ho bisogno di te" scavò un solco tra di loro: Giovanni si era sentito allontanato, così come era stato allontanato dal letto coniugale, con l'effetto di trasformare il loro matrimonio in un matrimonio bianco.

Il 23 dicembre, in Casa Perfetta ci si preparava al Natale. Margherita aveva allestito un albero ricco di addobbi e di luci in un angolo del salone. La facciata della villa era tutta adorna di fili di piccole lampadine bianche e ghirlande di abete dalle quali pendevano fiocchi di raso rosso. Rebecca danzava leggera nel salone e di tanto in tanto si fermava davanti a uno specchio e si esibiva, come a scuola, in arabesque da ferma, poi si accucciava sul divano a contemplare la madre intenta nella scelta di tovaglie e tovaglioli.

Assunta era appena arrivata e come sempre stava nell'appartamentino degli ospiti. Non aveva portato regali e non aveva intenzione di passare una giornata a Palermo, nel caos degli ultimi giorni, per cercarli.

«Dovreste essere contenti di avermi qui, questo è il mio regalo» disse scherzosa quando Santino le fece notare che i bambini forse qualcosa se lo aspettavano.

«E noi siamo tutti felici che tu sia qui» si affrettò ad aggiungere Margherita.

La mattina della Vigilia, tuttavia, Assunta disse che sì, forse sarebbe stato meglio andare a Palermo a comprare "due cosuzze". Chi l'avrebbe accompagnata? Santino non poteva, e Margherita neppure.

«Tranquilli, esistono i taxi» disse, «ci vado da sola.»

Poco dopo ritornò nel soggiorno, pronta per andare a fare le sue commissioni – ai piedi un paio di scarpe col tacco alto; indosso, il cappotto rosso, e sul capo un fazzoletto di seta che le copriva i capelli ricci e spessi. Il taxi aspettava già al cancello. Li salutò e uscì, si avviò lungo lo scalone ma si fermò a metà incerta, improvvisamente impallidita. Perse una scarpa, si piegò per rinfilarla, non ci riuscì, si strappò il fazzoletto come se stesse combattendo contro un mostro invisibile, e poi si portò la mano sul cuore. Disse con un filo di voce: «Santino», e si afflosciò scivolando a peso morto sulle scale, fino all'ultimo gradino dove arrivarono i cani lupo a leccarle la faccia.

22
L'ultimo carrubo

La notizia che Assunta era stata colpita da un ictus arrivò a casa Canetti quasi subito, ancora prima che Santino chiamasse Giovanni dall'ospedale: Margherita e Veronica erano al telefono per concordare gli ultimi dettagli della cena quando la bambinaia aveva visto dalla finestra Assunta immobile in fondo alla scalinata. In realtà era rimasta appiccicata ai vetri a lungo prima di rendersi conto di quanto era successo: fosse stata pure una semplice caduta, la donna stava immobile con le braccia allungate davanti a sé, il cappotto non abbottonato aperto su di lei come un lenzuolo rosso, i cani arrivati entrambi intorno al corpo.

Giovanni si precipitò in ospedale dallo studio.

La diagnosi fu di ictus ischemico sinistro, con conseguenze sull'apparato motorio e sulla parola.

Santino era sgomento, non sapeva che dire; fu Margherita a parlare con i medici, a chiamare specialisti, a tessere da subito una rete di assistenza. Il quadro clinico era comunque grave: un'emiplegia profonda che, per quanto ulteriormente indagabile, avrebbe richiesto una lunga riabilitazione in ospedale con un'équipe composta da un neurologo, terapisti occupazionali e uno psicologo.

Santino ascoltava e si teneva un pugno stretto fra i denti.

Stava accanto alla moglie, disciplinato a forza, ma mugugnava che non avrebbe lasciato la madre in ospedale.

«Ci chiedono di collaborare» ripeteva Margherita, ma lui si mordeva più forte e scuoteva la testa.

Assunta giaceva intubata. Quando vide il figlio, fece un cenno con la mano sinistra e chiuse subito gli occhi, fino a un attimo prima sbarrati come di fronte a una minaccia incombente.

Margherita suggerì di lasciarla riposare, intanto si era accordata con la caposala per il cambio di biancheria che aveva portato in una piccola borsa da viaggio.

«Cosa succede adesso?» chiese Santino, e lo chiese più a se stesso che agli astanti.

«Il colpo c'è stato» disse Margherita, «ora dobbiamo avere pazienza e confidare nei medici. Come hai sentito, se qualcosa è possibile, lo è grazie alla riabilitazione. Cominciare subito qui e non smettere finché non si vedranno dei risultati.»

«Non parla...» osò Santino.

«No, non parla e non si muove, ma il danno cerebrale è minimo.»

Santino tornò a mordersi il pugno. «Portiamola a casa...» grugnì.

«I bambini ci aspettano» disse Margherita, e lui la seguì.

Natale passò. Si raccontò la bella storia che la nonna Assunta avrebbe trascorso le feste "dove si riparano i viventi".

Il 25 le famiglie Niscemi e Canetti andarono a messa in Cattedrale per poi passare dall'Ospedale Civico. Padre Giosuè e alcune monache missionarie si avvicinarono per salutare. Margherita raccontò loro della salute della suocera e chiese se conoscessero persone che potessero accudirla.

Prima che padre Giosuè potesse rispondere, Veronica se ne uscì con una battuta infelice: «Non sono adatte», come dire che si occupavano d'altro rispetto al destino di una donna che aveva mezzi per procurarsi tutte le cure possibili. Se ne rese conto e cercò di rettificare ma, dato che non ci riuscì, lasciò correre. Era sempre più coinvolta da padre Giosuè, che – aveva scoperto di recente – aveva pubblicato una raccolta di poesie da cui lei traeva conforto e ispirazione. Aveva perso la lucidità della ragazza di buona famiglia e della compagna fedele che si era ripromessa di essere e aveva via via maturato una forma di composto delirio che da una parte confinava con il misticismo e dall'altra con la dedizione concreta a una campagna di aiuti umanitari. Riceveva spesso padre Giosuè, che lavorava in un centro di accoglienza per senzatetto nella periferia di Palermo, e a fine settimana alterni si ritirava in un piccolo monastero non lontano da Castellammare. Quando tornava a Mondello e trovava il marito pensoso sul divano, la tv accesa ma senza volume, le lattine di birra vuote una accanto all'altra, faceva cenno a Cettina che non era il caso che Giovanni si lasciasse andare in quel modo. Cettina le raccomandava di avere pazienza, lei si stizziva, e se ne andava nella sua stanza.

La mattina del giorno di Natale aveva chiamato il padre, rimasto nella casa di Bassano dove si era trasferito, e gli annunciò che sarebbe presto partita per il Mozambico.

Di questa partenza non aveva ancora fatto cenno né a Cettina né al marito. Peraltro, il momento non era tale da confidare progetti per l'immediato futuro. Non mancava tuttavia di frequentare Casa Perfetta, dove Giovanni, in compagnia di Santino tormentato dall'assenza di Assunta, sembrava riacquistare un po' di spirito, o addirittura di buon umore. Lei portava regali ai bambini di Margherita e li intratteneva a lungo su quanto doveva essere bella l'Africa: cominciava dal tradizionale repertorio di savane e animali selvaggi per poi raccontare la povertà della gente. Alla domanda "Perché sono poveri?" non sapeva rispondere, si sentiva impreparata, e una volta, messa alle strette, promise che un giorno li avrebbe portati tutti e due da padre Giosuè.

Un mese dopo, le condizioni di Assunta non registravano veri miglioramenti. Forse avrebbe potuto ricominciare a usare la parola, ma sapendo che le sarebbero uscite parole tronche, che la bocca si sarebbe torta nello sforzo, che tutta la faccia avrebbe sofferto per stillare una frasetta, preferiva stare muta, con grande disappunto di medici e terapisti.

Cettina andò a trovarla e provò a convincerla: «Ti è capitato questo guaio, ora bisogna uscirne e tu ci devi mettere del tuo».

Assunta la ascoltava, ma non le dava conto. Non voleva mettercene, del suo.

Temendo che mal tollerasse la sua presenza, Cettina prese a raccontare il loro passato. Le ricordava il giorno in cui le aveva portato quel taglio di stoffa bellissimo che poi la sarta di Sciacca aveva trasformato in un abito. «La stoffa del magazzino di tuo marito...» Di nuovo si interruppe, dato che anche quella non era strada da percorrere. Passò subito ai figli, a che cosa erano diventati, ciascuno nel proprio campo, e insieme dove gli interessi si incrociavano. «Io lo vedo, sai» cominciò, «lo vedo come vanno d'accordo, e quanto si cercano e quanto si danno. Fratelli sono.»

Cercò qualcosa nella borsetta che teneva sulle ginocchia ma non lo trovò, forse si trattava solo di una mossa diversiva. Assunta le cercò gli occhi, e questa volta vi trovò una luce più vera. «Tu sei stata fortunata, Assunta... Sì, anche se adesso sei qui e non vuoi parlare, te lo ripeto: sei stata fortunata. Hai una nuora perfetta. Hai dei nipotini, e per di più così belli e beneducati. Tuo figlio ci sa fare e può contare su Giovanni, sempre.» Sospirò, lisciò la pelle della borsetta. «Io no. Ho sbagliato moglie per mio figlio... Che futuro avranno? Non dormono più insieme. Non mi piace stare in quella casa. Non mi piace più. Lei si accompagna a preti e monache, e fa la monaca lei stessa. Si mangerà tutto il patrimonio del padre in beneficenza... Tutto cemento inutile.» A quel punto lasciò scivolare via la smorfia che le si era incollata alla faccia e provò a uscirsene con un sorriso faticoso: «Vuoi saperlo? Ho pensato di sposarlo io quel cemento, il vedovo Talamini...». Il fatto che Assunta non parlasse le dava più coraggio. «Proprio così, ho pensato di indurlo a farmi una proposta di matrimonio. Con buona pace di Sallicano, che quella proposta gli pende dalle labbra da vent'anni...»

Assunta le fece segno di passarle la spazzola che stava sul comodino, ma poi si limitò a impugnarla.

«Sì, è vero» riprese Cettina, «ho pensato anche a Pinuccia. Pinuccia offerta in sposa. Ma non è cosa. È diventata una ragazza testarda. Il mondo non le interessa.»

E si guardò intorno, caso mai fosse apparsa in silenzio un'infermiera.

«Ma no, non è cosa, né per me né per lei, e poi Talamini non ha mai pensato di trasferirsi, in Sicilia gli affari li fa lo stesso. A noi, cara Assunta, basta tenere in pugno i nostri figli, e proteggerli finché possiamo, come abbiamo sempre fatto.» Sembrò incupirsi. «È triste, è sempre più triste, il mio Giovanni, e io devo cancellarla quella tristezza. Non se la merita, e non me la merito nemmeno io.»

Si alzò, si ravviò i capelli, aggiustò il fazzoletto al collo, cercò il cappotto; poi, come si fosse resa conto di dov'era e della persona con cui si trovava, concluse: «E tu non ti meriti tutto questo». Sulla soglia si voltò per un'ultima volta: «Lo so che vuoi tornare a casa. Stai tranquilla, Santino farà in modo che tu abbia tutto quello che hai qui, e anche di più. Succederà presto».

E infatti successe. Successe anche che, nel giro di qualche settimana, Assunta ebbe una remissione positiva: avrebbe dovuto restare ancora per completare il trattamento ma firmò per essere dimessa e fu portata a Casa Perfetta, dove avrebbe stabilmente occupato quello che fino ad allora era stato lo studio di Santino, in modo da poter accedere più facilmente al salone con la sedia a rotelle. Margherita era preoccupata che i bambini si spaventassero, vedendo la nonna nelle condizioni in cui si trovava; ma come sempre seppe creare l'atmosfera giusta e Assunta – ma solo con i bambini – cominciò a sforzarsi di articolare qualche parola. Si guardava attorno stupita, come fosse risalita dall'inferno, e pativa comunque il peso di un'infermità che intaccava la sua femminilità, a cui teneva ancora moltissimo. Aveva paura che quella maledetta emiplegia potesse ricapitare e si muoveva guardinga, come fosse una bestia pronta ad assalirla quando meno se lo aspettava. Così era andata la prima volta, e così sarebbe potuto accadere di nuovo.

C'era in verità un'altra bestia pronta a spiccare il balzo, e sarebbe ingenuo sostenere che Santino Niscemi non se lo aspettasse. Il 25 febbraio 1990, i giornali, la radio e la televisione diedero notizia del crollo del ponte, il cosiddetto "ponte inutile". Vi transitavano due camion carichi di arance rosse e tre auto. Il viadotto, messo a dura prova dalle piogge invernali, aveva ceduto staccandosi là dove agganciava la strada per Borgo Tripputi ed era venuto franando lentamente tutto da una parte, come un nastro; come un nastro poi si era staccato anche dal versante di Calacione, per andare infine a sbriciolarsi nella valle in una nuvola di polvere che risalì rapidamente i costoni delle colline. Non restarono altro che macerie e quattro vittime.

La notizia arrivò la mattina, e con la notizia un immediato mandato di comparizione per l'imprenditore Santino Niscemi e tutta la squadra di tecnici che aveva partecipato all'impresa. Nessuno poté produrre i documenti che avrebbero dovuto attestare i sopralluoghi tecnici e si sospettò subito che non fossero mai avvenuti; i media diedero la notizia del mandato di comparizione ricevuto da Santino Niscemi, che fu traslato in carcere. Dopo tre settimane, l'avvocato Canetti ottenne per l'assistito gli arresti domiciliari.

Canetti incontrò segretamente Bonansea, che gli raccomandò di far sparire i documenti falsi («Non sono forse nelle tue mani?» aveva chiesto, cercando di liberarsi del suo protetto il prima possibile).

Giovanni ricevette un pizzino non firmato che lo chiamava alle sue responsabilità. Anna? Forse. O chi altro? Si sentì immediatamente nel mirino. L'aggettivo "colluso" risuonò più volte come lugubre rintocco nelle conversazioni. Il giornalista torinese conosciuto alla cena voluta dalla madre a Villino Regina lo chiamò e gli chiese un incontro ("un incontro informale" lo definì) e Giovanni ebbe l'ingenuità di accettare. Provò a sganciarsi, ma capì che si sarebbe messo in un guaio peggiore. Quando il giornalista torinese si presentò al bar vicino allo studio, Giovanni si accorse che non era solo: con lui c'era Anna. «Non è un agguato, questo» gli disse sorridendo. «Ti offro una possibilità di sfilarti dall'imbroglio in cui ti sei messo.»

«E credi che, se davvero mi ci fossi messo, un giornalista sia la mia salvezza?»

«Dal giornalista sei venuto tu, io non c'entro, ma certamente sono stata io a volere questo incontro.»

Il giornalista annuì.

Faceva freddo, eppure i due si erano seduti all'aperto.

«Non c'è più nulla di sicuro, ormai» dichiarò Giovanni, e rimase in piedi di fronte ai suoi interlocutori seduti.

«Si sente minacciato da Cosa nostra?» Il giornalista lasciò cadere la domanda con nonchalance e Giovanni fece due passi indietro: era la prima volta che qualcuno che non fosse nella cerchia dei suoi protettori lo trattava con tanta franchezza.

«Se lui dicesse di no» intervenne Anna rivolta al giornalista «non ci crederesti, e se dicesse di sì dovrebbe consegnarsi subito nelle mani degli inquirenti.»

«E allora da dove vogliamo cominciare?» domandò lui a Giovanni. «Da molto lontano? Vuole raccontarmi la sua storia? E la storia del suo amico del cuore? Io ho tempo, e mi piacciono le storie. Anna mi ha fatto capire che sarebbe la storia di due bravi ragazzi...»

«Giovanni...» cominciò lei.

«No, non farlo. Non dire niente.» E Giovanni portò il dito indice sulle labbra. Poi si rivolse al reporter, così tranquillo, così benvestito, così sicuro degli strumenti della sua professione: «Mi spiace averla scomodata».

«Ci davamo del tu» disse l'altro.

«Può darsi, ma il suo giornale non mi dà del tu né usa pronomi fraterni.»

«Fraterni?»

«Già.»

Anna gli afferrò il polso: «Giovanni, ho parlato con tua sorella. È una persona speciale, vuole solo il tuo bene».

«Pinuccia? Lascia stare Pinuccia. E lascia stare anche me.»

Aveva alzato la voce e questa volta arretrò di altri tre passi, si girò e sparì.

Giovanni non passò neppure da casa. Arrivò verso mezzogiorno a Casa Perfetta, perché per quella mattina era previsto il trasferimento di Santino dal carcere agli arresti domiciliari. E infatti Santino scese di lì a poco dall'auto della polizia. Lo accolse Margherita. Aveva voluto che i bambini non ci fossero, per paura di un incontro con i fotografi della stampa, e li aveva trattenuti in camera loro. Assunta avanzò in carrozzella lungo il salone: alla vista di Santino chiuso come Pinocchio fra i due uomini in divisa, strinse le mani sui braccioli e lanciò un urlo lungo e lacerante, riassorbito infine in un gorgoglio profondo.

Come d'estate quando le cicale smettono improvvisamente di cantare, tutte insieme, tutte in una volta, ci fu un silenzio. Abissale.

Sbrigarono rapidamente le formalità e si misero a tavola come fosse domenica.

Santino lasciò il posto di capotavola ad Assunta, perché

avesse più spazio per muoversi. Giovanni non l'aveva ancora vista da quando era tornata a casa, e dopo quel grido che ancora vibrava nel silenzio della sala da pranzo gli fece subito un'impressione enorme: pallida, i capelli raccolti, addosso un'ampia maglia di lana chiara che la impallidiva ancora di più. Santino lo invitò a sedersi accanto a lui, per quanto Giovanni avesse dichiarato che gli mancava l'appetito. A Santino no, non era mai mancato, e spiava la sua tribù con costante apprensione, come se dovesse capitare ancora qualcosa. La conversazione fu generica e leggera, a misura dei ragazzini: Giuseppe e Rebecca erano stati abbracciati, coccolati e invitati a non preoccuparsi di nulla, perché comunque, disse Santino, «papà è sempre il più forte». Rebecca, tuttavia, non tolse mai gli occhi dal volto del padre, in attesa di una traccia, di un segno che raccontasse almeno una parte dell'accaduto. Per quanto Margherita li avesse messi al riparo dalle notizie e non li avesse mandati a scuola, avevano visto l'immagine del padre in tv. Sapevano.

Dopo il caffè, i due amici si isolarono nel salone.

«Ho freddo» disse Santino.

Giovanni si rincantucciò nel divano come volesse scomparire, ma aveva gli occhi fissi in quelli di Santino. Uno davanti all'altro – l'uno forte della sua fisicità, gli zigomi pronunciati, tutto spalle; l'altro smagrito, l'abito che gli cadeva addosso, le occhiaie profonde –, erano la copia contraffatta dei ragazzini che erano stati quando scendevano correndo per i vicoli di Sciacca verso il mare. Erano gli stessi, ma la vita, soprattutto la vita recente, era passata su di loro come un treno in corsa.

«Non so più cosa fare» cominciò Giovanni, «la Procura arriverà a me, non posso far altro che aspettare.»

«A questo punto, dovresti rimettere il mandato» aggiunse Santino.

Era inevitabile. Sapevano che sarebbero arrivati a un bivio. Santino avrebbe potuto evitare la reclusione, ma non gli arresti domiciliari, e non si sapeva per quanto. Il nuovo legale avrebbe ricevuto l'incarico da persone fidate, non aveva legami di amicizia, avrebbe potuto tenere il punto.

«Avremmo dovuto essere più cauti» disse Santino, «*io* avrei dovuto essere più cauto, ma a partire da quando, da cosa? Ora devo badare a mia madre e fare in modo che Margherita prenda su di sé tutto il peso dell'educazione di Rebecca e Giuseppe. So che lei lo può fare, che lo sa fare.»

Si prese la testa fra le mani. «Così è andata» disse, e lo ripeté più volte, «così è andata.» Poi ebbe come uno scatto interiore: «Sono sempre un uomo ricco, abbiamo quanto ci può bastare... E tu cosa pensi?» continuò.

Giovanni allungò le mani sulle ginocchia: «È da qualche tempo che ho questa immagine incisa in testa: si apre una porta, c'è qualcuno che mi viene incontro, qualcuno che ti somiglia e mi sorride, che viene in pace e vuole la mia pace, e più capisco che è proprio questo che vuole, la mia pace, più somiglia a mio padre, di cui non ho memoria...».

I due amici si abbracciarono forte. Fuori tirava un vento forte e freddo. I cani aspettavano ai piedi delle scale.

«Vieni dalle mie monachelle» lo esortò Veronica quando finalmente tornò a Villino Regina. «Devo preparare il mio viaggio in Mozambico, vieni con me... Ti farà bene. Ponte o non ponte, io non ho intenzione di stare qui insieme a tua madre a vederti scivolare giù insieme a Niscemi.» Non aveva mai usato il cognome per citare Santino. «Devi curarti l'anima.» Fece un'altra pausa e continuò: «E lo stesso deve fare mio padre. Gliel'ho detto. Troppo cemento».

Adesso erano diretti verso Castellammare, al volante Veronica, Giovanni chiuso in un silenzio faticoso che talora si trasformava in una tosse nervosa. Il piccolo monastero dava sul mare, circondato da palme svettanti nell'azzurro. Furono ricevuti in una saletta dominata da un grande Cristo di legno, appeso al muro, come fosse in croce ma senza croce. Dalla finestra si intravedeva il mare che batteva sugli scogli. Giovanni fu presentato e poi lasciato da solo in quella stanza, mentre Veronica si allontanò insieme a tre monache. Rimase assorto accanto alla finestra e riuscì a non pensare. Quando Veronica tornò lo trovò in quella condizione e se ne rallegrò.

«Si sta bene, qui» disse Giovanni.

«Dunque, cosa vuoi fare?» chiese lei.

Lui la guardò sgomento come se avesse davanti a sé un'insegnante inflessibile.

«Nulla» rispose infine, e la seguì verso l'auto posteggiata fuori.

Nei giorni che seguirono Giovanni sparì.

La mattina del 7 aprile Pinuccia Canetti ricevette un pizzino dal fratello: le chiedeva di andare in studio, l'indomani mattina alle otto; lei si mosse per tempo e arrivò puntualissima.

Il portiere la conosceva e la salutò, lei rispose a occhi bassi. Cosa pensava di trovare, non aveva idea. Non aveva paura, ma si sentiva a disagio e si mosse con circospezione dall'atrio alla stanza del fratello. Forse lui la aspettava lì? No, non c'era. Cercò subito sulla scrivania, sulla quale erano disposti ordinatamente plichi di lettere, fotocopie, riviste di settore. C'era in bella vista, al centro, una busta indirizzata a lei.

Dentro, le istruzioni per accedere a un conto intestato a suo nome, che aspettava soltanto la sua firma: nessuno avrebbe potuto bloccarlo, in qualsiasi caso.

Pinuccia mise la busta nella borsa, si sedette a prendere fiato e a mettere ordine nei pensieri. Giovanni stava pensando a lei. Aveva fatto tutto di fretta, dopo la disgrazia del ponte. Aveva notato un foglio giallo piegato in quattro, insieme alle istruzioni bancarie, ma non aveva osato aprirlo. Lo fece ora, mentre cercava altre tracce del fratello tutt'intorno: *Comincia una nuova vita, abbi coraggio, fallo per me.*

Per la prima volta, si rese conto che lui le voleva bene.

Quei danari forse non le piacevano, ma si commuoveva all'idea che lui le augurasse di prendere una strada sua, lontano dalla madre. Si allentò il fazzoletto ancora legato sotto il mento, si alzò, andò davanti a una specchiera. Avrebbe voluto ringraziarlo, ma ebbe la certezza che era troppo tardi e fu la prima ad avere questa certezza. Avrebbe voluto pregare per lui, ma fu solo capace di ripetere come salmodiando: «Dio, Dio, Dio».

Cettina provò a cercarlo fin dove le fu possibile. Nessuno lo aveva più visto. Veronica si limitò a dire che forse era andato in cerca di se stesso. Cettina ebbe il dubbio che, per qualche ragione ormai difficile da mettere a fuoco, potesse essere tornato a Sciacca o a Pertuso Piccione. Da casa sua ebbe notizia certa che porte e finestre erano sbarrate come quando lei si era allontanata per raggiungere il figlio a Mondello. Chiamò il numero di Pertuso Piccione, ma il telefono suonò lungamente a vuoto.

Caro, caro Santino,
 non ti ho salutato ma lo faccio adesso. Ti scrivo, come quando eravamo ragazzi.
Sto andando a Pertuso Piccione, a casa del nonno. Mi sono portato della carta dallo studio, la penna ce l'ho sempre. Ho già affrancato la busta e appena arrivo la imbuco, c'è una cassetta della posta all'inizio del paese, e così magari non mi vede nessuno. Nessuno. Già. Anche perché a nessuno ho detto che sto andando a casa del nonno. Non a mia moglie, la nuova Madre Teresa e le sue Afriche; non a mia madre, che vorrebbe non ti avessi mai conosciuto e briga, briga, briga per salvarmi dalla giustizia. Salvarmi dalla giustizia... Non si ricorda più quanto ci tenevo, alla giustizia, e non me lo ricordo più neanch'io.
Lei dice che l'unica giustizia che conosce è quella che difende me. Bonansea non le basta più, e sta scoprendo che ho perso tutti i miei appoggi; che, se ne posso avere, è perché bisogna cercarli dai

*nemici di quelli che sono stati amici. Ma il mio solo amico sei tu.
Mi sarebbe piaciuto rivedere Anna, e non ho bisogno di spiegarti perché. Lei ha sempre voluto il mio bene, ed è un mistero tutta la cura che ha sempre prodigato per tirarmi fuori dagli intrighi in cui mi sono lasciato trascinare da mia madre. Forse in me aveva visto qualcosa che io stesso, da un certo punto in poi, non sono stato più disposto a riconoscere. Santino, io e te volevamo il meglio. Lo volevamo a tutti i costi? Forse sì.
Non so più che fare, anche tu mi hai abbandonato. Il potere che abbiamo cercato ci ha diviso, non c'è azione nostra che non dipenda da qualcun altro. Saranno anni sempre più difficili. Perché mai dovrei aspettare che si apra un'altra strada? Tu hai una donna che ti ama, hai due figli meravigliosi, hai una madre immensa, anche adesso che è malata.
Siamo diventati assassini. È così. Lo scrivo, perché sennò non ci capiamo.
Ti sto scrivendo da una curva della strada dove ho lasciato la macchina. Prima di mettermi seduto con la penna in mano sono rimasto mezz'ora in un campo. Avevo freddo, ma sotto di me la terra aveva un suo calore. Stavo sdraiato fra due noci, il tronco austero e dolce, ne ho accarezzato uno e ho lasciato la mano contro quella forma gentile e salda. Questo ho cercato da sempre, negli altri e in me stesso: saldezza e gentilezza. Devo tornare troppo indietro nel tempo per riconoscere in me le qualità di questo noce. Mi si riempiono gli occhi di lagrime. Il cielo, così grande sopra di me, si offusca. Ho abbracciato il tronco del noce e ho continuato a piangere. Non ho paura. Devo lasciarti. Ma tu non dimenticarmi mai. Non dimenticare.
Ti abbraccio forte,
tuo Giovanni*

Il telefono aveva suonato a vuoto, ma in realtà Giovanni era lì, chiuso nella casa dei nonni, disabitata da anni, dove non aveva aperto neppure una persiana. Non c'era cibo, ma aveva scovato dei biscotti salati in un cassetto della cucina: erano stantii e li aveva mangiati accompagnandoli con l'acqua del rubinetto. Poi era andato a rintanarsi nella sua vecchia camera da letto, avvolgendosi in tutte le coperte che aveva trovato. Confuso com'era, quasi febbricitante, per un attimo si illuminò all'idea che sì, che ci fosse un altro agguato, che Anna bussasse, che lui si liberasse delle coperte, che aprisse le persiane, che lei fosse giù ad aspettarlo. Continuava a esserci un silenzio che lo agghiacciava. E Sergio? E Luigi? Perduti. Si rintanò di nuovo e si lasciò rapire da una sonnolenza che andava e veniva, come ventate, di sogni e di incubi. Poi sbarrò gli occhi.

Se ne stette sdraiato nel freddo a contemplare il soffitto, e lì restò fino alla mattina della domenica.

Fu svegliato dalle campane della chiesetta di Santa Libera, all'estremo opposto del paese; si alzò tutto vestito come stava da quando era arrivato e raccolse un giro di corda pesante che il nonno aveva lasciato in cucina. Poi prese la strada dei campi. Accelerò il passo, ma per poco – era esausto. Mentre si avvicinava al campo dei carrubi, la vista di quegli alberi alti, la chioma ampia e spessa, di un verde brillante, con i rami che carezzavano il terreno, gli restituì un po' di energia. Scese di balza in balza, senza più fermarsi, verso il prato dove da ragazzino andava a giocare a pallone. Cercava il vecchio carrubo dov'era salito con i suoi amici; lì avevano parlato del mondo, del cinema, dell'uomo sulla Luna, e delle fimmine. Lo riconobbe subito, vi si avvicinò, ricavò dalla corda un nodo scorsoio, lo lanciò verso il ramo più alto, ne legò un capo al tronco e senza una pausa, senza un tentennamento, salì quanto bastava, arrotolò la corda con il cappio finché ci fu abbastanza distanza da terra, se lo fece passare intorno al collo e si lasciò cadere.

Rimase appeso fino al primo pomeriggio, quando un contadino lo vide e chiamò soccorso.

Poco dopo, ricominciarono a suonare le piccole campane di Santa Libera.

Indice dei personaggi

Giovanni Canetti e la sua cerchia

TANO (il padre)
CETTINA LO GIUDICE (la madre)
PINUCCIA (la sorella)
CALOGERO CANETTI (il nonno, falegname-ebanista)
TERESA (la nonna, sarta in casa)
CICCIO LA MONICA (falegname-ebanista, allievo di Calogero Canetti)
PIETRO LO GIUDICE e NADIA MUSCA (gli zii di Menfi)
PADRE NICOLA CANGEMI (parroco di Pertuso Piccione)
SERGIO BUSI (amico)
LUIGI CENCIO (amico)
Le zie pasticciere
professor SIMONE BONANSEA
ANNA DE GIORGI
barone AUGUSTO SALLICANO
professor EDOARDO STRINATI (docente universitario)
BARTOLOMEO TALAMINI (suocero di Giovanni)
VERONICA TALAMINI (moglie di Giovanni)

Santino Niscemi e la sua cerchia

PIPPO (il padre, commerciante di tessuti fallito)
ASSUNTA COZZO (la madre)
MARIA (la sorella, morta in fasce)
capitano PAOLO BARRA
PEPPE GIAELE (costruttore)
maresciallo AMEDEO GRILLO
MATILDE MENNULIA (figlia del barone Mennulia, moglie di Peppe Giaele)
cavalier RIGONA (vicino di casa dei Niscemi)
donna ISABELLA RIGONA (moglie del cavaliere)
LEOPOLDO e ADELE RIGONA (figlio e nuora del cavaliere e di donna Isabella)
MARGHERITA RIGONA (moglie di Santino; figlia di Leopoldo e Adele)
avvocato GIACOMO SCICLI

Nota dell'autrice

Un vulcano spento

Era un bravo ragazzo racconta di anni in cui l'ansia di affermazione di un giovane finiva spesso per intrecciarsi, se non a un'affiliazione diretta, al favore e alla protezione di Cosa nostra, creando intricati – e soprattutto inestricabili – nodi di dipendenza. La carriera di un giovane professionista era quella che di fatto le modalità di assegnazione garantivano secondo procedure note, spesso invisibili.

I "bravi ragazzi" in questo romanzo sono due; le loro vicende sono totalmente inventate, ma non c'è dubbio che attingono a una materia vera. È come se gli eventi compresi fra gli anni Cinquanta e il 1990 fossero stati "agiti" in qualità di fatti "tipici", dando forma a storie purtroppo molto facili da riprodurre. In questo romanzo io entro ed esco dal territorio della realtà, a volte cito nomi ed episodi che sono rimasti nella tragica storia del rapporto tra cosche mafiose e tra le famiglie mafiose e lo Stato.

L'edilizia è stata sempre al centro di questi accadimenti e gran parte delle città della mia amatissima Sicilia portano i segni di una politica edilizia senza governo, di abusi e di sopraffazioni del territorio che purtroppo sono ancora lì a testimoniare di tanto duraturo guasto. In parte ne ho già parlato in altri romanzi; del "sacco di Palermo" in *Via XX Settembre*, senz'altro, ma anche in *Piano nobile*. Ho vissuto con sofferenza l'aggressione edilizia ad Agrigento e Palermo, le due città in cui sono cresciuta, ma anche altrove, in tante altre zone di quest'isola meravigliosa, ho visto spuntare edifici, case, ville dove non avrebbero dovuto, offendendo e deturpando il paesaggio.

In *Era un bravo ragazzo* mi affascinava l'idea di seguire la trasformazione di due adolescenti che per motivi analoghi ma a partire da premesse diverse vogliono "tutto", vogliono danari, vogliono successo. La loro avventura sta dentro la realtà.

È invece un dato di fatto la resistenza che molti siciliani hanno provato a opporre al business di Cosa nostra. Anzi, proprio ad alcuni di loro è in fondo dedicato questo romanzo: Vincenzo Spinelli, Roberto Parisi, Luigi Ranieri e Libero Grassi, l'uomo che dopo il 1991 è diventato l'icona dell'imprenditore che si oppone al pizzo sino a pagare la resistenza con la morte.

Si sente ripetere spesso che Cosa nostra è entrata nel silenzio, che è un vulcano spento. Mi permetto di non crederci.

Non abbiamo bisogno di eroi, come diceva Brecht, ma abbiamo sempre più bisogno di funzionari che *semplicemente* facciano il loro dovere. E di cittadini che li sostengano.

Ringraziamenti e letture

Ringrazio mia sorella Chiara, che ha scelto di vivere nella nostra Fattoria Mosè (adesso anche agriturismo) vicino ad Agrigento, dove abbiamo trascorso tutte le nostre estati e dove i miei figli e nipoti – nati e cresciuti in Inghilterra, ma anche cittadini italiani – vanno regolarmente almeno due volte all'anno; con lei mi sono confrontata sull'autenticità di fatti e ricordi della nostra infanzia e adolescenza.

Ringrazio Rino Messina, collega universitario e grande amico, magistrato e scrittore, per le informazioni storiche e il supporto, mai negato, da quando, ventunenne, ho lasciato la mia isola per seguire mio marito negli USA, in Zambia e poi in Inghilterra.

Last but non least, ringrazio Alberto Rollo per la sua conoscenza storica della Sicilia antica e odierna e per avermi seguito come sempre nella gestazione e nella stesura del romanzo, particolarmente complessa a causa di un'interruzione dovuta a un intervento chirurgico. Senza il suo costante sostegno e quello parallelo e assiduo di Giovanna Salvia, non sarei riuscita a completare l'opera nei tempi concordati.

Al di là delle memorie dirette e delle narrazioni condivise, a partire dalla stampa e dai media, ho consultato alcuni testi che menziono qui di seguito:

Franco Di Maria (a cura di), *Il segreto e il dogma. Percorsi per capire la comunità mafiosa*, Franco Angeli 1997;

Vittorio Ruggiero, *Delitti dei deboli e dei potenti. Esercizi di anticriminologia*, Bollati Boringhieri 1999;

Fabio Armao, *Il sistema mafia. Dall'economia-mondo al dominio locale*, Bollati Boringhieri 2000;

Enrico Deaglio, *Patria. 1978-2010*, il Saggiatore 2010;

Stefano Canappele (a cura di), *Le mafie dentro gli appalti. Casi di studio e modelli preventivi*, Franco Angeli 2014;

Rocco Sciarrone, Luca Storti, *Le mafie nell'economia legale. Scambi, collusioni, azioni di contrasto*, il Mulino 2019;

Simone Olivelli, *Appalti e corruzione: 30 anni seduti al "tavolino"?*, https://irpimedia.irpi.eu/appalti-corruzione-30-anni-seduti-al-tavolino.

Indice

9	1	Alla ventura
16	2	Triste risveglio
25	3	Una cosa e una soltanto
38	4	Tu ormai si' picciotto
60	5	Il sogno di Giovanni
71	6	Le famiglie nascono malate
80	7	Quei danari non mi piacciono
87	8	E non c'è pietra che non racconti bellezza e dolore
99	9	Una lettera d'addio
109	10	I fichidindia
121	11	Il resto è soltanto il resto
130	12	Due specie diverse di animali
140	13	Il bene di sempre
144	14	Mai mentire e mai dire la verità
151	15	Come una lucertola sui muri della legge
161	16	Allora la terra non trema?
172	17	Vedo sangue
183	18	Qua siamo

194	19	Ospiti a cui piace parlare
200	20	Casa Perfetta
206	21	Questo è il mio regalo
213	22	L'ultimo carrubo

227 *Indice dei personaggi*

229 *Nota dell'autrice*
Un vulcano spento

231 *Ringraziamenti e letture*

Mondadori Libri S.p.A.

Questo volume è stato stampato
presso ELCOGRAF S.p.A.
Stabilimento - Cles (TN)

Stampato in Italia - Printed in Italy

St. Benedict's Rule

An Inclusive Translation

Judith Sutera, OSB

© Judith Sutera OSB 2021

This edition published in 2021 by the Canterbury Press Norwich
Editorial office
3rd Floor, Invicta House,
108–114 Golden Lane,
London EC1Y 0TG, UK

Canterbury Press is an imprint of Hymns Ancient & Modern Ltd
(a registered charity)
13A Hellesdon Park Road, Norwich,
Norfolk NR6 5DR, UK

This book was originally published by Litugical Press, Saint John's Abbey, Collegeville, Minnesota 56321, U.S.A., and is published in this edition by license of Liturgical Press. All rights reserved.

www.canterburypress.co.uk

All rights reserved. No part of this publication may be reproduced,
stored in a retrieval system, or transmitted,
in any form or by any means, electronic, mechanical,
photocopying or otherwise, without the prior permission of
the publisher, Canterbury Press.

The Author has asserted her right under the Copyright,
Designs and Patents Act 1988
to be identified as the Author of this Work

British Library Cataloguing in Publication data

A catalogue record for this book is available
from the British Library

978 1 78622 390 6

Printed and bound in Great Britain by
CPI Group (UK) Ltd, Croydon

Contents

Introduction   1

The Rule of Our Holy Father St. Benedict

Prologue   11

Chapter 1: The Kinds of Monastics   16

Chapter 2: Qualities of the Superior   17

Chapter 3: Calling the Community for Counsel   22

Chapter 4: The Tools for Good Works   23

Chapter 5: Obedience   28

Chapter 6: Restraint of Speech   30

Chapter 7: Humility   31

Chapter 8: The Divine Office during the Night   39

Chapter 9: The Number of Psalms at the Night Office   40

Chapter 10: How the Office Is to Be Said in Summer   41

Chapter 11: The Night Office on Sundays   42

Chapter 12: The Solemnity of Lauds   43

Chapter 13: Lauds on Ordinary Days   44

Chapter 14: The Night Office on
	the Feasts of Saints 45

Chapter 15: When Alleluia Is to Be Said   46

Chapter 16: The Work of God during the Day   46

Chapter 17: The Number of Psalms to Be Sung at
	These Hours 47

Chapter 18: The Order of the Psalmody   48

Chapter 19: The Discipline of the Psalmody   51

Chapter 20: Reverence at Prayer   52

Chapter 21: The Deans of the Monastery   52

Chapter 22: The Sleeping Arrangements   53

Chapter 23: Excommunication for Faults   54

Chapter 24: The Manner of Excommunication   55

Chapter 25: Serious Faults   56

Chapter 26: Unauthorized Association with
	the Excommunicated 57

Chapter 27: The Superior's Concern for
	the Excommunicated 57

Chapter 28: Those Who Do Not Amend after
	Frequent Corrections 59

Chapter 29: Readmission of Those Who Leave
	the Monastery 60

Chapter 30: Correction of the Young   60

Chapter 31: Qualifications of the Cellarer   61

Chapter 32: The Tools and Goods of
	the Monastery 63

Chapter 33: Private Ownership   64

Chapter 34: Distribution According to Need   65

Chapter 35: Weekly Kitchen Servers   65

Chapter 36: The Sick Members   67

Chapter 37: The Elderly and Children   68

Chapter 38: The Weekly Reader   69

Chapter 39: The Quantity of Food   70

Chapter 40: The Quantity of Drink   71

Chapter 41: The Times for Community Meals   72

Chapter 42: Silence after Compline   73

Chapter 43: Tardiness at the Work of God or at Table   74

Chapter 44: Satisfaction by the Excommunicated   76

Chapter 45: Mistakes in the Oratory   77

Chapter 46: Faults in Other Matters   78

Chapter 47: The Signal for the Work of God   79

Chapter 48: The Daily Manual Labor   79

Chapter 49: The Observance of Lent   82

Chapter 50: Those Working at a Distance or Traveling   83

Chapter 51: Those on a Short Journey   83

Chapter 52: The Oratory of the Monastery   84

Chapter 53: The Reception of Guests   84

Chapter 54: Letters or Gifts for Monastics   87

Chapter 55: The Clothing and Footgear of
        the Community   88

Chapter 56: The Superior's Table   90

Chapter 57: The Artisans of the Monastery   90

Chapter 58: The Procedure for Receiving Members   91

Chapter 59: The Offering of Children by Nobles or
        the Poor   94

Chapter 60: Admission of Priests to the Monastery   95

Chapter 61: The Reception of Visiting Monastics   96

Chapter 62: The Priests of the Monastery   98

Chapter 63: Community Rank   99

Chapter 64: The Election of a Superior   101

Chapter 65: The Prior of the Monastery   103

Chapter 66: The Porter of the Monastery   105

Chapter 67: Those Sent on a Journey   106

Chapter 68: Assignment of Impossible Tasks   107

Chapter 69: The Presumption of
        Defending Another   108

Chapter 70: The Presumption of Striking Another   108

Chapter 71: Mutual Obedience   109

Chapter 72: Good Zeal   110

Chapter 73: This Rule Only a Beginning   111

Introduction

This version of *The Rule of St. Benedict* is not a paraphrase or a popularized adaptation. It contains the full text, but it is written in gender-neutral language. Since the rule is a historical document written for a community of male monastics, many would prefer to read it in its original masculine form. Some versions have also accommodated female communities by inserting optional language in the text, such as "abbot/prioress/abbess/prior" followed by "he/she." The translation presented here offers another alternative to avoid the problems of reading in mixed assemblies, in situations where a public reader tries to de-gender the language on the fly (and ends up with awkward wordings), or for people who prefer not to use gendered language. In today's inclusive world, there is a place for a neutral version of the rule that welcomes all people to personally identify with its wisdom. The recent acceptance of the, actually, centuries-old practice of using "they" language with singulars and other socially changing conventions (such as using the word "monastics" for Benedictines of both genders) have made such a version more possible and acceptable.

The Translation

I consulted the Latin text as best as I could, but I do not pretend to be a Latin scholar. Primarily, I depended on the most authoritative twentieth-century English translations, those of *RB 1980*, Terrence Kardong, Leonard Doyle, and Boniface Verheyen, as well as my personal notes on translation issues from my time in the 1980s as a rule student of Abbot Jerome Theissen, one of the *RB 1980* translators. The extensive line-by-line analysis in Father Terrence Kardong's *Benedict's Rule: A Translation and Commentary* was especially helpful, as he also brought in linguistic elucidation from commentators such as Holzherr, Lentini, and de Vogue (some of their work is now available in English and also consulted).

"The Abbot"

Probably the most challenging single word to work with was "abbot." It must be admitted at the start that this is a key word because it is clearly intended to reflect the image of God as father (Abba) and the man at the head of the monastery to be as a father. There is no word in our language that has anywhere near the degree of association as the abbot/Abba connection. Moreover, since there is no equivalent word for mother (God as Amma), this has always been a problem as the English words "abbess" or "prioress" completely lack the resonance. The word "superior" has been chosen as at least an attempt to make the role gender neutral. Unfortunately, the image of parenthood gets lost, but it is a term with which most people are familiar, and it does contain the Benedictine value of one who is over (*super*) others, as in "those who live under an abbot."

"The Lord"

St. Benedict chooses not to refer to Jesus by his given name and only rarely uses the word "Christ." Throughout the rule, references to Jesus, especially when citing gospel quotations, are almost always as "the Lord." This may be attributed to the controversy between the Church and the Arian heretics in Benedict's time. Since the Arians saw Jesus as the created son of God and not from eternity like the Creator, Benedict was careful to confirm that his rule's foundation was in the divine and all-powerful "Lord" and not merely Jesus the man. There are, however, places in which the rule also uses this word to refer to the first person of the Trinity. Thus, in this translation, I have changed those instances to the genderless "God" where appropriate, while leaving "the Lord" as the most accurate appellation for Jesus with its accompanying male pronouns. This may not be the desired choice for some readers who find any language that suggests domination objectionable, but it is a choice that leaves intact Benedict's sense of the subjection of all people to the "Lord of all" and for which any word that compromised that image did not seem to work.

"The Monk"

While romance languages have male and female equivalents for a member of a monastic community because of the gendered noun endings, English has no such option. Therefore, in common usage, the word "monk" has generally been identified with males. The female word "nun" has no linguistic connection that suggests a member of a specifically monastic religious community. While using one part of speech as another has always been less than desirable, monastic writers several decades ago decided that they would rather turn the adjective "monastic" into a noun than have females excluded from the common English identification with "monkhood." Therefore, they began to refer to both males and females as "monastics," a usage common enough today to warrant replacing the word "monk" throughout this version. "Member of the community" has also been used in some places.

"The Priest"

More than in any other chapter, some might be comfortable with leaving intact the masculine language in chapters on priests in the monastery. I have chosen to make them gender neutral as well. While it is not the Roman Catholic practice to have female priests at this time, there are ecumenical Benedictine communities already today that contain female members ordained in the Anglican Communion or Protestant clergy.

St. Benedict's Place in History

Christians do not have a monopoly on monasticism, nor did they invent it. We do not have a different word to identify a Hindu monk or a Buddhist nun than a Christian one. All of these faith traditions have the practice of communal life for the purpose of finding inner peace and connectedness to the transcendent through good example, simple living, reverence for creation, study of sacred writings, and sharing of common prayer and life. What sets each apart from the others is not what they do but why they do it and their differing theological systems. Hindu and Buddhist monasticism were well established in areas of early Christianity and could have been one of the inspirational sources of Christian monasticism.

Men and women living communally in urban areas or in a particularly austere desert environment were well established by the time St. Benedict and his sister Scholastica were born in approximately AD 480. Benedict is not honored as the father of Western monasticism because of anything extraordinarily new but because of the genius with which he gathered various elements of the tradition and edited them into a system that could adapt and endure for the next fifteen hundred years and that still speaks to people across the globe today.

Sources

The rule is deeply rooted in Scripture. Benedict quotes directly or indirectly from the Old and New Testaments, especially the psalms and gospels, more than three hundred times. Although the Latin Vulgate would have been his source, he is probably writing from memory, and he also sometimes accommodates the text to the point he is trying to make. The parenthetical Scripture citations throughout the text are additions by later editors. He also cites principles from earlier theologians and monastic founders. He gets much of his basic concept of monastic life from the work of John Cassian, who summarized the desert tradition for Western monastics. The most important source is the rule of a mysterious Italian predecessor of a generation or so before, known only as "the Master." Since much of the material in Benedict's rule is taken, often verbatim, from this source, one might wonder why Benedict is so venerated. It is because of his ability to use this previously existing rule as a foundation, synthesize other relevant sources, and create something quite different from the *Rule of the Master*. It is, in fact, only by reading the two rules side by side that the unique personality of Benedict may be seen. He takes something that is long, harsh, and negative, editing it and adding to it in ways that change the thrust dramatically.

Benedict's Message

St. Benedict did not set out to write a theological treatise but to lay down the basics of how monastic life was to be lived according to his values and practice. From what he mandates, however, a clear theology emerges. If the rule were to be distilled into a single word, it would be its first word: "Listen!" The reason for this attentiveness to the way God is speaking in every moment and in every action is that we are responsible and accountable for every moment leading up to the final accounting at death. We are to "keep death daily before our eyes" because that is the moment at which we return to God what God has given. The road to this final fulfillment is comprised of the choices we make, the self-awareness we develop, and the prayer we offer to God through the course of daily life. Benedict's is a theology of the ordinary. We do the same things over and over, but each time we can learn something that will assist us in the days that follow.

The Rule of Our Holy Father St. Benedict

Prologue

Jan. 1 – May 2 – Sept. 1

Listen carefully, my child, to the instructions of your master, and incline the ear of your heart. Cheerfully receive and faithfully put into practice the advice of a loving parent, that by the toil of obedience you may return to God, from whom you have drifted by the sloth of disobedience. To you, therefore, my message is now directed, who, giving up your own will, take up the strong and most excellent arms of obedience to do battle for Christ the Lord, the true King.

In the first place, whenever you begin a good work, pray most earnestly that it may be brought to perfection in order that the one who has been pleased to count us in the number of God's children need never be grieved at our evil deeds. With the good things which have been given us, we must obey at all times so that God may not, like an angry parent, disinherit the children nor, like a dread ruler, enraged at our evil deeds, hand us over to everlasting punishment as most wicked servants who would not follow to glory.

Jan. 2 – May 3 – Sept. 2
(Prologue, continued)

Let us then rise at long last, since the Scripture arouses us, saying: "It is now the hour for us to rise from sleep" (Rom 13:11); and having opened our eyes to the divine light, let us hear with attentive ears what the divine voice cries out to us daily, saying: "Today, if you hear God's voice, harden not your hearts" (Ps 94[95]:8). And again: "Those who have ears to hear let them hear what the Spirit says to the churches" (Rev 2:7). And what does God say? "Come, children, listen to me, I will teach you the fear of the Lord" (Ps 33[34]:12). "Run while you have the light of life, that the darkness of death not overtake you" (John 12:35).

Jan. 3 – May 4 – Sept. 3
(Prologue, continued)

Seeking laborers in the multitude of people, God calls out again: "Who is the one who desires life and longs to see good days" (Ps 33[34]:13)? If you hear this and answer, "I am the one," God directs these words to you: "If you will have true and everlasting life, keep your tongue from evil, and your lips from deceit; turn away from evil and do good; seek after peace and pursue it" (Ps 33[34]:14-15). When you have done these things, "My eyes shall be upon you and my ears open to your prayers, and even before you call upon me, I will say 'Here I am.'" (Isa 58:9).

What, dearest ones, can be sweeter to us than this voice of God inviting us? See, in loving kindness, God shows us the way of life.

**Jan. 4 – May 5 – Sept. 4
(Prologue, continued)**

Therefore, having our loins girt with faith and the performance of good works, let us set out on the way under the guidance of the Gospel, that we may be found worthy of seeing the one who has called us to the kingdom (cf. 1 Thess 2:12).

If we desire to dwell in the tent of this kingdom, we cannot reach it unless we run there by doing good works. But let us ask with the Prophet: "Who shall dwell in Your tent, or who shall rest on Your holy mountain?" (Ps 14[15]:1).

After this question, let us listen well to the reply of God who shows us the way to this tent, saying: "The ones who walk without blemish and do justice; who speak truth in their hearts; who have not used their tongues for deceit nor wronged anyone nor listened to slander against a neighbor" (Ps 14[15]:2-3). They have fought the devil, casting the demon's temptations far from the sight of their hearts and have taken evil thoughts while they were still young and dashed them against Christ (cf. Ps 14[15]:4; Ps 136[137]:9). Fearing God, they are not elated by their good deeds, knowing that it is God's power and not their own that brings about the good in them. They praise God working in them (cf. Ps 14[15]:4), saying with the Prophet: "Not to us, O God, not to us; but to Your name give glory" (Ps 113[115:1]:9). Thus also the Apostle Paul refused to take any credit for his preaching, saying: "By the grace of God, I am what I am" (1 Cor 15:10). And again, he says: "Those who boast, let them boast in the Lord" (2 Cor 10:17).

**Jan. 5 – May 6 – Sept. 5
(Prologue, continued)**

That is why the Lord also says in the Gospel: "They who hear my words and do them shall be like a wise person who built a house upon a rock; the floods came, the winds blew, and they beat upon that house, and it did not fall, for it was founded on a rock" (Matt 7:24-25). The Lord waits for us daily to translate these holy teachings into action. Therefore, our days are lengthened as a truce that we may amend our misdeeds. As the Apostle says: "Do you not know that the patience of God leads you to repent?" (Rom 2:4). Our loving God assures us: "I do not desire the death of sinners, but that they turn back to me and live" (Ezek 33:11).

**Jan. 6 – May 7 – Sept. 6
(Prologue, continued)**

Now that we have asked who it is that shall dwell in God's tent, we have heard the conditions for dwelling there, but only if we fulfill the obligations of those who would live there. Then we must prepare our hearts and bodies for the battle of holy obedience to these instructions. Let us ask God to supply by the help of grace what is impossible to us by nature. If we want to reach life everlasting, even as we flee the torments of hell, then while there is still time, while we are still in this body and are able to do these things by the light of life, we must run now and do what will profit us forever.

**Jan. 7 – May 8 – Sept. 7
(Prologue, continued)**

Therefore, we intend to establish a school for the Lord's service. In doing so, we hope to introduce nothing harsh or burdensome. The good of all concerned, however, may prompt us to a little strictness to correct faults or safeguard love. Do not be daunted immediately and flee from the way of salvation, which is bound to be narrow at its beginning. But as we advance in this way of life and in faith, we shall run the way of God's commandments with expanded hearts overflowing with the inexpressible sweetness of love. Never departing from these instructions, but faithfully observing them and persevering in the monastery until death, we shall by patience share in the sufferings of Christ that we may be found worthy to share in His kingdom.

Chapter 1

The Kinds of Monastics

Jan. 8 – May 9 – Sept. 8

It is well known that there are four kinds of monastics. The first kind is cenobites, that is, those in monasteries who live under a rule and a superior.

The second kind is anchorites or hermits, that is, those who, no longer in the first fervor of their conversion, but tested by long monastic practice and the help of many others, have already learned to fight against the devil. Trained within community for single combat in the desert, they are able, with the help of God, to fight single-handedly without the help of others against the vices of the flesh and thoughts.

The third kind is the sarabaites, the most detestable monastics, who have been tested by no rule under the hand of a master "as gold is tried in the fire" (cf. Prov 27:21) but have a nature soft as lead. Still keeping faith with the world by their works, they lie to God by their tonsure. Living in twos and threes or even singly, without a shepherd, they are enclosed not in God's sheepfold but in their own. Their law is the gratification of their desires because whatever they believe and choose to do they call holy, but what they dislike they consider forbidden.

The fourth kind is called gyrovagues, who spend their whole lives drifting from one region to another, staying as guests for three or four days at a time in different monasteries. Always roving and never settled, they are slaves of their own wills and gross appetites and are in every way worse than the sarabaites. It is better to be silent than to speak of their most disgraceful way of life.

Therefore, passing these over, let us go on with the help of God to lay down a rule for the strongest kind of monastics, the cenobites.

Chapter 2

Qualities of the Superior

Jan. 9 – May 10 – Sept. 9

Those who are worthy to be over a monastery ought always to be mindful of what they are called and act as a superior should. For they are believed to hold the place of Christ in the monastery when called by that name, according to the saying of the Apostle: "You have received the spirit of adoption of children, whereby we cry Abba [Father]" (Rom 8:15). Therefore, the superior should never teach, prescribe, or command anything contrary to God's precepts, but their commands and teaching should, like the leaven of divine justice, permeate the minds of the disciples.

Jan. 10 – May 11 – Sept. 10
(Qualities of the Superior, continued)

Let superiors always bear in mind that they must give an account in the dread judgment of God for both their own teaching and the obedience of their disciples. Let the superior know that whatever lack of profit the owner finds in the sheep will be laid to the blame of the shepherd. On the other hand, they will be blameless if they gave a shepherd's care to a restless and unruly flock and took all pains to cure their unhealthy ways so that the shepherd, acquitted at the judgment seat, may say with the Prophet: "I have not hidden Your justice within my heart. I have declared Your truth and Your salvation" (Ps 39[40]:11), "But they spurned and rejected me" (Isa 1:2; Ezek 20:27). Then the sheep that rebelled under their care will be overwhelmed by the power of death.

Jan. 11 – May 12 – Sept. 11
(Qualities of the Superior, continued)

Anyone who takes the name of superior should govern the disciples by a twofold teaching: they should show them all that is good and holy by deeds more than by words, explaining the commandments of God to receptive disciples by words, but showing the divine precepts to the stubborn and dull by example. Let them show by their actions that whatever one teaches disciples as being contrary to the law of God must not be done, "lest after preaching to others, they themselves should be cast away" (1 Cor 9:27), and God may one day say: "Why do you declare My justice and take My covenant in your mouth? But you have hated discipline and have cast My words behind you" (Ps 49[50]:16-17), and: "You saw the splinter in another's eye but have not seen the plank in your own" (Matt 7:3).

**Jan. 12 – May 13 – Sept. 12
(Qualities of the Superior, continued)**

Let them show no favoritism of persons in the monastery. Let them not love one more than another unless it be one who is found more exemplary in good works and obedience. One born free is not to be preferred to one who was a slave unless there is some other reasonable cause. But if, for a just reason, superiors deem it proper to make such a distinction, they are free to change anyone's rank as justice demands. Otherwise, let each member keep their regular place for "whether slave or free, we are all one in Christ" (cf. Gal 3:28; Eph 6:8) and share equally in bearing arms for the service of the one God, "for God shows no partiality among persons" (Rom 2:11). We are only distinguished in God's sight if we are found to excel others in good works and in humility. Therefore, let the superior show equal love for everyone and apply the same discipline to all according to their merit.

Jan. 13 – May 14 – Sept. 13
(Qualities of the Superior, continued)

In teaching, superiors should always observe the Apostle's principle when he says: "Correct, entreat, rebuke" (2 Tim 4:2), that is, mingling gentleness with severity as the occasion may call for, showing the sternness of a taskmaster and the affection of a parent. A superior must use firm discipline with the unruly and restless but exhort the obedient, meek, and patient to advance in virtue. But we charge the superior to rebuke and punish the negligent and haughty. Let them not overlook the sins of evildoers, but cut them out from the root at once, mindful of the fate of Eli, the priest of Shiloh (cf. 1 Sam 2:11-4:18). The well-disposed and those of good understanding should be corrected at the first and second admonition only with words, but the superior should chastise the wicked and hard-hearted, the proud and disobedient, at the very first offense with bodily punishments, knowing that it is written: "The fool is not corrected with words" (Prov 29:19), and again: "Strike your son with the rod, and you shall deliver his soul from death" (Prov 23:14).

Jan. 14 – May 15 – Sept. 14
(Qualities of the Superior, continued)

Superiors ought always to remember what they are and what they are called and to know that to whom much has been entrusted, much will be required; and let them understand what a difficult and arduous task is assumed in governing souls and accommodating themselves to a variety of characters. Let them so adjust and adapt to everyone—to one by gentleness of speech, to another by reproofs, and to still another by entreaties, to each one according to that one's bent and understanding—that they not only suffer no loss in the flock but may rejoice in the increase of a worthy fold.

Jan. 15 – May 16 – Sept. 15
(Qualities of the Superior, continued)

Above all things, they may not neglect or undervalue the welfare of the souls entrusted to them, not having too great a concern about fleeting, earthly, perishable things, but let them always consider that they have undertaken the governance of souls of which they must give an account. That they may not plead a lack of earthly means, let them remember what is written: "Seek first the kingdom of God and God's justice, and all these things shall be added unto you" (Matt 6:33). And again: "Those who fear God lack nothing" (Ps 33[34]:10). Let them know that one who undertakes the governance of souls must be prepared to give an account for them; and whatever the number of those under their charge, let them be sure that on judgment day they will, without doubt, have to give an account for all these souls as well as their own. Thus, always fearful of the shepherd's future examination about the sheep entrusted and, concerned about the account they must give for others, they will be careful for their own souls. In giving correction to others, they will amend their own faults.

Chapter 3

Calling the Community for Counsel

Jan. 16 – May 17 – Sept. 16

Whenever anything important is to be done in the monastery, the superior shall call together the whole community and personally explain the matter. Having heard everyone's views, let the superior weigh the matter and do what is judged the wisest course. We have said that all should be called for counsel because God often reveals to the younger what is best. The members, for their part, are to express their opinion with all humility and not presume to defend their own views stubbornly. The decision is up to the superior and all are to obey in what has been determined best. Just as it becomes disciples to obey their master, so also it becomes the master to settle all things with foresight and justice.

Jan. 17 – May 18 – Sept. 17
(Community Counsel, continued)

Therefore, all are to follow the rule as their guide in everything, and no one shall rashly deviate from it. Let none in the monastery follow their own heart's desire nor dare to contend defiantly with the superior or outside the monastery. Any who dare to do so should be subjected to the correction of the rule. Moreover, let superiors do everything in the fear of God and out of reverence for the rule, knowing that undoubtably they will have to give an account for all their judgments to God, the most just judge. If less important business of the monastery is to be treated, let them use the counsel of the seniors only, as it is written: "Do all things with counsel, and afterward you shall have nothing to regret" (Sir 32:24).

Chapter 4

The Tools for Good Works

Jan. 18 – May 19 – Sept. 18

First of all, love God with your whole heart, your whole soul, and all your strength,
and love your neighbor as yourself (cf. Matt 22:37-39; Mark 12:30-31; Luke 10:27).

Then, you are not to kill,
not to commit adultery;
you are not to steal
or to covet (cf. Rom 13:9).
You are not to bear false witness (cf. Matt 19:18; Mark 10:19; Luke 18:20).
You must honor everyone (cf. 1 Pet 2:17)
and never do to another what you would not want done to yourself (cf. Tob 4:16; Matt 7:12; Luke 6:31).
Renounce yourself in order to follow Christ (cf. Matt 16:24; Luke 9:23);
discipline your body (cf. 1 Cor 9:27);
do not pursue pleasures
but love fasting.
You must relieve the poor,
clothe the naked,
visit the sick (cf. Matt 25:36)
and bury the dead.
Go to help the troubled
and console the sorrowing.
Your way of acting should be different from the world's way.
Prefer nothing to the love of Christ.

Jan. 19 – May 20 – Sept. 19
(Tools for Good Works, continued)

You are not to act in anger
or nurse a grudge.

Rid your heart of all deceit.
Never give a false greeting of peace
or turn away from charity to another.
Do not swear an oath, lest perchance you swear falsely,
but speak the truth with heart and tongue.
　　Do not return evil for evil (cf. 1 Thess 5:15; 1 Pet 3:9).
Do not wrong another, but bear patiently the wrongs
　　done to you.
Love your enemies (cf. Matt 5:44; Luke 6:27).
Do not curse those who curse you, but bless
　　them instead.
Bear persecution for the sake of justice (cf. Matt 5:10).
　　You must not be proud
nor be given to wine (cf. Titus 1:7; 1 Tim 3:3).
Refrain from too much eating
or sleeping
and from laziness (cf. Rom 12:11).
Do not be a grumbler
or be a detractor of others.
　　Place your hope in God alone.
If you notice something good in yourself, give credit to
　　God, not to yourself,
but know that any evil you commit is your own and take
　　responsibility for it.

Jan. 20 – May 21 – Sept. 20
(Tools for Good Works, continued)

Fear the day of judgment
and have a great dread of hell.
Long for eternal life with spiritual desire.
Keep death daily before your eyes.
Keep watch over your actions at every moment;
know that God sees you wherever you are.
As soon as wrongful thoughts come into your heart,
dash them against Christ
and disclose them to a spiritual guide.
Guard your tongue from evil and deceptive speech
and do not love excessive speaking.
Do not engage in empty words or those just to provoke laughter.
Do not love immoderate or boisterous laughter.
Listen attentively to holy reading
and devote yourself often to prayer.
Confess your past sins to God daily in prayer with tears and sighs
and correct them for the future.
Do not gratify the desires of the flesh (cf. Gal 5:16).
Hate the urgings of self-will.
Obey the commands of superiors in all things, even if they themselves, God forbid, act otherwise, mindful of the Lord's command: "Do what they say, not what they do" (Matt 23:3).

Jan. 21 – May 22 – Sept. 21
(Tools for Good Works, continued)

    Do not desire to be called holy before you really are, but be holy first, that you may truly be called so.
Fulfill God's commands in your actions every day.
Love chastity,
hate no one.
Do not be jealous or act from envy.
Do not love quarreling,
flee from pride.
Respect the elders
and love the young.
Pray for your enemies out of love of Christ.
If you have a dispute with someone, make peace before the sun goes down.
And never despair of God's mercy.

    Behold, these are the tools of the spiritual craft. When we have used them without ceasing and returned them on judgment day, our wages will be that reward the Lord promised: "Eye has not seen, nor ear heard, what is prepared for those who love God" (1 Cor 2:9). The workshop in which we work faithfully at all these tasks is the enclosure of the monastery and stability in the community.

Chapter 5

Obedience

Jan. 22 – May 23 – Sept. 22

The first step of humility is obedience without delay, which is characteristic of those who cherish Christ above all else. Because of the service they have promised, or from fear of hell and for the glory of life everlasting, as soon as anything has been commanded by the superior, they carry it out immediately as if the order came from God. Of these God says: "No sooner did they hear than they obeyed" (Ps 17[18]:45), and to the teachers: "Whoever listens to you listens to me" (Luke 10:16). Such people as these instantly quit their own work, abandon their own will, and leave unfinished whatever they were doing. With the ready step of obedience, they follow the order of authority and it is as if the command and the disciple's action happen at the same time in the fear of God. It is love that impels them toward everlasting life. They seize upon the narrow way of which the Lord says: "Narrow is the way which leads to life" (Matt 7:14). They do not live according to their own judgment, obeying their own desires and appetites, but walk according to the judgment and decisions of another, choosing to live in monasteries and have a superior over them. Such as these truly imitate the Lord who says: "I came not to do My own will, but the will of the One who sent Me" (John 6:38).

Jan. 23 – May 24 – Sept. 23
(Obedience, continued)

This obedience, however, will be acceptable to God and agreeable to others only if compliance with what is commanded is not cringing, hesitating, or half-hearted, but free from any murmuring or resistance. For obedience given to superiors is given to God, who said: "Whoever listens to you listens to Me" (Luke 10:16). Furthermore, obedience must be given gladly by the disciples "for God loves a cheerful giver" (2 Cor 9:7). If a disciple obeys grudgingly and murmurs not only with the lips but also in the heart, even though the command is fulfilled, it will not be acceptable to God, who sees the heart of the murmurer. There is no reward for action of this kind; rather they incur the penalty of murmurers unless they make amends.

Chapter 6

Restraint of Speech

Jan. 24 – May 25 – Sept. 24

Let us do what the Prophet says: "I said, I will keep watch over my ways that I may not sin with my tongue: I have set a guard at my mouth, I was silent and was humbled, and kept silence even refraining from good words" (Ps 38[39]:2-3). Here the Prophet shows that there are times when good words should be left unsaid for the sake of silence. All the more reason, then, to abstain from evil words to avoid the punishment for sin. Because of the importance of silence, let permission to speak seldom be granted even to mature disciples, no matter how good, holy, or edifying their words, for it is written: "In much speaking, you will not avoid sin" (Prov 10:19), and elsewhere: "Death and life are in the power of the tongue" (Prov 18:21). It is for the master to speak and to teach; the disciple is to be silent and to listen. Therefore, any requests of the superior should be asked with all humility and respectful submission. We absolutely forbid vulgarity, idle words, or speech provoking laughter in all places and we do not permit the disciple's mouth to be opened for such talk.

Chapter 7

Humility

Jan. 25 – May 26 – Sept. 25

Beloved, the Holy Scripture calls to us saying: "They that exalt themselves shall be humbled; and they that humble themselves shall be exalted" (Luke 14:11; 18:14). In saying this, it shows us that every exaltation is a kind of pride, which the Prophet declares that he avoids, saying: "God, my heart is not exalted nor are my eyes haughty. I have not walked in the ways of the great nor gone after marvels beyond me" (Ps 130[131]:1). What then? "If I was not humble but exalted my soul, then you would treat me as a weaned child on its mother's lap" (Ps 130[131]:2).

So if we wish to reach the greatest height of humility and speedily to arrive at that heavenly height to which we ascend by humility in this present life, then by our ascending acts we must erect the ladder on which Jacob in his dream saw angels ascending and descending (cf. Gen 28:12). Undoubtably, we should understand this ascending and descending as signifying that we descend by pride and ascend by humility. The erected ladder is our life in the present world, which, if we humble our hearts, God raises up to heaven. We may say that our body and our soul are the two sides of this ladder into which the divine calling has fitted the various rungs of humility and discipline we must mount.

Jan. 26 – May 27 – Sept. 26
(Humility, continued)

The first step of humility then is that they always have the fear of God before their eyes (cf. Ps 35[36]:2) and never forget. They must be ever mindful of all that God has commanded, always keeping in mind how those who despise God will burn in hell for their sins and that life everlasting is prepared for those who fear God. They should always guard themselves against sin and vices of thought, word, hand or foot, self-will, or bodily desire.

Jan. 27 – May 28 – Sept. 27
(Humility, continued)

Let them remember that God always sees them from heaven, that the eye of God beholds their works everywhere, and that the angels report them to God at every hour. The Prophet tells us this when he shows us that our thoughts are always present to God, saying, "God searches hearts and minds" (Ps 7:10); and again, "God knows the thoughts of people" (Ps 93[94]:11); and says, "You have understood my thoughts from afar" (Ps 138[139]:3); and says, "The thoughts of humans shall give praise to You" (Ps 75[76]:11). Therefore, in order that they may always be on guard against evil thoughts, let the humble always say in their hearts: "Then I shall be blameless before God, if I keep myself from wickedness" (Ps 17[18]:24).

**Jan. 28 – May 29 – Sept. 28
(Humility, continued)**

Truly we are forbidden to do our own will, since the Scripture tells us: "Turn away from your own desires" (Sir 18:30), and in the Lord's Prayer we ask "Thy will be done" in us (cf. Matt 6:10). We are rightly taught not to do our own will, for Scripture warns us: "There are ways that to humans seem right that in the end plunge into the depths of hell" (Prov 16:25). We fear what is said of the negligent: "They are corrupt and have become abominable in their desires" (Ps 13[14]:1). As regards desires of the flesh, let us believe that God is always present, since the Prophet says: "All my desires are known to you" (Ps 37[38]:10).

**Jan. 29– May 30 – Sept. 29
(Humility, continued)**

We must then guard against evil desires because death lurks near the gateway of pleasure. For this reason, Scripture warns: "Do not pursue your lusts" (Sir. 18:30). If, therefore, the eyes of God observe the good and the bad (cf. Prov 15:3), always looking down from heaven on the children of earth, to see whether there be anyone who understands or seeks God (cf. Ps 13[14]:2), and if our actions are reported to God day and night by the angels who are appointed to watch over us daily, we must be vigilant every hour as the Prophet says in the psalm, or God may see us at some time "fall into evil and become unprofitable" (Ps 13[14]:3). For God, having spared us in the present time, as a loving parent who waits for us to be changed for the better, may say to us in the future: "These things you have done and I was silent" (Ps 49[50]:21).

**Jan. 30 – May 31 – Sept. 30
(Humility, continued)**

The second step of humility is that they love not their own will, nor are pleased to fulfill their own desires but by deeds carry out that word of the Lord who says: "I came not to do My own will but the will of the One who sent Me" (Jn 6:38). It is likewise said: "Self-will has its punishment, but constraint wins the crown."

**Jan. 31 – June 1 – Oct. 1
(Humility, continued)**

The third step of humility is that for the love of God one is subject to a superior in all obedience, imitating the Lord, of whom the Apostle says: "He became obedient unto death" (Phil 2:8).

Feb. 1 – June 2 – Oct. 2
(Humility, continued)

The fourth step of humility is that, if in this obedience difficult, unfavorable, or even unjust things are imposed, they accept them with quiet patience and endure it without growing weary or seeking escape, as Scripture says: "They who persevere to the end shall be saved" (Matt 10:22), and again: "Let your heart take courage and wait for God" (Ps 26[27]:14). Showing that a faithful person must bear every disagreeable thing for God, it says in the person of the suffering: "For Your sake we suffer death all day long; we are counted as sheep for the slaughter" (Rom 8:36; Ps 43[44]:22). Secure in the hope of the divine reward, they go on joyfully, saying: "But in all these things we overcome because of Him who has loved us" (Rom 8:37). Elsewhere Scripture says: "You, O God, have tested us; You have tried us as silver by fire; you have brought us into a snare and have laid afflictions on our back" (Ps 65[66]:10-11). Then to show us that we ought to be under a superior, it adds: "You have set others over our heads" (Ps 65[66]:12).

Truly those who are patient amid hardships and unjust treatment fulfill the Lord's command: "When struck on one cheek they turn the other; to the one who takes their coat they give their cloak also; when forced to go one mile they go two" (cf. Matt 5:39-41). With the Apostle Paul they bear with "false brethren and bless those who curse them" (2 Cor 11:26; 1 Cor 4:12).

Feb. 2 – June 3 – Oct. 3
(Humility, continued)

The fifth step of humility is that they hide from the superior none of the evil thoughts which rise in the heart or the evils committed in secret, but humbly confess them. Concerning this the Scripture exhorts us: "Reveal your way to God and trust in God" (Ps 36[37]:5). And it says further: "Confess to God, for God is good, whose mercy endures forever" (Ps 105[106]:1; Ps 117[118]:1). The Prophet likewise says: "I have acknowledged my offense to You and my faults I have not concealed. I said I will confess my sins and You have forgiven the wickedness of my heart" (Ps 31[32]:5).

Feb. 3 – June 4 – Oct. 4
(Humility, continued)

The sixth step of humility is that they are content with the lowest and most menial treatment and in all that is asked of them they regard themselves as poor and worthless workers, saying with the Prophet: "I am insignificant and ignorant; no better than a beast before you, yet I am always with you" (Ps 72[73]:22-23).

Feb. 4 – June 5 – Oct. 5
(Humility, continued)

The seventh step of humility is that they not only declare with the tongue but believe in their hearts that they are the lowest and least valuable of people, humbling themselves and saying with the Prophet: "But I am a worm and not human, the reproach of others and despised by the people" (Ps 21[22]:7). "I was exalted and then humbled and confounded" (Ps 87[88]:16), and also: "It is a blessing that you have humbled me, that I may learn your commandments" (Ps 118[119]:71, 73).

Feb. 5 – June 6 – Oct. 6
(Humility, continued)

The eighth step of humility is that a monastic does nothing but what is sanctioned by the common rule of the monastery and the example of the elders.

Feb. 6 – June 7 – Oct. 7
(Humility, continued)

The ninth step of humility is that one controls the tongue and keeps silence until asked a question; for the Scripture shows that "In a flood of words, you will not avoid sinning" (Prov 10:19) and that "the talkative one goes about aimlessly on the earth" (Ps 139[140]:12).

**Feb. 7 – June 8 – Oct. 8
(Humility, continued)**

The tenth step of humility is that a monastic is not easily moved and quick to laughter, for it is written: "Only a fool raises the voice in laughter" (Sir 21:23).

**Feb. 8 – June 9 – Oct. 9
(Humility, continued)**

The eleventh step of humility is that when they speak, they speak gently and without laughter, humbly and with becoming modesty, with few and sensible words, and not loud of voice, as it is written: "The wise one is known by fewness of words."

**Feb. 9 – June 10 – Oct. 10
(Humility, continued)**

The twelfth step of humility is that they are not only humble of heart but in appearance, so that it is evident at the Work of God, in the garden, on a journey, in the field, or wherever they may be. Whether sitting, walking, or standing, the head is bowed and the eyes cast down. Ever holding themselves guilty of sins, they consider themselves already standing before the dread judgment seat of God, saying in their hearts what the publican in the Gospel said, with eyes fixed on the ground: "Lord, I am a sinner and not worthy to look up to heaven" (Luke 18:13), and with the Prophet: "I am bowed down and humbled in every way" (Ps 37[38]:7-9; Ps 118[119]:107).

Having, therefore, ascended all these steps of humility, they will presently arrive at the perfect love of God which casts out fear (1 John 4:18). Through this love, all the things that at first were observed with fear, they will now begin to observe without effort, though naturally by habit, no longer from the fear of hell but from the love of Christ, good habit, and delight in virtue. God will be pleased to manifest all this by the Holy Spirit in the laborer now cleansed from vice and sin.

Chapter 8

The Divine Office during the Night

Feb. 10 – June 11 – Oct. 11

During the winter season, that is, from the first of November until Easter, it seems reasonable that the community will rise at the eighth hour of the night. Having rested until a little past the middle of the night, they may rise with their food digested. In the time remaining after Vigils, those who still have some parts of the psalms to learn should study them.

Between Easter and November first, let the hour for celebrating Vigils be adjusted so that a very short interval will give time to go out for the necessities of nature. At daybreak, the morning office should follow.

Chapter 9

The Number of Psalms at the Night Office

Feb. 11 – June 12 – Oct. 12

During the winter season, Vigils begin with the verse: "God, open my lips and my mouth shall proclaim your praise" (Ps 50[51]:17). After this has been said three times, the order is as follows: Psalm 3 with Gloria ["Glory be to the Father"], Psalm 94 with an antiphon at least chanted, an Ambrosian hymn, then six psalms with antiphons.

After these and the versicle have been said, the superior gives the blessing. When all are seated on the benches, let three selections be read in turn by one of the members from the book on the reading stand. After each reading, a response is sung, with a Gloria only after the third reading. When the cantor begins to sing it, let all rise at once from their seats in honor and reverence of the Holy Trinity. Let the inspired books of both the Old and the New Testaments be read at the night offices, as well as explanations of them by reputable and orthodox catholic writers. After these three lessons and their responsories, six more psalms follow, sung with an Alleluia. After these follows a reading from the Apostle said by heart, then the versicle and the litany, that is, "Lord, have mercy." Thus is the night office concluded.

Chapter 10

How the Office Is to Be Said in Summer

Feb. 12 – June 13 – Oct. 13

From Easter until the first of November the winter arrangement for the number of psalms is followed, but because summer nights are shorter, the readings from the book are omitted. Instead of these three lessons, one from the Old Testament is said by heart, followed by a short responsory. In everything else, the winter arrangement is kept. All the rest is as in winter with never fewer than twelve psalms at the night office, not counting Psalms 3 and 94.

Chapter 11

The Night Office on Sundays

Feb. 13 – June 14 – Oct. 14

On Sunday, the community should rise earlier. At this office the following order should be observed, namely: after six psalms and a verse have been sung, as we arranged above, and all have been seated on the benches in their proper order, let four lessons with their responsories be read from the book, as we said above. At the fourth responsory only the Gloria is sung by the cantor, and as soon as it begins all immediately rise with reverence.

After these lessons, six more psalms with antiphons follow in order as before, a versicle, then four more readings and their responses as above. After these, three canticles from the prophets, selected by the superior, are chanted with Alleluia. After the verse and the superior's blessing, four lessons from the New Testament are to be read as arranged above. After the fourth responsory, the superior intones the hymn "Te Deum laudamus" [We praise you God]. After this, the superior reads from the Gospel, while all stand in reverence and awe. When the Gospel reading ends, all answer "Amen," and immediately the superior intones the hymn "Te decet laus" [To you be praise]. When the superior has given the blessing, Lauds will begin.

This arrangement is to be observed on all Sundays, summer and winter, unless, God forbid, the members rise too late. In that case, the lessons or responsories would have to be shortened. Let every precaution be taken that this does not occur but if it does, the one whose neglect caused it must make due satisfaction to God in the oratory.

Chapter 12

The Solemnity of Lauds

Feb. 14 – June 15 – Oct. 15

Lauds on Sunday begin with Psalm 66, said straight through without a refrain. This is followed by Psalm 50 with Alleluia, Psalms 117 and 62, the Canticle of the Three Young Men, Psalms 148 through 150, a reading from the Apocalypse, said by heart with a responsory, the Ambrosian hymn, a versicle, Gospel canticle, the litany, and conclusion.

Chapter 13

Lauds on Ordinary Days

Feb. 15 – June 16 – Oct. 16

On weekdays let Lauds be celebrated in the following manner: Psalm 66 is said without an antiphon, drawing it out a little as on Sunday so that everyone can arrive for Psalm 50, which has an antiphon. Next, two other psalms are said according to custom: Psalms 5 and 35 on Monday, Psalms 42 and 56 on Tuesday, Psalms 63 and 64 on Wednesday, Psalms 87 and 89 on Thursday, Psalms 75 and 91 on Friday, and on Saturday, Psalm 142 and the canticle from Deuteronomy, in two sections with a Gloria after each. On the other days, however, a canticle from the prophets is said according to the practice of the Roman church. After these follow Psalms 148 to 150, one lesson from the Apostle, recited from memory, the responsory, an Ambrosian hymn, the versicle, the Gospel canticle, the litany, and conclusion. The morning and evening office should assuredly never end without the superior praying the entire Lord's Prayer for all to hear because thorns of contention are likely to spring up. Warned by the pledge the members make to one another when they say, "Forgive us as we forgive" (Matt 6:12), so they may cleanse themselves of this kind of failing.

At the other hours, let only the last part of this prayer be said aloud, so that all may answer, "But deliver us from evil" (Matt 6:13).

Chapter 14

The Night Office on the Feasts of Saints

Feb. 17 – June 18 – Oct. 18

On the feasts of the saints and on all solemn festivals, the Sunday order of celebration is followed except that the psalms, the antiphons, and the lessons proper for that day are said. The procedure, however, remains as indicated above.

Chapter 15

When Alleluia Is to Be Said

Feb. 18 – June 19 – Oct. 19

From holy Easter until Pentecost, "Alleluia" is always said both with the psalms and with the responsories. Every night from Pentecost until the beginning of Lent, it is only said with the last six psalms. Vigils, Lauds, Prime, Terce, Sext, and None are said with Alleluia every Sunday except in Lent. At Vespers, however, a refrain is used. Alleluia is never said with responsories except from Easter to Pentecost.

Chapter 16

The Work of God during the Day

Feb. 19 – June 20 – Oct. 20

As the Prophet says, "Seven times a day I have praised You" (Ps 118[119]:164). We will fulfill this sacred number of seven if we perform the obligation of our service at Lauds, Prime, Terce, Sext, None, Vespers, and

Compline because it was of these hours that it was said: "Seven times a day I have praised You" (Ps 118[119]:164). Concerning Vigils, the same Prophet says, "At midnight I arose to give you praise" (Ps 118[119]:62). Therefore, let us offer praise to our Creator "for just judgments" at Lauds, Prime, Terce, Sext, None, Vespers, and Compline, and "let us rise at night to give God praise" (cf. Ps 118[119]:164, 62).

Chapter 17

The Number of Psalms to Be Sung at These Hours

Feb. 20 – June 21 – Oct. 21

We have already arranged the order of the psalmody for the night and the morning office; let us next arrange for the other hours. Three psalms are to be said at Prime, each followed by a Gloria. The hymn for this hour is sung after the opening versicle, "God come to my assistance" (Ps 69[70]:2) before the psalms begin. One reading follows the three psalms, and the hour concludes with a versicle, the Kyrie, and the dismissal.

At the third, sixth, and ninth hours, the prayer will be said in the same order, namely, the verse, the hymn proper to each hour, three psalms, the reading with a versicle, the Kyrie, and the dismissal. If the community is large, refrains are used with the psalms; but if small, they are prayed without refrain. Vespers should be limited to four psalms with refrain. After these psalms follow a reading with responsory, an Ambrosian hymn, versicle, gospel canticle, the litany, and the Lord's Prayer immediately before the dismissal.

Compline is limited to three psalms, without refrain, the hymn for the hour, lesson, versicle, Kyrie, the blessing, and the dismissal.

Chapter 18

The Order of the Psalmody

Feb. 21 – June 22 – Oct. 22

Each of the day hours begins with the verse, "O God, come to my assistance, O Lord, make haste to help me" (Ps 69[70]:2), followed by the Gloria and the hymn for each hour. Then, at Prime on Sunday, four sections of Psalm 118 are said. At the other Hours, namely Terce, Sext, and None, three sections of the same psalm are said. On Monday at Prime, Psalms 1, 2, and 6 are said. Each day thereafter until Sunday, three psalms are said in consecutive order up to Psalm 19. Psalms 9 and 17 are to be divided into two sections so that Sunday Vigils always begin with Psalm 20.

Feb. 22 – June 23 – Oct. 23
(Order of Psalmody, continued)

At Terce, Sext, and None on Monday, the nine remaining sections of Psalm 118 are said, three sections at each of these hours. Psalm 118 is thus completed in two days, Sunday and Monday. On Tuesday, three psalms are said at each of the hours of Terce, Sext, and None: the nine psalms from Psalm 119 to 127. These psalms are repeated the same way until Sunday. Likewise, the arrangement of hymns, readings, and versicles remains the same so that Psalm 118 always begins on Sunday.

Feb. 23 – June 24 – Oct. 24
(Order of Psalmody, continued)

Four psalms are sung each day at Vespers starting with Psalm 109 and ending with Psalm 147, omitting those assigned to other Hours: Psalms 117 through 127, Psalm 133 and 142. All the rest are said at Vespers. Since this leaves three too few, the longer ones, that is Psalms 138, 143, and 144, are to be divided. Because Psalm 116 is short, let it be joined to Psalm 115. With this order of the psalms for Vespers, the lessons, responsories, hymns, versicles and canticles are to be as directed above.

At Compline, let the same psalms be repeated every day: Psalms 4, 90, and 133.

Feb. 24 in Leap Year (otherwise added to preceding) – June 25 – Oct. 25
(Order of Psalmody, continued)

The remaining psalms not in this arrangement for the day hours are to be divided equally into seven Night Offices. Longer psalms are to be divided so that twelve psalms are said each night. Above all else, we urge that if anyone finds this distribution of the psalms unsatisfactory, they should arrange whatever they think better, providing that the whole one hundred and fifty psalms are said every week, and that they always begin again at Sunday Vigils. Those monastics who in a week pray less than the whole psalter with its customary canticles show too lax a devotion in their service. For we read that our holy forebearers energetically fulfilled this in one day. Let us hope that we, lukewarm as we are, can achieve it in a whole week.

Chapter 19

The Discipline of the Psalmody

Feb. 24 (25) – June 26 – Oct. 26

We believe that the divine presence is everywhere and "in every place the eyes of God are watching the good and the wicked" (cf. Prov 15:3). But beyond the least doubt we should believe this to be especially true when we take part in the Divine Office. We must always be mindful of what the Prophet says: "Serve God with fear" (Ps 2:11); and again, "Sing praise wisely" (Ps 46[47]:8); and, "I will sing praise to You in the sight of the angels" (Ps 137[138]:1). Therefore, let us consider how it becomes us to behave in the sight of God and the angels, and let us stand to sing the psalms in such a way that our minds are in harmony with our voices.

Chapter 20

Reverence at Prayer

Feb. 25 (26) – June 27 – Oct. 27

If, when we want to ask a favor of someone powerful, we approach with humility and reverence, how much more important that we petition the God of the universe with all humility and purity of devotion. We must be assured that it is not in many words but in purity of heart and tears of compunction that we are heard. For this reason, prayer ought to be short and pure, unless perhaps it is prolonged by the inspiration of divine grace. In community, however, prayer should always be brief and, when the superior gives the sign, all rise together.

Chapter 21

The Deans of the Monastery

Feb. 26 (27) – June 28 – Oct. 28

If the community is large, let members of good repute and holy life be chosen from among them and be appointed deans. They are to take care of their group of ten, managing everything according to the commandments of God and the directions of their superior. Those chosen deans should be the kind of persons with whom the superior may confidently share the burden. They are not to be chosen for their rank but for virtuous living and their wise teaching. If any of them, puffed up with pride, should be found blameworthy, they are to be corrected once and again and even a third time. One who refuses to amend must be deposed and replaced by someone who is worthy. We prescribe the same course of action with reference to the prior.

Chapter 22

The Sleeping Arrangements

Feb. 27 (28) – June 29 – Oct. 29

The community members each sleep in a separate bed. They are to receive bedding suitable to their monastic life, as provided by their superior. If possible, all sleep in one place, but if the size of the community prevents this, let them sleep in tens or twenties under the charge of seniors. A lamp is to be kept burning in the room until morning.

They sleep clothed and girded with belts or cords, but they should remove their knives lest they accidentally cut themselves while sleeping. Thus, they will always be ready to arise without delay when the signal is given. Let them hasten to arrive at the Work of God before others, yet with all dignity and decorum. The younger members should not have their beds beside each other but intermingled with the seniors. Rising for the Work of God, let them gently encourage one another, for the drowsy like to make excuses.

Chapter 23

Excommunication for Faults

Feb. 28 (29) – June 30 – Oct. 30

If a community member is found to be stubborn or disobedient or proud, if a murmurer or one who opposes anything in the holy rule and defies the orders of superiors, that person should be warned twice by the seniors privately according to the command of our Lord (cf. Matt 18:15-16). One who does not amend is to be rebuked publicly before all. One who understands the nature of the punishment and still does not reform is then to be excommunicated. An offender who lacks understanding is to undergo corporal punishment.

Chapter 24

The Manner of Excommunication

March 1 – July 1 – Oct. 31

The degree of excommunication or punishment should be proportionate to the seriousness of the offense, a determination left to the judgment of the superior. Anyone guilty of less serious faults will not be allowed to share the common table. The following will be the practice for those excluded from the common table: they do not intone a psalm or an antiphon nor read a lesson in the oratory until they have made satisfaction; they will take their meals alone after the others have eaten. If, for instance, the community eats at the sixth hour, they will take theirs at the ninth, and if the community eats at the ninth, they will eat in the evening, until by due satisfaction they obtain pardon.

Chapter 25

Serious Faults

March 2 – July 2 – Nov. 1

Those who are guilty of a serious fault are to be excluded from both the table and the oratory. No one else is to associate or speak with them. They will work alone at assigned tasks, in continual penitential sorrow, mindful of the terrible judgment of the Apostle who says, "Such a one is delivered over for the destruction of the flesh that the spirit may be saved in the day of the Lord" (1 Cor 5:5). They are to take their food alone in such quantity and at such a time as the superior considers appropriate. They are not to be blessed by anyone passing by, nor is the food that is given them to be blessed.

Chapter 26

Unauthorized Association with the Excommunicated

March 3 – July 3 – Nov. 2

Anyone who presumes to associate with an excommunicated member in any way, or to speak with the person or to send a message, without the command of the superior, should incur the same penalty of excommunication.

Chapter 27

The Superior's Concern for the Excommunicated

March 4 – July 4 – Nov. 3

The superior should show the utmost care and concern for wayward members because "it is not the healthy who need a physician but the sick" (Matt 9:12). Therefore, like a prudent physician the superior ought to use every opportunity to send *senpectae*, namely, mature and wise members, to support the wavering one in secret, urge humility to make satisfaction, and console them, "lest they be overwhelmed by excessive sorrow" (2 Cor 2:7) As the Apostle also says, "reaffirm your love for them" (2 Cor 2:8); and let all pray for that member.

It is the superior's responsibility to have great concern and to act with all speed, discernment, and diligence, so as not to lose any of the flock entrusted. For superiors must realize that they have undertaken care of the sick, not tyranny over the healthy. Let them fear the threat of the Prophet through whom God says: "What you saw to be fat you claimed for yourselves, and what was weak you cast aside" (Ezek 34:3-4). Let them follow the loving example of the Good Shepherd, who, leaving the ninety-nine sheep in the mountains, went to seek the one that had gone astray. So great was his compassion for its weakness that he mercifully placed it on his sacred shoulders and thus carried it back to the fold (cf. Luke 15:5).

Chapter 28

Those Who Do Not Amend after Frequent Corrections

March 5 – July 5 – Nov. 4

A member who has been corrected often for a fault or has even been excommunicated yet does not amend should receive a more severe correction, namely, corporal punishment. But if even then the person does not reform or perhaps becomes proud and, God forbid, even defends the actions, then let the superior act like a wise physician. After applying soothing compresses, the ointment of encouragement, the medicine of the Holy Scripture, and finally the cauterizing iron of excommunication and the blows of the rod, and seeing that all these earnest efforts are of no avail, let the superior apply an even more potent remedy. All of the community members are to pray that God who is all-powerful may bring about a cure.

But if anyone is not healed even in this way, the superior must use the knife and amputate. As the Apostle says: "Banish the evil one from among you" (1 Cor 5:13); and again: "If the faithless depart, let them depart" (1 Cor 7:15), lest one diseased sheep infect the whole flock.

Chapter 29

Readmission of Those Who Leave the Monastery

March 6 – July 6 – Nov. 5

Anyone who leaves the monastery through their own fault then desires to return must first promise to make full amends for the fault. That one is to be received in the last place as a test of humility. One who leaves again should be received up to three times, knowing that after this every means of return will be denied.

Chapter 30

Correction of the Young

March 7 – July 7 – Nov. 6

Every age and understanding should have its proper discipline. Whenever, therefore, children or youths or those who cannot understand the seriousness of the penalty of excommunication are guilty of a serious fault, let them undergo severe fasting or be disciplined with corporal punishment to correct them.

Chapter 31

Qualifications of the Cellarer

March 8 – July 8 – Nov. 7

Let there be chosen as cellarer of the monastery a member who is wise, mature in conduct, temperate, not gluttonous, not proud, excitable, offensive, stingy, or wasteful, but God-fearing and like a parent to the whole community. The cellarer will have charge of everything, will do nothing without the command of the superior and keep to those orders.

The cellarer is not to annoy the community members. If members make unreasonable requests, let the cellarer not reject them with disdain but reasonably and humbly refuse the request. Cellarers must be watchful of their own souls, always mindful of the saying of the Apostle: "Those who serve well gain a good reward" (1 Tim 3:13). Let them show great care for the sick, the children, the guests, and the poor, with all care, knowing that without doubt they will have to give an account for all these on judgment day. Let them regard all the vessels and goods of the monastery as if they were the sacred vessels of the altar, aware that nothing is to be neglected. The cellarer should not be prone to greed, not be wasteful or extravagant with the monastery's goods, but do everything with moderation and according to the bidding of the superior.

March 8 – July 8 – Nov. 7
(The Cellarer, continued)

Above all, let the cellarer be humble. If they do not have the goods requested, a kind word is to be offered in reply, for it is written: "A good word is better than the best gift" (Sir 18:17). The cellarer should take care of everything that the superior has entrusted and not presume to meddle with what is withheld. The members are to be given their allotted portion of food without any pride or delay lest they be scandalized, mindful of what Scripture declares to be the fate of anyone "who leads one of these little ones astray" (Matt 18:6).

If the community is rather large, let assistants be given so that, with their help, the cellarer may calmly perform the office entrusted. Necessary items are to be requested and given at the proper times, so that nobody may be disturbed or distressed in the house of God.

Chapter 32

The Tools and Goods of the Monastery

March 10 – July 10 – Nov. 9

The property of the monastery, whether its tools, clothing, or anything else, should be entrusted to members whom the superior appoints because of confidence in their manner of life. The superior will issue to them, as deemed proper, all the articles to be cared for and collected after use. The superior will keep a list of these things so that, when members succeed each other in assigned tasks, the superior will know what is given and what is received back. Anyone who fails to keep the goods of the monastery clean or treats them carelessly should be reprimanded and, if they do not amend, be subjected to the discipline of the rule.

Chapter 33

Private Ownership

March 11 – July 11 – Nov. 10

Above all, the vice of personal ownership in the monastery must by be cut out by the very root. Without the superior's permission, no one may presume to give, receive, or keep anything as one's own, not a book, nor writing tablet, nor stylus, nor anything else whatsoever, since monastics are not allowed to have even their bodies or their wills at their own disposal. Rather, they must look to their spiritual parent in the monastery for everything they need and are not allowed to have anything which the superior did not give or permit them to have. "All things are to be the common possession of all," as it is written, "so that no one presumes to call anything their own" (cf. Acts 4:32). Anyone caught indulging in this most detestable vice should be warned a first and second time. One who does not amend should be subjected to punishment.

Chapter 34

Distribution According to Need

March 12 – July 12 – Nov. 11

It is written, "Distribution was made to everyone as they had need" (Acts 4:35). We do not imply by this that there should be favoritism, God forbid, but rather concern for weaknesses. Whoever needs less should thank God and not be sad, but whoever needs more should feel humble because of weakness and not self-important over the mercy shown. Thus, all the members will be at peace.

Above all, there must be no word or sign of the evil of murmuring for any reason whatever. Anyone caught grumbling should undergo rather severe discipline.

Chapter 35

Weekly Kitchen Servers

March 13 – July 13 – Nov. 12

Community members should serve one another. Therefore, no one will be excused from kitchen service unless sick or engaged in some other essential work, for such service increases merit and fosters love. Let those who are not strong have help so they can serve without distress, and all are to have help according to the size of the community or local circumstances. If the community is large, the cellarer may be excused from the kitchen, and, as we have said, those engaged in other important business. Let all the rest serve each other in love.

On Saturday, those completing the weekly service do the washing. They are to wash the towels with which the community members wiped their hands and feet. Both the ones completing and the ones beginning their week of service are to wash the feet of all. The utensils for the kitchen service are to be returned to the cellarer clean and intact. In this way the cellarer will know what has been given and what has been received back.

March 14 – July 14 – Nov. 13
(Kitchen Servers, continued)

An hour before mealtime, the weekly servers each receive a drink and a piece of bread over and above the regular portion so that at mealtime they may serve without grumbling or hardship. On solemn feast days, they should wait until the final prayer.

As soon as the morning office on Sunday is ended, those beginning and completing their week of service are to make a profound bow in the oratory before all, asking their prayers. Those completing their service say the following verse: "Blessed are you, God, who have helped and comforted me" (Dan 3:52; Ps 85[86]:17). After saying this three times, they receive a blessing. Then the ones beginning service follow, saying: "God, come to my assistance, make haste to help me" (Ps 69[70]:2). All repeat this three times and, having received the blessing, they enter upon their weekly service.

Chapter 36

The Sick Members

March 15 – July 15 – Nov. 14

Above and before all else, care must be taken of the sick, that they may truly be served as if they were Christ for he has said, "I was sick and you visited Me" (Matt 25:36), and "Whatever you did for one of these least ones, you did for Me" (Matt 25:40). For their part, the sick are to bear in mind that they are served for the honor of God, and let them not distress those who serve them by excessive demands. Yet the sick must be patiently borne with because serving them leads to a bountiful reward. The superior's greatest concern, therefore, must be that they suffer no neglect.

A separate room is to be set apart for the sick members with a God-fearing, attentive, and concerned attendant to serve them. The sick may take baths as often as it is advisable, but permission should be granted less readily to the healthy and especially the young. To regain their strength, the very weak may eat meat, but when they have improved, they should abstain from meat as usual.

The superior must take the utmost care that the sick are not neglected by the cellarer or their servers because the superior is responsible for the faults of the disciples.

Chapter 37

The Elderly and Children

March 16 – July 16 – Nov. 15

Although human nature itself is inclined to feel compassion for the old and young, the authority of the rule should also make provision for them. Since their lack of strength should always be taken into account, the strictness of the rule regarding food should not be imposed on them, but they should be treated with loving consideration and allowed to eat before the regular hours.

Chapter 38

The Weekly Reader

March 17 – July 17 – Nov. 16

Reading should always accompany the meals of the community. The reader should not just be anyone who happens to pick up the book but one who is to read for the whole week beginning on Sunday. After Mass and Communion, let the incoming reader ask all to pray that God may ward off the spirit of pride. Let the reader begin this verse in the oratory: "God, open my lips and my mouth shall proclaim your praise" Ps 50[51]:17) and all recite it three times, after which the reader begins the week of service.

Let there be complete silence so that only the voice of the reader is heard with no other whispering or speaking. The community members should serve each other's needs as they eat and drink so that no one need ask for anything. If, however, it is necessary, the request should be made by means of an audible signal of some kind rather than by speaking. No one should presume to ask a question about the reading or anything else, "lest the devil be given an opening" (Eph 4:27; 1 Tim 5:14). The superior, however, may wish to say a few words of instruction.

The reader for the week may receive some diluted wine before beginning to read because of Holy Communion, lest the fast be too hard to endure. After the meal, the reader will eat with the weekly kitchen and table servers. Community members will not read or sing according to rank but only those who can edify their hearers.

Chapter 39

The Quantity of Food

March 18 – July 18 – Nov. 17

We believe that for the daily meal, whether at noon or mid-afternoon, two kinds of cooked food are sufficient. Considering individual weaknesses, those who may not be able to eat one may partake of the other. Therefore, two kinds of cooked foods should be sufficient for all, and if fruit or fresh vegetables are available, a third may be added. A generous pound of bread is enough for the day, whether there is only one meal or for both dinner and supper. If they are to eat supper, the cellarer will set aside a third of this pound to be given at supper.

If the work has been especially hard, the superior has the authority to decide to add something more if appropriate. Above all, overindulgence is to be avoided so that no one be overtaken by indigestion. For nothing is so contrary to Christian life as excess. As our Lord says,

"Take care that your hearts are not weighed down by overindulgence" (Luke 21:34).

The young should not be served the same amount of food as adults, observing the frugality of the rule. Let all except those weak from sickness abstain altogether from eating the flesh of four-footed animals.

Chapter 40

The Quantity of Drink

March 19 – July 19 – Nov. 18

"Everyone has a proper gift from God, one this and another that" (1 Cor 7:7). It is with some uneasiness, therefore, that we determine the measure of food and drink for others. However, making allowance for the infirmities of the sick, we believe that a *hemina* of wine a day is sufficient for each one. But those to whom God grants the strength to abstain should know that they earn special reward. The superior will determine when local conditions, the work, or the summer heat indicate the need for more but, in any case, great care must be taken so that excess or drunkenness do not creep in.

Although we read that monastics should not drink wine at all, those of our times cannot be persuaded of this, so let us at least agree to drink moderately and not to excess, "for wine makes even the wise go astray" (Sir 19:2). However, where local conditions are such that much less or even none at all can be obtained, let those who live there bless God and not murmur. Above all, we admonish them not to murmur.

Chapter 41

The Times for Community Meals

March 20 – July 20 – Nov. 19

From holy Easter to Pentecost, the community will eat at noon and take supper in the evening. From Pentecost throughout the summer, they are to fast on Wednesday and Friday until mid-afternoon unless they are working in the fields or the summer heat is oppressive. On the other days, they eat at noon. The superior can decide if they should eat at noon every day if they have work in the fields or the heat of the summer is extreme. The superior should likewise so arrange and moderate everything that souls may be saved, and the members may do their work without justifiable grumbling. From the thirteenth of September until the beginning of Lent, let them always take their meal in mid-afternoon. From the beginning of Lent until Easter, they will eat toward evening. But Vespers should be celebrated early enough that they will not need lamplight during their meal, and everything can be finished while it is still daylight. At all times, let the hour of the main meal or supper be so arranged that everything is done by daylight.

Chapter 42

Silence after Compline

March 21 – July 21 – Nov. 20

Monastics ought to cultivate silence at all times but especially at night. Therefore, this will be the arrangement every day, whether on fasting or ordinary days. When there are two meals, all will sit together as soon as they rise from supper. Someone should read from the *Conferences* or the *Lives* of the Fathers or something else that will edify the hearers, but not the Heptateuch or the Books of Kings, because it would not be good for tired minds to hear at that hour. They should, however, be read at other times. On fast days, there should be a short interval between Vespers and the reading of the *Conferences* as we said. Four or five pages should be read or as many as time permits. This time of the reading will allow all to assemble if some have been engaged in assigned tasks. When all have assembled in one place, let them say Compline, and on leaving Compline, no one will be permitted to speak further. Any who are found to break this rule of silence must undergo severe punishment, unless guests require attention or the superior should perhaps give a command, but even this is to be done with the utmost gravity and proper reserve.

Chapter 43

Tardiness at the Work of God or at Table

March 22 – July 22 – Nov. 21

On hearing the signal for the time of the Divine Office, let everyone immediately set down whatever they have in hand and hasten there with utmost speed, yet with gravity so that there is no occasion for frivolity. Indeed, let nothing be preferred to the Work of God. If any arrive for the night office after the Gloria of Psalm 94, which we wish, therefore, to be said very deliberately and slowly, let them not stand in their own place in the choir. They must stand in the last place or in a place set apart by the superior for such careless ones. Thus, they may be seen by the superior and by all until, at the end of the Work of God, they make satisfaction by public penance. We have decided that they should stand in the last place or apart from the rest so that the attention they attract will shame them into amending. For if they were to stay outside the oratory, there may be those who would go back to bed and sleep or, worse yet, would sit outside and gossip, "giving the devil an opening" (Eph 4:27; 1 Tim 5:14). They should come inside so that they may not lose everything and may amend for the future.

At the day hours, whoever does not arrive for the Work of God until after the verse and the Gloria of the first psalm, which is said after the verse, should stand in the last place, according to the rule stated above. They should not presume to join the choir of those singing the psalms until they have made satisfaction, unless perhaps the superior pardons them and permits them to do so. Even so, the one at fault must still make amends.

March 23 – July 23 – Nov. 22
(Tardiness, continued)

Any who do not come to table before the verse so that all may say the verse and pray and sit down at table together, through their own negligence or fault, are to be corrected twice for this. If they still do not amend, let them not be permitted to eat at the common table, but let them take their meals alone, cut off from the company of all. Their portion of wine should be taken away until they have made satisfaction and amended. Whoever is not present at the verse said after the meal is to be treated in the same manner.

No one may presume to eat or drink before or after the appointed time. But if someone should be offered something by the superior and turns it down, then later wants what was refused or anything else, that one should receive nothing at all until proper amends have been made.

Chapter 44

Satisfaction by the Excommunicated

March 24 – July 24 – Nov. 23

Whoever is excommunicated for serious faults from the oratory and the table should lie silently prostrate at the oratory entrance at the end of the celebration of the Work of God. They should lie face down at the feet of all as they leave the oratory. They are to do this until the superior judges that enough satisfaction has been made. Then, at the superior's bidding, they prostrate at the superior's feet, then at the feet of all, that they may pray for the offender. Only then, if the superior orders it, should they be received back into their place in the choir or the place the superior assigns. Even so, they do not presume to intone a psalm or a lesson or anything else in the oratory unless the superior bids it. At all the Hours, when the Work of God ends, they are to prostrate in the place where they stand and continue to make satisfaction until the superior again bids them to cease doing so.

Those excommunicated for less serious faults from the table only make satisfaction in the oratory for as long as the superior commands. They do so until the superior gives a blessing and says, "It is enough."

Chapter 45

Mistakes in the Oratory

March 25 – July 25 – Nov. 24

Any who make a mistake in a psalm, responsory, antiphon, or reading must make satisfaction right away before all. If they do not humble themselves, they should suffer more severe punishment for failing to correct by humility what was done through negligence. Children, however, should be whipped for such a fault.

Chapter 46

Faults in Other Matters

March 26 – July 26 – Nov. 25

Anyone who, while working in the kitchen, in the storeroom, in serving, in the bakery, in the garden, or at any craft or anywhere, commits a fault, breaks or loses anything, or transgresses in any way in any place, must at once come before the superior and the community and of their own accord confess the offense and make satisfaction. If it becomes known through another, let them be subjected to a more severe correction.

If, however, the cause of the offense is a hidden problem of conscience, let them disclose it to the superior alone or to one of the spiritual elders who know how to heal their own wounds and those of others while not exposing them and making them public.

Chapter 47

The Signal for the Work of God

March 27 – July 27 – Nov. 26

It is the superior's responsibility to announce the time for the Work of God day and night. The signal should either be given personally or entrusted to a careful member so that everything will be done at the proper time.

Those who have been ordered to do so lead the psalms or the antiphons according to their rank after the superior. No one, however, should presume to sing or read unless capable of benefitting the hearers. Let this be done with humility, seriousness, and reverence by the one whom the superior designates.

Chapter 48

The Daily Manual Labor

March 28 – July 28 – Nov. 27

Idleness is the enemy of the soul. Therefore, the community members should have specified times for manual labor and for sacred reading. We believe the time for each may be arranged as follows. From Easter until the first of October, they go out in the morning from the first until about the fourth hour to do the necessary work. From the fourth hour until the time of Sext, they devote themselves to reading. After the sixth hour, however, when they have risen from table, let them rest on their beds in complete silence. If any desire to read privately, they may do so in a way that does not disturb others. None should be said a little early, about the middle of the eighth hour, and then they should return to necessary work until Vespers.

If, however, the needs of the place or poverty require them to do the harvesting themselves, they should not be sad. For if they live by the work of their hands, as did also our forebearers and the apostles, then they are truly monastic. Yet all things should be done with moderation on account of the fainthearted.

March 29 – July 29 – Nov. 28
(Manual Labor, continued)

From the first of October until the beginning of Lent, they should devote themselves to reading until the end of the second hour. Terce is then said, after which they should labor until None at their assigned tasks. At the first signal for the hour of None, all put aside their work to be ready at the second signal. After their meal, let them devote themselves to reading or the psalms.

During the days of Lent, they should be free in the morning for reading until the third hour, and they will work until the tenth hour at their assigned tasks. During this time of Lent, each one is to receive a book from the library and is to read it straight through to the end. These books are to be given out at the beginning of Lent.

Above all, let one or two seniors be appointed to make the rounds of the monastery during the time for reading. They are to watch for anyone who is so apathetic as to engage in idleness or vain talk and is neglectful of reading. These not only harm themselves but also disturb others. If such are found, which God forbid, they should be reproved once and again. If they do not amend, they should be subjected to the discipline of the rule as a warning to others. Furthermore, no one is to associate with another at inappropriate times.

**March 30 – July 30 – Nov. 29
(Manual Labor, continued)**

On Sunday, all are to devote themselves to reading except those who are appointed to various tasks. But if any should be so careless and slothful that they will not or cannot meditate or read, they should be given some work so that they will not be idle.

The weak and the sick should be given some work or craft that will keep them busy but will not overwhelm them or drive them away. The superior must take their weakness into account.

Chapter 49

The Observance of Lent

March 31 – July 31 – Nov. 30

The monastic life should always be a Lenten observance. However, since few have such strength, we urge that during these days of Lent the entire community keep the purity of their manner of life and wash away during this holy season the negligences of other times. We can do this worthily by restraining all evil habits, devoting ourselves to tearful prayer, reading, compunction of heart, and self-denial.

During these days, therefore, let us add something to the usual amount of our service, private prayer, and abstinence from food and drink so that each one will have something above the prescribed measure to offer to God in free will "with the joy of the Holy Spirit" (1 Thess 1:6). Let them deny themselves some food, drink, sleep, needless talking or jesting, and look forward to holy Easter with the joy of spiritual longing.

Let each one, however, make known to the superior what is being offered and let it be done with blessing and approval. For whatever is done without permission of the spiritual leader will be counted as presumption and vainglory, not reward. Therefore, everything should be done with the approval of the superior.

Chapter 50

Those Working at a Distance or Traveling

April 1 – Aug. 1 – Dec. 1

Those working too far away to come to the oratory at the appointed time, if the superior determines that to be the case, are to perform the Work of God where they are, kneeling in the fear of God. Likewise, those who are sent on a journey are not to omit praying at the proper hours but to observe them privately as best they can, not neglecting their measure of service.

Chapter 51

Those on a Short Journey

April 2 – Aug. 2 – Dec. 2

One who is sent out on any business and is expected to return to the monastery the same day must not presume to eat outside, even if pressed by someone to do so, unless told to do so by the superior. Any who act otherwise will be excommunicated.

Chapter 52

The Oratory of the Monastery

April 3 – Aug. 3 – Dec. 3

Let the oratory be what it is called and let nothing else be done or stored there. When the Work of God is finished, all should leave in deepest silence and show reverence to God so that anyone who may wish to pray alone is not disturbed by the insensitivity of another. If any wish to pray privately at other times, let them simply go in and pray, not with a loud voice but with tears and fervor of heart. Whoever does not pray in this way is not to stay in the oratory after the Work of God is finished so that the prayer of another may not be disturbed.

Chapter 53

The Reception of Guests

April 4 – Aug. 4 – Dec. 4

All guests who arrive should be received as Christ, because he will say: "I was a stranger and you took me in" (Matt 25:35). Due honor should be shown to all, especially to those "of the household of the faith" (Gal 6:10) and to pilgrims.

As soon as guests are announced, the superior and the community should hurry to meet them with every mark of love. They should first pray together and thus be united in peace. This kiss of peace should not be given before a prayer has first been said on account of the delusions of the devil. All humility should be shown to the guests on arrival or departure by bowing the head or prostrating the whole body on the ground. Christ is to be adored in them as it is he who is in fact being received.

After guests have been received, they should be invited to pray, and afterwards the superior, or one designated, will sit with them. Let the divine law be read to the guests for their edification, after which every kindness is to be shown. The superior may break the fast for the sake of guests unless it is a day of solemn fast that cannot be broken. The community, however, will keep the customary fast. The superior should pour water on the guest's hands and both the superior and the whole community should wash the feet of all guests. After the washing, let them pray this verse: "We have received Your mercy, O God, in the midst of Your temple" (Ps 47[48]:10). The greatest care should be shown in the reception of the poor and travelers, because Christ is received more specially in them, whereas our awe for the wealthy itself gains them respect.

April 5 – Aug. 5 – Dec. 5
(Reception of Guests, continued)

The kitchen of the superior and the guests should be separate so that the community may not be disturbed by the guests—and the monastery is never without them—who arrive at unpredictable times. Each year two members who are able to do the work competently should be assigned to the kitchen. Additional help should be given them as needed so that they may serve without complaint, and when there is less for them to do, they should go out again for other assigned work. This principle pertains not only to them but to all duties in the monastery that, whenever they need help, it be given them and that when they have nothing to do, they work as assigned. The guest quarters should be assigned to a God-fearing member. Adequate bedding should be available there. The house of God should be in the care of the wise who will manage it wisely.

No one is to associate or speak with guests unless bidden to do so; but if they meet or see guests, they are to greet them humbly, as we have said. They should ask a blessing and continue on their way, explaining that they are not allowed to speak with a guest.

Chapter 54

Letters or Gifts for Monastics

April 6 – Aug. 6 – Dec. 6

Members of a monastic community are not allowed to give or to receive letters, tokens, or gifts of any kind, either from parents or any other person, nor from each other, without the permission of the superior. They must not presume to accept gifts even from their parents before informing the superior. If the superior orders that it be accepted, it is still in the superior's power to give it to whomever they please and the one to whom it was sent should not become sad, that "no opening be given to the devil" (Eph 4:27; 1 Tim 5:14). Whoever presumes to act otherwise shall undergo the discipline of the rule.

Chapter 55

The Clothing and Footgear of the Community

April 7 – Aug. 7 – Dec. 7

Clothing given to the community members should be suitable to the circumstances and climate of the place in which they live, because more is needed in cold regions and less in warmer ones. This is left to the superior's discretion. We believe that for a temperate climate a cowl and a tunic for each are sufficient. A woolen cowl is necessary in winter and a thin or worn one for summer, as well as a scapular for work, and both sandals and shoes for foot covering. They must not complain about the color or the texture of all these things but use what is available in the vicinity or what can be bought more cheaply. However, the superior should be concerned about the size of these garments that they are not too short but are fitted to the wearer.

Those who receive new clothes should immediately return the old ones to be put in the wardrobe for the poor. For it is sufficient for the members to have two tunics and two cowls, to provide for night wear and for washing. Anything more is superfluous and should be taken away. When they receive anything new, sandals or whatever is old must be returned. Those sent out on a journey should receive pants from the wardrobe, which they are to wash and give back on their return. Their cowls and tunics should also be a little better than the ones they usually wear. They are to receive them from the wardrobe when they set out on a journey and give them back when they return.

**April 8 – Aug. 8 – Dec. 8
(Clothing and Footgear, continued)**

For their bedding, a straw mattress, a woolen blanket, a light cover, and a pillow are sufficient. These beds should frequently be inspected by the superior to see if personal possessions are found there. One who is discovered to have anything not received from the superior must be subjected to very severe discipline. In order for this vice of private ownership to be completely uprooted, the superior should provide everything necessary: cowl, tunic, sandals, shoes, belt, knife, stylus, needle, handkerchief, and writing tablet. Thus, every excuse of lacking some necessity will be removed. The superior must always bear in mind the verse from the Acts of the Apostles, "Distribution was made to everyone as they had need" (Acts 4:35). In this way the superior will have regard for the infirmities of the needy, not for the bad will of the envious. Yet in all decisions, the superior should bear in mind God's retribution.

Chapter 56

The Superior's Table

April 9 – Aug. 9 – Dec. 9

The superior's table should always be with the guests and travelers. Whenever there are no guests, any of the community members may be invited as the superior wishes. However, one or two of the seniors should always remain with the community for the sake of discipline.

Chapter 57

The Artisans of the Monastery

April 10 – Aug. 10 – Dec. 10

If there are skilled workers in the monastery, let them practice their craft in all humility if they are given permission. But if any of them should grow so proud of their skillfulness that they think they are conferring a great gift on the monastery, they should be removed from that work and not allowed to resume it unless, after they have humbled themselves, the superior again permits it. Whenever products of the artisans are sold, those who transact the sales must not dare to practice any fraud on the monastery. Let them always remember Ananias and Saphira (cf. Acts 5:1-11), lest they and all who practice any deception in monastery affairs suffer in the soul what those two suffered in the body. The evil of avarice must not creep in when setting prices, which should always be a little lower than those outside the monastery are able to set, so that in all things God may be glorified (1 Pet 4:11).

Chapter 58

The Procedure for Receiving Members

April 11 – Aug. 11 – Dec. 11

Do not too readily grant admission to those who come to the monastic life but, as the Apostle says, "Test the spirits to see if they are of God" (1 John 4:1). If, therefore, newcomers keep on knocking and after four or five days have shown how they patiently bear the rebuffs and the difficulty of admission and persevere in their request, let them come in and live for a few days in the guest quarters.

After that they may live in the quarters where the novices study, eat, and sleep. A senior chosen for skill in winning souls should be appointed to look after them with great care. The concern should be whether they really seek God and are eager for the Work of God, obedience, and trials. Novices should be told clearly all the hardships and difficulties that will lead to God.

If they promise to persevere in stability, this rule should be read to them straight through after two months, and they are to be told: "This is the law under which you are choosing to serve. If you can keep it, come in; if not, feel free to leave." If they are still determined, they should be led back to the novices' quarters and tested again in all patience. After six months have passed, let the rule be read to them again so that they know what they are entering. If they still remain firm, the same rule should be read again after four months. After deliberating the matter carefully, if they promise to observe everything and to do everything that is commanded, then let them be received into the community. They must realize that, now as the law of the rule establishes, from that day forward they are no longer free to leave the monastery or to remove their neck from the yoke of the rule which, after so long a discernment, they were free either to refuse or to accept.

April 12 – Aug. 12 – Dec. 12
(Receiving Members, continued)

The novice to be received comes before all in the oratory and promises stability, fidelity to the monastic way of life, and obedience. This is done in the presence of God and the saints, to impress on the novice the realization that, if they ever act otherwise, they will surely be condemned by the one whom they mock. They make a written statement of this promise in the name of the saints whose relics are there and of the superior who is present. They are to write this document with their own hand or, if they are illiterate, have another write it. The novices then make their mark on it and with their own hand place it on the altar. When it has been placed there, the novice begins the verse: "Receive me, O Lord, as you have promised and I shall live; do not disappoint me in my hope" (Ps 118[119]:116). The whole community repeats this verse three times and adds the Glory be.

Then the new members cast themselves down at the feet of each one to ask their prayers and from that day onward they are counted as members of the community. If they have any property, they must either give it to the poor beforehand or make a formal donation of it to the monastery. They may keep back nothing for themselves, well aware that from that day forward they will no longer have power even over their own body.

Then and there in the oratory, they should be stripped of their own clothing and clothed in what belongs to the monastery. The clothing taken from them is to be put away in the wardrobe for safekeeping so that, if they ever consent to the devil's suggestion to leave the monastery, which God forbid, they then are to be stripped of the monastery's clothing before being cast out. One who leaves, however, may not receive back the document of profession which the superior took from the altar, but it shall be kept in the monastery.

Chapter 59

The Offering of Children by Nobles or the Poor

April 13 – Aug. 13 – Dec. 13

If a noble offers a child to God in the monastery while the child is young, the parents execute the document mentioned above. At the presentation of the gifts, they wrap the document and the child's hand in the altar cloth and thus offer the child.

As to their property, they are to make a sworn promise in the document that they will never give the child anything themselves nor through any other person, nor in any way whatever, nor afford the child the opportunity of someday owning anything. If they are unwilling to do this but still wish to win merit for making an offering to the monastery, they make a formal donation of the property they want to give to the monastery while keeping the income to themselves if they so desire. This ought to leave no way open for the child to entertain any expectations that might deceive and ruin. God forbid that this should happen, but we have learned by experience that it can.

Those who are poor do the same, but those who have nothing simply make the document and offer their child with the gifts in the presence of witnesses.

Chapter 60

Admission of Priests to the Monastery

April 14 – Aug. 14 – Dec. 14

If an ordained priest asks to be received into the monastery, do not agree too quickly. However, if persistent in the request, that one should know that the whole discipline of the rule must be kept, with no mitigation, for it is written: "Friend, what have you come for?" (Matt 26:25).

The priest may, however, stand next to the superior, give blessings, or celebrate Mass, but only if the superior bids it. Otherwise, the priest is under the discipline of the rule and should not presume to do anything but rather should give an example of humility. If there is a question of an appointment or any other business in the monastery, a priest's rank is determined by the time of entry into the monastery, not by any position granted in respect for the priesthood.

Clerics who have the same desire to join the community should be given a middle place, but only if they promise to observe the rule and stability.

Chapter 61

The Reception of Visiting Monastics

April 15 – Aug. 15 – Dec. 15

Monastics may arrive from a distant place and desire to live in the monastery as guests. If they are satisfied with the customs found there and do not trouble the monastery with excessive demands but are satisfied with what they find, they should be received for as long a time as desired. If the visitor should reasonably, with loving humility, point out some shortcoming, the superior should prudently consider the matter for perhaps God sent the person for that very purpose. If the visitor later desires to promise stability, the wish should not be refused, especially as there was time to get to know the person's way of life while a guest.

April 16 – Aug. 16 – Dec. 16
(Visiting Monastics, continued)

But if during the time as a guest the visitor was found to be demanding or corrupt, that one must not only be refused admission but politely requested to leave, lest their wretched ways contaminate others. If visitors are not the kind who deserve to be expelled, they should not only be received into the community upon request, but they should even be urged to remain so that others can learn by their example. For wherever we may be, we serve the same God and do battle under one King. The superior has the power to set not only these members, but also those from the above-mentioned priestly and clerical ranks, above the place that corresponds to their date of entry if the superior sees that their lives deserve it. But the superior must take care never to receive into the community someone of any other known monastery without the consent of that person's superior or commendatory letters, because it is written: "Do not do to another what you do not want done to yourself" (Tob 4:16).

Chapter 62

The Priests of the Monastery

April 17 – Aug. 17 – Dec. 17

If the superior wants to have a priest or a deacon ordained, one should be selected from among the members who is worthy to exercise the priestly office.

The one ordained should be on guard against vanity and pride and should not presume to do anything but what the superior commands, recognizing that they are now all the more subject to the discipline of the rule. Priesthood must not cause them to forget the obedience and discipline of the rule but to progress more and more toward God.

Priests must always keep the place corresponding to the date of entrance into the monastery, except for liturgical functions, unless promoted to another rank by the choice of the community or the wish of the superior in acknowledgment of their merit of life. They should know, however, how to keep the rule prescribed for the deans and priors.

One who does otherwise should be judged to be a rebel, not a priest. If after frequent warnings the person does not amend, the bishop should be brought in as a witness. One who does not amend even then and whose misdeeds are publicly known should be expelled from the monastery, but only if so arrogant as not to submit or obey the rule.

Chapter 63

Community Rank

April 18 – Aug. 18 – Dec. 18

Members keep their rank in the monastery according to the date of their entry, the virtue of their life, or the decision of the superior. Superiors should not disturb the flock entrusted to them, nor arrange anything unjustly as though they had the power to do whatever they wish. They must always bear in mind that they will have to give an account to God of all their decisions and actions. Therefore, they approach for the kiss of peace and for Communion, intone the psalms, and stand in choir in the order decided by the superior or that has been established. In no place is age to determine rank in community because Samuel and Daniel were just boys when they judged the priests (cf. 1 Sam 3; Dan 13:44-62). Except for those whom, as we have said, the superior has advanced for some overriding consideration or has lowered for certain reasons, all the rest keep the order of their entry. Thus, those who came to the monastery at the second hour of the day should recognize that they are junior to the one who came at the first hour, regardless of age or status. Children, however, are to be disciplined in everything by everyone.

April 19 – Aug. 19 – Dec. 19
(Community Rank, continued)

The younger, then, must honor their elders and the older love the younger. In addressing each other, no one should do so simply by name; but the seniors call the younger by a title of affection [brother or sister] and the younger call their elders, "venerable." But because superiors are believed to hold the place of Christ, they should be called by their title not for any claim of their own but out of love and reverence for Christ. Superiors must reflect on this and show by their behavior that they are worthy of such honor. Wherever the members of the community meet each other, the younger is to ask a blessing from the older. When an elder passes by, the younger one rises and offers a seat and does not presume to sit down with them unless the elder bids it. Thus they do what Scripture says: "They should try to be the first to show respect to the other" (Rom 12:10).

Children and youth take their places in the oratory and at table in rank and under discipline. Outdoors or anywhere else, they should be kept under supervision and discipline until they are old enough to be responsible.

Chapter 64

The Election of a Superior

April 20 – Aug. 20 – Dec. 20

In choosing a superior, the guiding principle should always be that the one placed in office be the one selected either by the whole community acting unanimously in the fear of God or by a portion, no matter how small, who possess sounder judgment. Let the person be chosen for merit of life and wisdom of teaching, even if that one is the last in community rank.

May it never happen that a community should conspire to elect a person who goes along with their evil ways. But if it does, and this becomes known to the bishop of the diocese or neighboring superiors or Christians of the area, they must block this wicked conspiracy and appoint a worthy steward over the house of God. They may be sure that they will receive a bountiful reward for this action if they have done it with pure motives and godly zeal. Conversely, to neglect to do so is sinful.

April 21 – Aug. 21 – Dec. 21
(Election of a Superior, continued)

Once in office, superiors must bear in mind how great a burden has been undertaken and to whom they must "give an account of their stewardship" (cf. Luke 16:2). They should realize that the goal is to be for the community rather than before them. They must, therefore, be learned in the divine law, knowing how "to bring out new things and old" (Matt 13:52). The superior must be chaste, temperate, and merciful, and always "let mercy triumph over judgment" (Jas 2:13), that they may also obtain mercy.

They must hate faults but love the members. When someone must be corrected, they should use prudence and not go to extremes, lest by rubbing too hard to remove the rust, the vessel be broken. They should be wary of their own frailty and remember that "the bruised reed must not be broken" (Isa 42:3). In this we are not saying that vices should be allowed to flourish but that they be pruned off with prudence and love, as suited to each individual, as we have already said. A superior should strive to be loved rather than feared.

A superior should not be restless or over-anxious, extreme, headstrong, jealous, or suspicious, for such a one will never have rest. Their commands should be foresighted and considerate. They should give discerning and moderate orders whether in spiritual or temporal matters, recalling the discretion of holy Jacob who said: "If I drive my flocks too hard, they will all die in one day" (Gen 33:13). Drawing on this and other examples of discretion, the mother of virtues, everything should be so arranged that the strong may still have something to strive toward and the weak nothing to run from. Above all, superiors must keep this rule in every particular so that when they have served well they may hear what the good servant heard who gave other servants grain at the proper time: "'Amen, I say to you,' he says, 'that one is set over all the possessions'" (Matt 24:47).

Chapter 65

The Prior of the Monastery

April 22 – Aug. 22 – Dec. 22

Too often it has happened that the appointment of a prior has been the source of grave scandals in monasteries. Some, puffed up by pride and thinking of themselves as second superiors, usurp power and foster contention and quarrels in the community. This occurs especially in those places where the prior is appointed by the same bishop or the same superiors who appointed the head of the monastery. It is easy to see how absurd this arrangement is because, from the very first moment of the appointment, there are grounds for pride when thoughts suggest now being exempt from the authority of the superior, because "you too have been appointed by those by whom your superior was appointed." From this source arise envy, quarrels, slander, rivalry, factions, and disorders. While the two leaders are thus in conflict, their own souls are inevitably endangered by this discord and those who are under them take sides and so also go to ruin. The blame for this evil and dangerous situation rests on the heads of those who created such disorder.

April 23 – Aug. 23 – Dec. 23
(The Prior, continued)

Therefore, for the preservation of peace and love, we judge that it is best for the one superior to make all decisions for the governance of the monastery. If possible, as we have already said, the affairs of the monastery should be entirely managed by deans under the superior's direction. For when the management is entrusted to many, no one individual may become proud.

If, however, local conditions call for it, or the monastic community makes a reasonable and humble request, and the superior judges it best, then let the superior appoint a prior with the advice of God-fearing community members. This prior must respectfully do what the superior asks, doing nothing against the will or the direction of the superior, for the more one is placed above others, the more careful should one be to obey the precepts of the rule.

A prior who is found to have serious faults, who is seduced by the position into pride, or who shows contempt for the holy rule, is to be admonished up to four times. If there is no amendment, the punishment of the discipline of the rule should be applied. If there is still no reform, that one should be deposed from the office and another who is worthy be appointed instead. A former prior who even afterward is not a quiet and obedient member of the community should be expelled from the monastery. Still, let the superior reflect that account must be given to God for all judgments, lest the flames of envy or jealousy sear the superior's soul.

Chapter 66

The Porter of the Monastery

April 24 – Aug. 24 – Dec. 24

Let a wise old person be placed at the door of the monastery, one who knows how to take a message and give an answer and whose mature age prevents roaming about.

The porter should have a room near the entrance, so visitors will always find one present to answer them. As soon as anyone knocks or a poor person calls out, the porter answers, "Thanks be to God" or "Your blessing, please" and, with all the gentleness of the fear of God, promptly answers with the warmth of love. Let a younger member be provided if the porter needs help.

If possible, the monastery should be so built that all the necessities such as water, mill, and garden are within the walls and the various crafts may be practiced there. Then there will be no need for the members to go about outside, because it is not at all good for their souls. We wish this rule to be read often in the community so that none can excuse themselves because of ignorance.

Chapter 67

Those Sent on a Journey

April 25 – Aug. 25 – Dec. 25

Those to be sent on a journey will ask the superior and the community to pray for them. All the absent should be remembered at the closing prayer of the Work of God. On the day they return from the journey, they lie prostrate on the floor of the oratory at the end of all the canonical Hours and ask the prayers of all for their faults, for fear that they may have been caught off guard on the way by the sight of evil or the sound of idle talk. No one should presume to relate to another what was seen or heard outside the monastery for that causes great harm. Any who presume to do so will undergo the punishment of the rule. The same will be true for any who presume to leave the enclosure of the monastery, or go anywhere, or do anything however small, without the superior's order.

Chapter 68

Assignment of Impossible Tasks

April 26 – Aug. 26 – Dec. 26

If members of a community are assigned any difficult or impossible tasks, they should receive the order with all gentleness and obedience. If, however, they see that the weight of the burden is altogether beyond their strength, they should patiently explain to the superior the reasons for the inability. This should be done at an appropriate time without pride, obstinacy, or refusal. If, after this explanation, the superior still insists on the order, the member must recognize that this is best. Then, trusting in the help of God, one must lovingly obey.

Chapter 69

The Presumption of Defending Another

April 27 – Aug. 27 – Dec. 27

Care must be taken that on no occasion does one try to defend another in the monastery or to take another's part, even if they are related by close ties of blood. In no way are they to do this because it can cause serious conflicts. Anyone who breaks this rule should be severely punished.

Chapter 70

The Presumption of Striking Another

April 28 – Aug. 28 – Dec. 28

Every occasion for presumption should be avoided in the monastery so we decree that no one be permitted to excommunicate or to strike anyone in the community unless the superior has given the authority. "Those who sin should be reprimanded in the presence of all, so that others may fear" (cf. 1 Tim 5:20).

Children up to the age of fifteen, however, should be carefully watched and disciplined by all, provided that this too is done with moderation and common sense. Anyone who presumes to punish any adult member without the command of the superior or, even in regard to children, who flares up and treats them unreasonably, will be subject to the discipline of the rule. For it is written: "Never do to another what you do not want done to you." (Tob 4:16).

Chapter 71

Mutual Obedience

April 29 – Aug. 29 – Dec. 29

Obedience is a blessing to be shown by all, not only to the superior but also to one another, since we know that it is by this way of obedience that we go to God. Therefore, although the orders of the superior and those appointed take precedence, and no unofficial order may supersede them, in other respects, the younger obey their elders with all love and concern. Anyone resisting this should be reproved.

Any who are reproved by the superior or any senior, for even a slight reason, or if they perceive that any elder is angry or disturbed, should then and there without delay cast themselves down on the ground at the other's feet to make satisfaction and lie there until the disturbance is calmed by a blessing. Any who refuse to do this should either undergo corporal punishment or, if obstinate, be expelled from the monastery.

Chapter 72

Good Zeal

April 30 – Aug. 30 – Dec. 30

Just as there is a wicked zeal of bitterness that separates from God and leads to hell, so there is a good zeal that separates from evil and leads to God and everlasting life.

This, then, is the zeal that monastics are to practice with most fervent love. "Each should try to be the first to honor the other" (cf. Rom 12:10), bearing one another's weaknesses of body or behavior with the utmost patience and competing with one another in obedience. No one is to pursue what is judged better for one's self, but rather what is better for others. They are to show to one another the purest love; to God, loving fear; and to their superior, sincere and humble love. Let them prefer nothing whatever to Christ, and may he lead us all together to life everlasting.

Chapter 73

This Rule Only a Beginning

May 1 – Aug. 31 – Dec. 31

We have written this rule that, by observing it in monasteries, we may show that we have acquired at least some degree of virtue and the basics of the monastic life.

But for anyone hastening on to the perfection of monastic life, there are the teachings of the holy Fathers, the observance of which will lead them to the height of perfection. What page or what word of the divinely inspired books of the Old and the New Testament is not the truest of guides for human life? What book of the holy catholic writers does not teach us the most direct way to our Creator? Then, besides the *Conferences* of the Fathers, their *Institutes* and *Lives*, there is the rule of our holy father Basil. What are they but the tools of virtue for observant and obedient monastics? But as for us lazy ones who lead slothful and negligent lives, we must blush with shame.

You who would hasten to your heavenly home, with the help of Christ keep this modest rule we have written for beginners. Then you can, with God's aid, set out and reach the loftier summits of the teaching and virtues that we have pointed out. Amen.